你是久爱亦是心欢

NI SHI JIUAI YI SHI XINHUAN

米炎凉 作品

吉林摄影出版社
·长春·

图书在版编目（CIP）数据

你是久爱 亦是心欢 / 米炎凉著. -- 长春：吉林摄影出版社，2017.5
（意林告白的书）
ISBN 978-7-5498-2941-5

Ⅰ.①你… Ⅱ.①米… Ⅲ.①长篇小说－中国－当代 Ⅳ.①I247.5

中国版本图书馆CIP数据核字(2017)第094079号

你是久爱 亦是心欢 NI SHI JIUAI YI SHI XINHUAN

项目出品	意林告白的书
出 版 人	孙洪军
主　　编	顾 平　杜普洲
责任编辑	施 岚　孙 瑜
总 策 划	蔡 燕
丛书统筹	黄 磊
策划编辑	黄 磊　张亦芩
设计总监	资 源
特约编辑	张亦芩
封面设计	资 源
美术编辑	金 宇
开　　本	880mm×1230mm 1/32
字　　数	220千字
印　　张	8
版　　次	2017年5月第1版
印　　次	2017年5月第1次印刷

出　　版	吉林摄影出版社
发　　行	吉林摄影出版社
地　　址	长春市泰来街1825号
	邮 编：130062
电　　话	总编办：0431-86012616
	发行科：0431-86012602
网　　址	www.jlsycbs.net
经　　销	全国各地新华书店
印　　刷	北京嘉业印刷厂

书　　号	ISBN 978-7-5498-2941-5	定　价：32.80 元	

版权所有　翻印必究
（如发现印装质量问题，请与承印厂联系退换）

同学变成了故人，青春变成了故事

当我们开始谈论用什么牌子的眼霜，房价多少钱一平方米，当身边比自己小的朋友都开始在微博、朋友圈上晒婚纱照的时候，读到这本书的你，应该正是鲜衣怒马的少年吧！

我猜你还在讨论今天的某道习题不会做，某老师要点名回答问题，某同学长得很帅啊像那谁！哦，那个老是迟到的某某某今天又来晚了……青春快要离开我们并且背道而驰了，可你依然恣意张扬。但是，有没有那样一瞬间，你内心里也有一点点羡慕我们这些有工作的成年人？

作为一个出生于20世纪80年代末90年代初的女生，我因为工作的关系读过成百上千与青春有关的故事。90年代独生子女比较多，你们从出生那天起就集万千宠爱于一身。然而这样并不能成为快乐的理由。

古人曾叹：百金买骏马，千金买美人，万金买高爵，何处买青春？可现在的人说，长得美才有青春，有钱的人才有青春。我并不认同后者，所以乔望舒来了，她算不上美，而且贫穷、孤独、倔强，努力想把自己掩藏在人群里。偏偏她这个人有着极脆弱的灵魂和极强的自尊心。

顾大少是个介于世故与单纯之间的少年，他有洁癖，无论生活上还是感情上，高傲如他，用漫长青春陪伴和守望着一个人，从未改变。

路涯看上去酷酷的，可并不冰冷，反而像阳光一样照射着乔望舒……

最初写这个故事的开头，应该在2014年，后来我看到微博某大V调查现在孩子们的爱好，惊喜地发现很多孩子们留言，大家居然还传承着那些小爱好，原来我们都一样啊！

在我们呼啸而过的青春里，与父母争吵过，与同学争执过，与老师叫板过，与闺密闹翻过。可是我们有偶像，有梦想，爱过也被爱过。

我这两三年都不太爱照镜子了，好像倏忽之间，几年的岁月就那么过去了。我也不太热衷于参加同学聚会，感觉很索然无味，最多说点儿以前的趣事和糗事，同学都变成了故人，青春都变成了故事。

可是有时候还会做梦，梦到少年时期受了委屈，还是会哭，边哭边讲。可即使如此，即使在梦里，也死活不肯说出那个让自己受尽委屈的名字。

还记得三年前，几个小读者来到我工作的编辑部，我们一起吃了饭，席间突然谈起了我这一路走来的一些琐事。有人叹，原来这么曲折啊！

Youth is a ring of rose, old is the crown of thorns（青春是玫瑰花环，老年是荆棘王冠）。不知道这句话是谁说的，但我想说，谁稀罕什么荆棘王冠，谁要什么曲折人生，我想像少年一样永远活在风里，活在歌声里，恣意地快乐，纵情地悲伤，永远年轻，永远热泪盈眶。

——米炎凉

你是久爱 亦是心欢

目录 contents

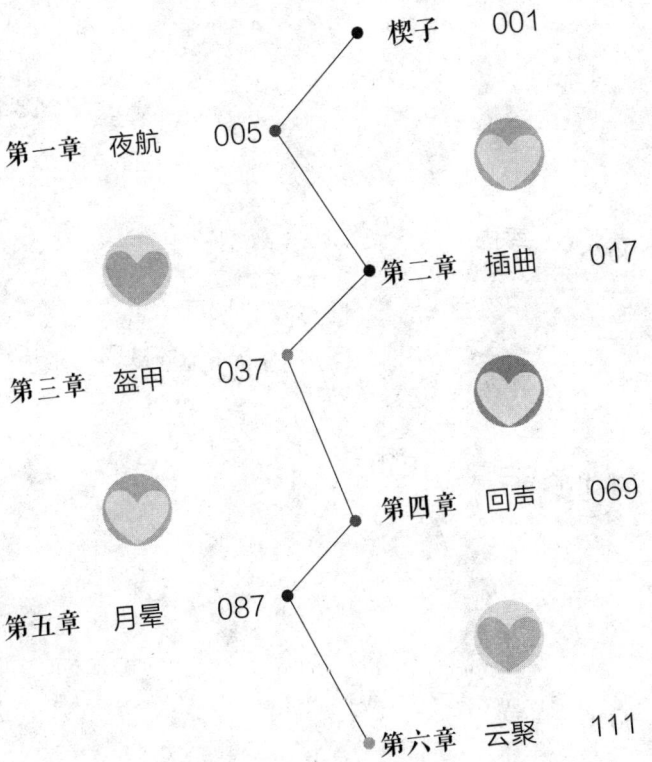

- 楔子　001
- 第一章　夜航　005
- 第二章　插曲　017
- 第三章　盔甲　037
- 第四章　回声　069
- 第五章　月晕　087
- 第六章　云聚　111

你是久爱亦是心欢
目 录 contents

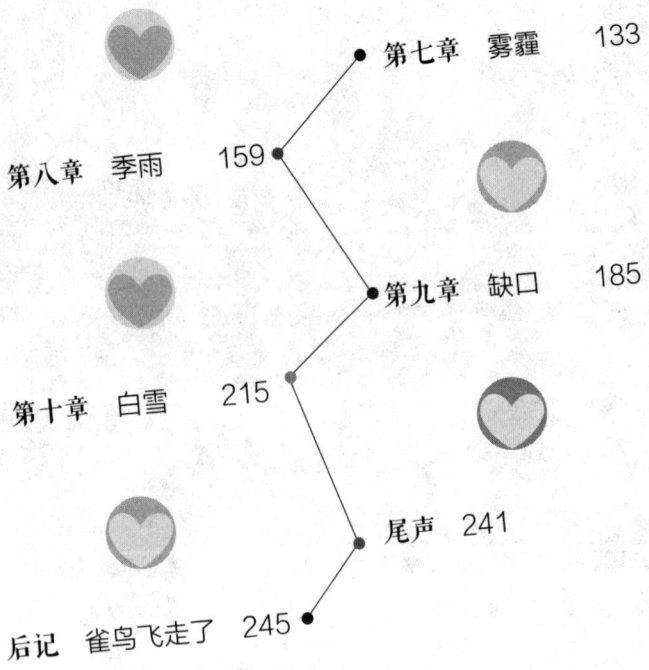

第七章　雾霾　　133

第八章　季雨　　159

第九章　缺口　　185

第十章　白雪　　215

尾声　241

后记　雀鸟飞走了　245

>>>>>> 楔子

如果不幸有源头的话……那么乔望舒人生的不幸源头必然来自那一天。那是1990年5月28日,农历的端午,乔望舒出生的日期。乔望舒的爸爸乔翰梁欢快地向她爷爷去报喜,爷爷皱纹纵横交错的脸却没有一丝笑意,半晌挤出一句话。

他说:"这个孩子不能要,自古端午是毒日,这天出世的孩子命不好,克父母,忌养。"

"爸,现在都什么年代了,还迷信这些。"话虽这么说,但乔老爷子的这番话还是像乌云一样盘旋在了乔翰梁心里,挥之不去,晚上,他犹豫了很久,还是心情沉重地跟刚哄着孩子熟睡之后久久地舍不得闭眼的妻子刘玉娇说了这事。

刘玉娇一听就尖叫起来:"乔翰梁,如果你和你爸敢动我的孩子,我马上就死给你看。"

乔翰梁伸出手,试图捂住妻子那张嘴:"你冷静一下,我没有说要动孩子,你这么大声嚷嚷是生怕隔壁邻居听不见吗?""那你到底什么意思?听见又怎么样?你们敢打这主意还怕别人听不见?""要不要我帮你借套锣鼓来敲一敲?"乔翰梁也气得反讽了一句,过了一会儿声音软了一些,"我没什么意思,求你不要这么动不动要死要活、吵吵闹闹的,听了心烦。"

好好的一件喜事就这样恶化了。

乔望舒一直到满月那天才有正式名字,因为爷爷不喜欢她,不允许家里办满月酒,刘玉娇偷偷抱着她去庙里找高僧为这个孩子化凶为吉,却被小僧阻拦在门外,说高僧今天来了重要客人,让她们择日再来。

刘玉娇说:"那我去寺庙里拜拜,求个平安。"于是,刘玉娇抱着啼哭的孩子穿过长长的院落,停在一尊白色的观音像前,扑通跪下开始祷告。她大概没有心情认真看这间临水的房子,所以连有个陌生男人坐在不远处的雕花镂空屏栏旁喝茶都没有发觉,那个人也没出声。

那个人听到她想给女儿求个名字,不知何时走了过来,仿佛随口说:"你女儿是端午生的,叫望舒怎么样?含有'迎取光明'的寓意。屈原的《楚辞·离骚》有言:前望舒使先驱兮,后飞廉使奔属。望舒,指的是神话中为月驾车的神。"

刘玉娇听到声音,惊慌地抬头看向那个人,她虽然只是一个没有太多见识的普通妇人,但一眼就看得出那个人非富即贵,她连忙点头,就在她想要道谢的时候,先前拦住他不让她乱闯的小僧突然跑进来说:"怎么到这里来了?这是我师父请来的贵客休息的地方。"

后来,刘玉娇再也无缘得见那个一身贵气的人,可是乔望舒却终于有了一个名字——给月驾车的神。

这似乎暗示着她,终将走过泥泞的青春,却永远无法拥有平凡的人生。她迟早要遇到那个宿命般的人,为他赶一生路。那是高高在上的月。或许每个普通的女生，遇到自己爱的人，都觉得他是高高在上、遥不可及的那轮月，而梦想着自己有一天，能成为给月驾车的神。只是，女孩们似乎都忘了，月有阴晴圆缺。

不是两颗心靠近就能拥抱取暖，也不是两个人分开就互不相关。

有些人，像月亮，而你是灰烬，他永远在你的夜空明亮，却永远到不了你手心；而有些人，像夜色，而你是太阳，无论你在白天如何光芒万丈，都永远抵达不了他的世界。

第一章

夜航

01

乔望舒的简历是在2013年7月3日出现在我邮箱里的。

我叫海藻，笔名，是一家叫"回声"的文化公司的漫画主编。

这几年国漫迎来了春天，各类门户网站和APP（应用程序）迅速崛起，实体漫画杂志和书籍也层出不穷。虽然杂志步入正轨后我就不再对外收稿，但投稿邮件还是纷至沓来。

我每次打开邮件都会发现我所设定的收稿种类都已形同虚设，里面不仅有各类漫画，还有诗歌、日记、小说片段……应有尽有，体裁之多，品种之杂，让人应接不暇。

隔壁做时尚和影像类刊物的同事经常吐槽说，她收到不少图片投稿，大言不惭地打着标签"应征书模"，实际上都是某旅游胜地到此一游照，楼下某公园的搬小板凳晒太阳照，手机、自拍神器、美颜相

机量产出来的剪刀手45度角自拍照,"不忍卒睹"。

因此,很长一段时间,我们都得了读邮件恐惧症,所有邮件一律不回不看,任其石沉大海。

之所以会再次关注邮箱这个"深水井"是因为我的杂志要从半月刊分为周刊,我需要急招一名助理编辑和美术编辑。

在一众简历当中,乔望舒的简历并不出彩。她面试的是漫画助理,爱好那一栏写的却是沙画,不过左上角照片上的乔望舒五官还算精致,瘦削,头发束起来扎成了马尾,一双眼睛里有倔强和潋滟的光。然而,我的眼睛却落在这样一张并不倾国倾城的照片上久久移不开视线。

——我见过她吗?对,我见过她,也是在照片上,但不是在任何一封图片投稿邮件里。而是……

想到这里,我的脑中飞快地闪过一张十分英俊的男生的脸——他就是顾徊。没错,我见过乔望舒很多张照片,顾徊丢失的GUCCI(古驰)钱夹里有张用一块丝绒布包得特别好的证件照,照片上的人就是她。

不仅如此,后来,我才知道顾徊的手机里还有很多照片,侧脸,背影,皱眉,抬头,她在写作业,她在人群里,她背着书包,她打着伞……

作为一个漫画从业者,我确实看过不少美丽婉转的故事,这更加催生了我对现实生活中枝繁叶茂的故事的好奇心,尤其是故事的男主角有一张漫画男主角般让人过目难忘的美丽脸孔。

为这个,我亦做过很多猜测,只可惜顾大少实在不甚配合,在我最初接触他时,他留给我的印象就只有两个字:傲慢。

如果他知道我会遇见这个女孩,像是遇见命运的轮回和巧合,他会怎么想呢?

02

我是生日那天在一家量贩式KTV（提供卡拉OK影音设备与视唱空间的场所）捡到顾徊钱包的，这几年年岁递增，越来越不注重这些形式感的东西了，谁知临下班前我被一众爱热闹的同事簇拥着来到KTV。由于之前没有预订包厢，只有一间空出来的包厢，据说客人刚散还没来得及收拾。

大家也没在意，把生日礼物往沙发上一放，就开始一面招服务员来收拾，一面点酒水，点歌，忙得不亦乐乎。

我挺不喜欢唱歌的，因为五音不全，大概上天给我声音时开了一会儿小差，忘了给我歌喉，但那天被逼无奈还是唱了一首，至于是什么歌，唱歌的时候想着谁，这不是重点，重点是大家颇为尽兴，喝了不少酒，我有点儿头疼，说早点儿散了吧，明天还要上班，美编安婕不知从哪儿给我找来一个漂亮的大礼品包装袋，我晕头晕脑地将沙发上那些礼物一并收进袋子里拎了回家。

回去后我洗了个囫囵澡便睡了，一直到第二天早上整理这些礼物的时候才发现那个男式钱包，里面有好几千元现金，几张银行信用卡，一部黑色的最新款苹果手机，这款手机刚刚上市，再细翻里面似乎还有个钥匙包，钥匙包夹层里就是那张用丝绒布包得好好的照片。

那不是我的礼物，我不觉得这些小编辑中谁会慷慨解囊送我一只GUCCI钱包，而且钱包还是男式长款的，那么必然是收礼物的时候收错了。

可是会是谁的呢？

那天在场的男生只有两个，据我平时观察，那两个男生一个好像没有用钱包的习惯，另外一个平常生活简朴得不行，早餐吃粉都舍不

得加鸡蛋,上淘宝买东西专给卖家差评,因为有一次某卖家给他退了二十块,特意请他取消差评。他更没有可能用奢侈品。难道会是别的客人忘在沙发上的?我承认,这个念头闪过的时候,内心同时滑过一丝窃喜。也许人的内心深处都有贪欲吧。以前有人跟我说,人的某种幸运是平常透支了漫长的不幸换来的,似乎也不无道理,要知道平常我买彩票可是连半毛钱都没中过。

我飞快地在脑子里计算,钱包的价格在三千块以上,再加上现金和手机,总值一万好几呢。可是次日一早去上班,心里一直忐忑,就连同事都看出我的异常,第二天,索性将这个罪恶的钱包带去了公司。大家都说真希望钱包是自己的,但可惜不是,问我可不可以分赃。

我回了四个字:想都别想。

一向花痴的安婕提议道:"海藻,要不去找人给手机开锁看看,手机里面肯定有主人照片,如果是个帅哥的,就去联系失主,没准桃花运就来了。"

"如果不是呢?"节俭男问。

"不是就不找了,把赃物卖掉。"

"你这也太势利眼了,我觉得帅不帅都不能找失主,帅能当饭吃吗?就算你说得对,桃花运真的来了,像这种又帅又有钱的男的铁定是一花花公子,到时你们海藻姐还不赔了夫人又折兵,伤心的还是她。"

"喂,张纯生,你这个人心理怎么这么阴暗。太没有梦想了,当时怎么就把你招进来了。"

我没理会他们的吵闹,找来充电器,把手机放在自己办公桌上充电,并随手开了机,5分钟后电话打了进来,一个稍显冷淡的男声:"我是你手中这部手机的主人,钱包和里面的钱都给你,请你把手机和里面的钥匙包还给我。"

我特别不喜欢他说话的口气,一点儿礼貌也没有,故意刁难道:

"先生，钱包和钱已经在我手上了，你觉得我为什么要把手机给你？"

"说吧，你有什么条件？"

我本来就想把东西都还给他，但他的话透出一股浑蛋气质的优越感，这激发了我更多的不爽。

"给我十万块。"我脱口说了句自己都觉得缺德的话，话音刚落，办公室里所有的同事都朝我看过来，用一种震惊的刮目相看的目光，简直要将我凌迟了。

"你还真敢狮子大开口。"

"怎么？那女生的一张照片不值十万吗？"反正，话已出口，我硬着头皮继续挑衅道。

"虽然我们素不相识，但我不喜欢别人动我的东西，也不喜欢别人威胁我，这部手机装了追踪软件，可以查到你现在的位置，你明白我的意思了吗？"

很显然，他的意思是如果我不给他东西，他会找过来让我好看。我想，这还真不是一个简单的主啊。

03

我去见了顾徊，安婕也非要跟过来一睹尊容。

我们约在一家星巴克，他竟然比我晚到几分钟。说实话我讨厌迟到的人，因为我就是。但既然来了没有无功而返的道理，我找了个位置，要了两杯咖啡，百无聊赖地按着手机的home键（有返回功能的键），安婕也拿过去玩了一会儿，说："怎么还不来啊？"话音刚落就对着我们自拍了一张。我说你赶快删掉，她却递过来无辜地说：

"又锁了。"我极力忍住了掐死她和把手机砸了的冲动。经过了这一段插曲之后,安婕不闹了,眼睛像雷达一样扫视着门口每一个走进来的人。

大约两分钟后,她用手指戳了戳我,发出一声含意不明的低分贝尖叫,并连忙用手半掩着嘴对我说:"你看门口,不会就是他吧,天啦,还真说中了,高,帅,富。"

我朝门口的方向看过去,果然看到一个一米八几、衣着光鲜引人注目的发光体闲庭信步般地走进来。他似乎不经意间一眼扫过了整个星巴克,很快落在下意识举了举手机的我身上。

"是你们?东西呢?"这是他对我说的第一句话。

"东西我带来了,你先坐吧。"这个时候,我决定为了他这张脸,原谅他的无礼。他有些狐疑地看了我们一眼,还是拉开椅子坐了下来。我说:"把你的手机锁屏密码告诉我,刚刚我朋友拿过去不小心拍了张照片,被存在手机里了。"他像看笨蛋一样看着我们,吐出几个字:"我会删掉的。"拿他手机拍照已经够让我丢脸了,一想到他看到那张傻傻的照片,就想咬舌自尽。

我笑了笑拿出他的钱包,说:"除了手机在我手上,其他东西都在里面,钱我一分没动,你可以点一下。手机我只删一张照片也会还给你。"

他接过钱包,只用眼睛确认了一下钥匙包还在,便拉上了。然后对我吐出四个数字:0505。我飞快地开锁,点开相册,准确无误地找到我和安婕那个家伙拍的那张有些模糊的照片,却不经意间再次在相册里看到了那个女孩,之前那张照片里的女孩,只是当着他的面,我没好意思翻看,将手机还给了他。

与此同时安婕已经开始问他的名字和电话了。对方居高临下看了她一眼,吐出两个字:"顾徊。"

安婕说："你的形象和气质很适合给我们时尚杂志当书模，你要不要考虑一下，留个电话，我把你推荐给时尚刊的主编。"安婕这么一说，我还真觉得这个提议不错，作为一个美编，她总算说了句靠谱的话，没有白跟我来这一趟。我以为顾徊会落入安婕的陷阱愉快地答应，然而顾徊却冷然拒绝了。他拿出一沓钱放到我面前，说："一万块。你点点。"

安婕说："我知道你可能不信任我们，但我们是靠谱杂志的编辑，不是坏人，这是我们漫画主编海藻。"她突然严肃地指着我，让我有些不好意思。

我没有去碰面前那沓钱，说没有心动是假的。但我有我的原则："安婕说得没错，你可以考虑一下她的提议，对了，这钱你还是留着吧。"

他大概也没想到我这个狮子大开口的女人会做出这样三好学生的事，愣成了一尊美人雕塑。

回到办公室之后，安婕对此事做了一番大肆宣扬，其中总结了两个要点。要点一：顾徊很高很帅。要点二：海藻姐很酷很酷。

当大家得知我酷的原因是"拾金不昧，拒收酬金"之后，果断推翻了安婕的观点，他们拥戴的新观点是：海藻姐很傻很傻。不过后来，乔望舒来到我们公司之后，他们对很傻很傻有了新的定义。

04

我回复了乔望舒的邮件，让她在周一带齐相关证件来面试。

周一下雨，路上堵车严重，我到公司的时候乔望舒已经等在会议室，一见到我进门就站起来说："你好，主编。"

她的样子比照片上要更漂亮些,穿一条刚及膝盖的鹅黄色连身裙,虽然裁剪简单,但线条利落,恰到好处地勾勒出她略微瘦削的身材,亦可以看出做工并不粗糙。

"等很久了?"

她柔声回答:"没有。"

我问:"你怎么知道我是主编?"

她说:"我买了杂志,上面有你的照片,而且,你的资料和照片我以前在网上也看到过。"

这是一个让人满意的回答,她买了杂志,说明她做过功课,她在网上看过我的资料,这能让我的虚荣心得到满足。虽然我不会承认有这种虚荣心。

而她答得那样自然,不卑不亢,仿佛谈论今天的天气。果然很会收服人心,我在心里想。后来我才知道安婕领她来会议室的时候好心地告诉过她:"一会儿来得最晚的那个就是我们主编。"所以,我后来严重怀疑是因为这个,她才准确无误地认出了我。我交代乔望舒在会议室等一会儿,回到办公室一忙,竟然忙了两个小时,我带着几本漫画杂志再次踏进会议室时,说:"既然你看过杂志了,那就说说你的看法。如果你还看过其他同类杂志的话,相对说一下。"

"6月刊X杂志有三个错别字。"乔望舒说了一句噎死我的话,又补上一句,"不过,比Y杂志少一个。"

我最终还是把乔望舒招进了公司,因为她做了一个强而有力的国漫期刊市场分析和方案给我,从栏目策划到市场终端,到受众群年龄及心理状态竟有不少可圈可点之处。

我从策划案里抬起头,突然问:"小乔,你有男朋友吗?"

如果你留意过求职简历,会发现上面除了年龄、籍贯之外还有一栏:婚否。

HR（人力资源管理）们想知道的无非是你有没有家庭牵制，这些因素是否对工作造成影响。

而很多企业的HR在面试的时候会问我上面问到的这个问题，我会问乔望舒这个问题纯属好奇，我想知道我遇到的那个保存了她很多照片的顾徊到底是不是她男朋友，而乔望舒的回答让我很意外，她说："还没有。"

说话时，她双眼平视，目光没有闪躲，不像撒谎。

顾徊竟然不是她男朋友，敢情是他暗恋乔望舒。

然而我很快就否定了这个想法，暗恋是多么孤独的内心游戏，绝大多数暗恋之所以没有变成明恋都是源于暗恋者的自卑，而我不能想象顾徊这个狂妄自大的家伙会去暗恋一个人。

又或者是求而不得？

可顾徊虽然性格欠揍了点儿，但瑕不掩瑜吧。这样的人怎么还会有人让他求而不得。"那你也没有喜欢过人？"我不知道自己为什么这样想要探究一个同龄女孩的感情史，并且觉得自己的好奇心越来越重了。"有的。"乔望舒的回答却再次让我深感意外。不知道是不是我的错觉，我注意到说这两个字的时候，她的脸有点儿红了，眼神不由得温柔起来，那个瞬间，我觉得她特别少女，灯光打在她身上，像是为她镀上了柔光，我敢肯定此刻她心里想着的是她喜欢的男孩。

"既然喜欢为什么不在一起？"这样的问题是我想问也问不出来的，因为我深知尘世冷暖，你爱一个人，或者被一个人爱着，大多身不由己。

有时，一粒石子一朵花一阵风都能成为爱情的阻碍，更何况在这浩瀚宇宙里，不是两颗心靠近就能拥抱取暖，也不是两个人分开就互不相关。

有些人,像月亮,而你是灰烬,他永远在你的夜空明亮,却永远到不了你手心;而有些人,像夜色,而你是太阳,无论你在白天如何光芒万丈,也永远都无法抵达他的世界。

我说:"乔望舒,你去找行政填张表,把身份证复印一遍,明天来上班。"

好在,还有明天啊。乔望舒,你可能不知道,那天你带着故事和伤痕来到这里,我心里想的是,来日方长。

05

我们公司有条灭绝人性的规矩,那就是每个新人都必须打扫一个月卫生。Boss(老板)是个吹毛求疵的处女座,他没事就会派人来公司视察一遍,看看白色地板是否一尘不染,洗手间是否芬芳扑鼻,玻璃窗户是否明亮耀眼。只要在哪里看到一根头发就会严厉要求把全公司卫生重搞一遍。

得到这项艰巨任务的乔望舒每天总是来得很早,走得很晚,有时还会被别的同事使唤买咖啡饮料,中午去为他们打饭。

安婕私下跟我说:"乔望舒真是傻得可以,张纯生让她去买饮料也不给钱,她就自己跑腿又赔钱。你说傻不傻?"

我笑笑:"我倒觉得她挺聪明。"

半个月后,一次小组会议,我在会上说,小乔是主编助理,大家不要把她当成自己的助理。"

乔望舒感激而又意外地看向我。

散会的时候,她走过来,轻轻地和我说了一声谢谢。

然而到了第二天第三天,她还是照旧帮大家打饭,张纯生无辜地跟我说："是她自己主动的。"

既然这样，我也不好再插手说什么了。

乔望舒真正坦诚对我，是有一天晚上，我加班。和她搭乘一部电梯下楼，那天电梯下到十楼的时候出了故障，突然失控地飞坠下去，一直坠到七楼，我在混乱中惊慌地骂了一句粗口抱头蹲下，好在电梯只坠了三层，在七楼卡住了，不然我和乔舒望绝对会以"两个妙龄少女坠梯身亡"这样的标题登上明日社会版报纸，从此只能让人感叹红颜命薄了。

事发后，我惊魂未定地看向乔望舒，她似乎吓坏了，死死地闭着眼睛，浑身颤抖，显然比我更狼狈。我伸手拍了拍她的肩膀，说："没事了，没事了。"

也不知道电梯是不是卡在了楼层中央，怎么也开不了门，我急忙按了警报，电梯室似乎也没有人守着，我便一直按，乔望舒还在发抖，我索性让她把头靠在我的肩膀上，就在刚刚下坠的刹那，我似乎听到她尖叫着喊出一个名字：路涯。

不知道是因为危急之后，我给乔望舒那点儿微不足道的安抚让她对我产生了信任，还是为了给自己平复恐惧，或者是乔望舒觉得我们有可能一起死在这部电梯里，总之，就在我们相依为命等待救援的时候，伴随着急促的电梯警报声，她第一次开口和我讲起了她的故事。

一个人想得到另外一个人的心不是件多么容易的事,除非那个人一开始就对你不设防。

他无视你的入侵,手中有刀剑,却节节败退,哪怕因此失了江山,失了天下。

第二章
插曲

01

乔望舒是从一根冰棒开始讲起的,那种五角钱一根的老冰棒,现在街上还有不少人在卖,不过现在的小孩子都不太爱吃这个,只有那些怀旧的大人会买一根,吃两口就扔掉,感叹再也不是儿时吃到的那个味。然而童年的乔望舒却很没出息地觉得那是世界上最好吃的东西了,幸运的是,乔望舒的爷爷开了家小商店,爷爷有一台老旧的小冰箱,就进那种老冰棒和颜色鲜艳的汽水卖,不幸的是,爷爷不喜欢乔望舒,从她出生起就不喜欢。因此,每天都能吃冰棒这个愿望乔望舒没有实现。

不过比乔望舒小半岁的表妹李瑟却实现了,表妹是大姑的女儿,寄养在乔望舒的爷爷家,她不仅每天可以吃冰棒,还有各种零食,红彤彤的辣条、方方正正的臭干子、奶白色的五香瓜子粒、彩色的泡泡

糖和棒棒糖……

只要她喜欢,任君挑选。

也因为这个,李瑟在乔舒望这个表姐面前总有一种优越感,她总是故意举着小零食,将嘴嚼得咂吧咂吧响,得意得像个小地主婆。

"爷爷爷爷,我也想吃冰棒。"每个孩子都免不了嘴馋,乔望舒也不例外,有两回她鼓起勇气主动跑到爷爷面前。头一次,爷爷翻着老黄历装作没听到,第二次,老人板着脸对她说:"吃什么吃,这是要拿来卖钱的。"

"那李瑟为什么可以吃?"这就是幼年的乔望舒百思不得其解的地方。

"李瑟的妈妈放了钱在这里,你妈妈放了吗?"

"爸爸爸爸,你看爷爷偏心,只给李瑟一个人吃冰棒。"乔望舒第一次摇着乔翰梁的手臂对他撒娇告状时,乔翰梁在打牌,出了一张黑桃K,脸瞬间也冷得像黑桃K。

乔翰梁不耐烦地推开她,一张脸板起来:"乔望舒,你别胡说八道啊,再胡说小心揍你。"

"我没胡说,我就不是爷爷的孙女、爸爸的女儿吗?"那时的乔望舒还不懂得什么进退得宜,当着一桌打牌的人闹起了别扭,乔翰梁就真的扔牌举起了手。

乔望舒哇哇地哭,刘玉娇马上跑过来将乔望舒抱走,并偷偷地翻出一点儿零钱塞给她,让她自己去买零食吃。

乔望舒跑了几步回过头,想问一句妈我能多买一个吗,发现刘玉娇偷偷地在抹眼泪,她以为是自己又做错了什么惹妈妈生气,慌忙把钱还回去:"妈,你别哭,我不吃零食了,我以后再也不吃零食了。"

然而刘玉娇却一把搂住她,眼泪似乎流得更厉害了,有一点儿流到了乔望舒的脖子里，滚烫滚烫。

有一次，李瑟挑事和乔望舒吵架，用尖利的手指甲抓花了乔望舒的脸，自己手肘和膝盖也磕破了点儿皮，爷爷找上来对刘玉娇就是一顿数落。

刘玉娇看到女儿的脸被抓出几条大红印也有些心疼："爸，李瑟是您的外孙女，但望舒也是您的孙女呀，您不能这么对她，她才是你们乔家的人啊。"

"我怎么对她了？"乔老爷子冷哼一声，"她就是个小祸害，你惯着她上天吧。"

那时乔望舒就躲在门口听他们讲话。

小小的她终于感受到，爷爷对她不是不喜欢，而是厌恶。她不知道哪里出了错，只是从此以后再也不敢去找爷爷讨东西吃了。

而爷爷对自己的态度一直团在幼小的乔望舒心里，就像那些"我是从哪里来""为什么小孩子掉的牙齿要扔在屋顶上""晚上指着月亮问父母月亮真的会下来割小孩儿耳朵吗"一样团成了谜。

爷爷脸上终于有了笑颜，是在乔望舒7岁那年，他还破天荒地给了乔望舒一整盒巧克力，其实也不是真的巧克力，而是一种香芋奶糖，外面裹着一层薄薄的巧克力，因而得名，不过这已经足够乔望舒受宠若惊，她甚至有点儿不敢伸手去接，小心翼翼地去看乔翰梁的眼色。

爷爷笑着说："给你的，拿着呀。"

乔翰梁也说："爷爷给你，你就拿着。"

而之所以会有这样的待遇全是因为弟弟来到了这世上。

那个大声哭泣的小男孩，把爷爷逗得哈哈大笑，爷爷亲自给他取了名字，叫乔泽厚。

福泽深厚的意思。

乔望舒也喜欢他，虽然他皮肤红红的，不一会儿就哭，一哭就停

不下来,但是不可否认,他给这个家带来了一种全新的喜庆的氛围。

只有李瑟不开心,她可能觉得这个小家伙抢走了她外公的爱,还让乔望舒这个姐姐也跟着沾了光,于是用她胖胖的小手指着还是个婴儿的乔泽厚说:"他长得好丑。"

爷爷脸色一变,挥手像驱蚊子一样赶她:"出去玩,别围在这儿,乔望舒你带她出去玩。"

"他真的好丑。"李瑟不懂察言观色地噘嘴说道,乔望舒在爷爷发火之前连忙连拖带拉地把她拖了出去。

一直把她拖到屋后一棵樱桃树下,李瑟还是心有不甘地喊着放开,她愤愤地指着乔望舒的鼻子,说:"乔望舒,你知道我外公为什么讨厌你吗?"

乔望舒愣愣地摇了摇头。

李瑟昂着头,趾高气扬地说:"我听了隔壁王婶和她媳妇的话,说你是5月5日端午节生的,是个灾星,外婆就是被你克死的。"

"你骗人,你胡说,我的生日根本不是5月5日,是5月28日。"那个时候的乔望舒尚分不清楚公历和农历,她也承担不起害死奶奶这样的责任。

"你就是5月5日生日,不信你回去问舅舅和舅妈。"李瑟大声地坚持自己的意见。

"我没有害死奶奶。"乔望舒捂着耳朵用力摇头,眼泪都流了下来。

"那你说外公为什么不喜欢你?""李瑟,你是撒谎精,我不要再听你说话了,我不听。""乔望舒,你才是克星,你才是。"两个人争得面红耳赤,没有注意到头顶樱桃树有一根树枝晃了晃,一颗樱桃落下来,正好砸在了李瑟肩膀上,李瑟四处看了看,浑然没有发觉是树上的人在捣鬼。乔望舒忽然哭着跑了,她终于揭开困扰自己已久的谜底,而岁月还在随时准备变更谜题。在她甚至还无法理解,也不能接受那个谜底的时候。你瞧，成长就是这样一个又一个的谜，它让你深陷其中，让你困惑挣扎，让你头破血流，让你痛哭流涕。可你就是不能拒绝长大。

那时，和小乔一起困在电梯里的我还不相信命运，只是觉得她本不该承受这些莫须有的罪名，生在这样一个家庭里是她的悲哀，我隐隐期望她能改变一切。

小乔说："海藻姐，你是这个世界上除了那个人和我的亲人外第一个知道我是端午生日的人。"她这样说，让我突然想起了顾徊的手机锁屏密码，0505，原来这四位数是乔望舒的农历生日，又或许连她自己也不知道，这世上还有一个人对她的事知之甚详？

02

乔望舒在八岁那年交到了人生中的第一个好朋友，路涯。路涯是乔翰梁同事的儿子。南乔镇三面环山，一面临海，并不属于旅游开发城镇，说好听点儿是个远离城市的喧嚣生活节奏很慢的好地方，说得不好听其实就是经济落后。小镇的居民有一小部分靠打鱼为生，但大部分人靠山吃山，自己开垦田地种植农作物。

乔家就住在山脚下，乔翰梁在距离她家几千米外的一家船厂上班，一进船厂就跟着路涯的爸爸做事，两个人理论上算得上师徒关系，不过很快两个性格耿直的人成了好兄弟，有事没事就喜欢聚在一起喝啤酒侃大山。

路涯的父母在一年前离婚，他妈妈重新组建了家庭，据说对方是个知情识趣的摄影师，十岁的路涯跟着爸爸生活。

路叔叔经常来乔家串门，有时会带上路涯。路涯是个好看的男

孩,大眼长睫,唇红齿白,穿得也干净整洁,一点儿也不像他爸爸那样不修边幅。

刘玉娇也喜欢路涯,每次见到他就忍不住出声夸奖,说这孩子长得漂亮,以后不知道要伤多少小姑娘的心。路叔叔就笑着调侃:"他长得随他妈,不过以后性格不要随他妈才好。"

可能是因为双方都熟了,也可能是路叔叔人太好相处,刘玉娇说话也就直言不讳起来:"老路,你和嫂子是怎么离婚的?"

"还不是门不当户不对,她出生在一个知识分子家庭,自己也是个老师,长得又漂亮,都说我配不上她。可你看跟着我那十来年,我也没亏待过她,让她在家带带孩子不要去工作了,每个月发了工资都交给她存着,她的一件衣服够我一身行头,但到底还是留不住。"路叔叔不禁叹了口气,说到兴头就举起手中的玻璃杯对乔爸说:"来,老乔,干杯。""那你们离婚后,你就没打算再找个女人过?"刘玉娇端着一小碟刚炒好的花生米过来给他们下酒,笑着探问。

"找什么,都这么一把年纪了。"路叔叔哈哈大笑。

"话不能这么说,男人四十一枝花,老路你还四十不到,正是如狼似虎的好年纪。"乔翰梁抢在妻子前打着哈哈插话。

"就是就是,"所谓夫唱妇随,刘玉娇随声附和了丈夫的话,并极其违心地说,"我说老路,你这要去美容院好好梳妆打扮一番,上个发胶,穿个西装,看上去绝对是二十七八的大小伙。"

"哎呀,还大小伙,你们夫妇就别取笑我这个做哥哥的了。"

"我们这可不是取笑你,我和老乔私下还在琢磨着改天有合适的小寡妇,给你搭搭桥牵牵线,你说是吧,老乔?"刘玉娇笑呵呵地把话头转向丈夫,又说,"你要是什么时候自己有了相好可千万要告诉我们,我们帮你庆祝。"

"一定一定。""来,干杯。"每当大人们在聊这些的时候,乔望舒和路涯就一人一小碗花生米，坐在门边一条小凳子上吃得咯嘣咯嘣响。

对于大人们的谈话，乔望舒似懂非懂，有时听到生僻的词，乔望舒就会把头别向一边虚心地向路涯求教，而她的虚心在很长一段时间里都成了路涯的困扰，比如这天她问："什么是如狼似虎？"

路涯用筷子有一下没一下地戳着碗里放了一点儿糖的花生米，胡乱回答说："就是狼和老虎长得有点儿像。""哦。"乔望舒点了点头，又问，"那什么是小寡妇？"路涯一听，好看的眉头都皱了起来，不知道为什么突然脸也有点儿红了。不过，他脸红红的特别可爱，可惜乔望舒还来不及好好欣赏他可爱的样子，他就生气了："不知道，你去问你妈吧！"

乔望舒有些失望，她其实是看路涯闷闷不乐的样子，想找点儿话和他说，可是，他似乎更不开心了，于是，乔望舒眼珠子转了转，看见路涯碗里那些没怎么动的花生米，重新找了话题："你的花生米不吃吗？"

路涯听到她这么问，以为乔望舒想吃这些花生米，把碗一推："不吃了，给你吧。"

小乔露出了一丝微不可察的笑容，可能是觉得那个时候的自己真的很幼稚，然而那样幼稚而天真的时光又那样珍贵，珍贵到以后慢慢得到很多物质补偿，却再也换不回它。

而电梯的紧急呼救信号也终于被人接收到了，工作人员正在赶过来救援的路上，可我却突然希望他们慢一点儿来。

你可能觉得我疯了，因为比起马上离开这里，我更加迫切地想听她把这个故事讲下去。

03

李瑟是在第二年被大姑和大姑父接离了南乔镇的,对于将去往更大的城市,拥有更多的零食,学会更时髦的游戏这件事,李瑟反而有些闷闷不乐。饭后,她突然拉住乔望舒的袖子,说:"姐,最近路涯哥怎么都没来了?你能陪我去找他吗?我得把我要走了的消息告诉他呀。"

忘了说,那时候路涯来乔望舒家时,李瑟也喜欢跟着他一起玩。他教乔望舒一种叫"得碉堡"的游戏,游戏规则是:根据人数在泥地里画一个三角形或多边形,玩家各执一枚铁钉选择一个角,画一段弧称为碉堡,然后依次使钉子在泥地上立起,沿立点画出个人拇指到食指长度的线,再将这些线连起来,并将对方的用线包围,直至对方无路可走,攻下碉堡为赢。

而角与弧线圈成的碉堡也有一个说法,叫心,因此这个游戏又称作:吃心。

乔望舒在爸爸存放工具的抽屉里找出几枚长长的铁钉,认真地擦了擦锈迹,她聪明,路涯只讲解了一遍游戏规则,就会了。

而路涯已经是这个游戏的高手,第一盘他轻易就将菜鸟乔望舒逼得山河尽弃,最后他的铁钉屹立在她的碉堡,连起他进攻的最后一根线。

乔望舒由衷地赞叹:"路涯,你好厉害,你一下子就吃掉了我的心。"

第二局第三局局势依旧,路涯就像个常胜将军。

乔望舒有些气馁和沮丧了,路涯也看出来了。

到了第四局,路涯突然有了颓势,他的进攻线出发没多久就被乔望舒包围,乔望舒一鼓作气,最后竟然出奇制胜,她开心得跳了起来。她终于也攻入他心。

　　一个人想得到另外一个人的心不是件多么容易的事，除非那个人一开始就对你不设防。他无视你的入侵，手有寸铁，却节节败退，哪怕因此失了江山，失了天下。

　　然而，好景并没有维持太久，李瑟跑过来嚷着说要加入游戏。

　　路涯点头说："好啊，多一个人加入，游戏更有挑战性。"

　　乔望舒隐隐有些不开心，在她心里，已经认定这是只属于她和路涯的游戏，但她最清楚李瑟的性格，如果不让这个刁蛮大小姐加入，她一定会不依不饶，闹得大家都玩不了。

　　李瑟学得慢玩得差，败下阵来之后，会有很长一段时间被晾在一边，看着他们俩对阵，这个时间会很无聊。所以玩了几盘下来，她就不干了："你们两个合着伙来攻打我，我不要玩了，我们换种玩法。"

　　她刚说完，刘玉娇就喊乔望舒回去带弟弟了。那时弟弟乔泽厚才一岁多一点儿，调皮捣蛋。

　　但凡关于他的事情，乔望舒就必须像女仆一样，随叫随到，否则会被罚不准回家。

　　而这个时候的乔望舒，多么希望此刻路涯说一句：既然乔望舒要走了，那就不玩了。

　　可是路涯没有说，就算没有了乔望舒，路涯也很乐意和李瑟继续玩这个游戏。

　　而无论乔望舒多么不愿意把属于自己的游戏基地让给李瑟，她都必须立刻回家了。

　　迎接她的是乔泽厚这个小魔头的哭闹。

　　妈妈和弟弟，是她的软肋和牵制。

　　也是这种牵制，温柔而又深刻，在冥冥之中伴了她一生。

所以，李瑟提出要去找路涯的时候，乔望舒不诧异，她诧异的是她喊了自己一声姐。那大概是第一次，李瑟用那么亲昵的称呼喊她，以前她总是大声地喊着她的名字。这种忽然的转变让乔望舒有些受宠若惊。

"你一定知道他家在哪里是吗？"她低低地乞求着，"姐，带我去吧，就当我求你。我把我的抱抱熊送给你好不好？"

李瑟那只黄色的抱抱熊是前年过年的时候，她妈妈给她买回来的新年礼物，她当时高兴得要命，别人碰一下都不行的，这下居然舍得慷慨相送。

儿时几乎没有什么娃娃类的玩具的乔望舒有些心动。

不过李瑟猜得没错，乔望舒是去过路涯家几次，路涯上学比她高两届，又聪明。因此乔望舒不会的题目都会去问她，而她父亲也乐见其成。

路涯家也不远，走路也不过十几分钟，坐巴士只有两站路。小镇的巴士旧旧的，颜色十分斑驳，窗玻璃和坐椅都坏了不少，夏日的风吹进来，倒也舒服，天空很蓝，有云朵低低飘过。

乔望舒坐在靠窗的位子，回头看了看旁边的李瑟，她绞着手指，全然没有平常的活泼，好像还有点儿紧张似的。

见到路涯后，乔望舒好像有些知道李瑟当时紧张什么了。

路涯正躺在椅子上看电视，央视正在播电视剧《笑傲江湖》，正演到田伯光老师和令狐冲斗智斗勇的场景，小尼姑在一边大喊："你们别打啦别打啦！"

田伯光说："小尼姑，你知不知道他是谁？"

小尼姑说："令狐大哥，你姓什么？"

……

路涯眯着眼睛微微笑了起来，可是李瑟一见到他，咧嘴就哭，她飞快地抱住他:"路涯,我要走了,我舍不得你。我以后还会常来外公家的,你要好好的啊,等我啊。"

路涯眼睛还胶在电视机上,像个傻瓜一样愣愣地说"哦"。

那个年纪,大家对感情都还懵懵懂懂的,也说不出来那是怎样一种感觉。

乔望舒只觉得李瑟对路涯比对自己这个姐姐还要亲昵,这种亲昵让她在一旁看得怪怪的,心中微涩。

而那天乔望舒和李瑟回去的时候,还无辜地被大人痛批了一顿,说她带着妹妹乱跑,他们找不到人。

李瑟没有主动承认错误,只是抬头看了看乔望舒,乔望舒也不敢吱声。即使她说什么,在大人看来,一样是她的错,因为她是姐姐。

也是那一年,路涯认识了一群新的朋友,经常和他们一起去打篮球,并将乔望舒带进了他们的视线。很多人知道他和乔望舒的关系,一见到她就笑着说:"这就是你的那个小青梅吧?"

路涯不是个别扭的人:"是啊,她还是小孩子,你们可别打她主意。"

说得好像他自己已经变成了大人一样,眼睛亮亮的,一副张狂又得意的表情。可乔望舒喜欢这样的表情,保护她时的表情,好像全世界都被踩在脚下。

有一回乔望舒去路涯家玩,看到他放在书桌上的《灌篮高手》,随手翻了翻,竟不知不觉被吸引了,活泼搞笑单纯热血的樱木,沉默寡言酷酷的流川枫,浪子回头的三井,还有悠闲自在给人邻家大哥哥的感觉的仙道……每个人物都那么鲜活。

乔望舒好像有点儿明白为什么男生喜欢篮球这种运动了。

路涯的朋友中有一个叫陶谦的男孩,家里是开书店的,和他关系

好得可以免费去他那里借书和漫画看,于是路涯就把乔望舒带出来见世面。

陶谦家的书店有60平方米左右,离南乔初中不远。有三面墙,分门别类地卖一些旧小说和漫画,中间有个架子卖各年级学生的习题和参考资料。

那个时候国产动漫还不流行,书店的漫画也多是些盗版,种类也不多。

可对于当时年幼的乔望舒来说,却像突然打开了某个世界的门。

她轻易就爱上了漫画里的热血情仇,爱上了用漫长时光去做一个梦,她那时也还没有发现,与这些爱相比,还有一种更艰难更欲罢不能的爱,关乎那个送她第一本漫画书的人。

但是,那时的她还没想那么多,只觉得很快乐很快乐。

作为一个听故事的人,我也体会到了她的快乐,更何况她讲到这里的时候,我们已经安全走出了电梯,我提议说一起吃顿饭。

餐厅装修得很温馨,几盘菜端上来,摆在了绝处逢生的我们俩面前,色泽鲜美,香气扑鼻,让人胃口大开,我亦觉得生命如此美好,快乐且满足。

此刻的我和那时故事里那两个快乐的女孩男孩一样,还不知道他们即将迎来一场改变一生的残酷风暴。

04

在风暴来临之前总有一段时间是平静的。

在乔望舒事后的回忆里,那段时光是比任何电影里都更静谧美好的场景。

乔翰梁突然心疼起刘玉娇照顾孩子的辛苦，这个一向标榜"男主外女主内"懒散不爱做家务的男人，竟然每天早早起来做好早餐才去上班，下班后也不歇着，吃完饭就去洗碗。

刘玉娇也感觉到了丈夫的变化，颇有些不适应地说："这些事我来做吧，你上班辛苦，去看看电视早点儿休息。"

乔翰梁就说："有什么辛苦的？我是个男人，我理应照顾你们，照顾这个家，老婆，你相信我，以后我们的日子会越来越好的。等孩子们渐渐长大了，我们也就轻松了，到时可以享享清福。"

乔望舒看到，刘玉娇在乔翰梁洗碗的时候从身后抱住他，鼻酸的样子。那幅画面定格下来，成了她对幸福最好的定义。

同样成为幸福定义的还有，那么一个大男人，弯下腰来，让三岁的儿子骑在自己背上，把他举到头顶，或者学狗爬，学马跑，学老虎叫，逗得乔泽厚咧着嘴哈哈大笑，露出刚长出的新牙。

乔翰梁也偶尔检查乔望舒的作业，看到她漂亮的成绩单会摸摸她的头，不无得意地说："我家女儿就是聪明，好好学，等爸爸奖金发下来，带你和弟弟，还有妈妈去旅行。我们还没有全家出去旅行过呢。"

乔望舒是有点儿怕爸爸的，他虽然不像爷爷那么讨厌自己，却总觉得有点儿疏离，这并不仅仅是那次爸爸打牌的时候推开她，给她留下了阴影，而是更多的生活细节让乔望舒对他望而生畏，他们父女之间从来不会像别的父女那样，有很多牵手拥抱的时刻。

可是，当乔翰梁伸手抚摸乔望舒的头自豪地说我们家女儿怎么怎么样时，她觉得那样温暖，所谓父爱如山，那就是父亲，像山一样被依靠着的男人。

他的手粗糙而厚实，却带着阳光一样的温暖和云朵一样的温柔，在她的发梢留下了爱的温度。

可是那样的温暖、温柔和温度，在不久后的一天突然从这个世界上消失殆尽。

乔翰梁没有实现他许给刘玉娇好日子的承诺，更没有实现许给乔望舒全家旅行的承诺，他永远失信于自己的妻儿，因为他死了。

他死了！

这是那时的乔望舒怎么也不肯相信的三个字。

那个男人像往常一样做好早餐，带着对幸福生活的美好愿望，高高兴兴地出去上班，就再也没有回来。

据说是路涯的爸爸高空作业时不小心掉进了海里，乔翰梁一头扎进去，为了去救回自己的兄弟。然而不幸的是两个人都没有获救，人们在船上打捞了一天，才捞到两具发胀的尸首。

刘玉娇哭得整个人都直不起身来，乔望舒和路涯一直不相信，不信自己的爸爸会死，两个孩子双眼挂着泪珠，没有哭吼，但眼泪却像打开的水龙头，不断地顺着脸颊往下流。

谁看了都会心生怜惜。乔翰梁和路叔叔都是会游泳的人，因此打捞期间，家人都还抱着一丝希望，大家像是等着奇迹一般等着两个当家人生还。

路涯忽然不知从哪里找来一件潜水衣穿上了，发疯一样，非要自己跳进去找人，还好被他妈妈哭着紧紧地箍住了。

是的，路涯的妈妈也来了，她确实如路叔叔所说，是一个漂亮的女人，路涯像她。乔望舒还记得路叔叔调侃着说那些话的样子，如今他的人却已生死不明。

乔望舒并没有心情去想路涯妈妈的事情，因为很快，路涯爸爸的尸体先被打捞出来，路涯终于大声吼了出来，像一头野兽吼着冲上去，跪倒在地上。乔望舒感觉到双脚一阵发软，手脚冰凉冰凉的。接着就听到说另一个也找到了——是的，乔望舒的爸爸也被找到了，同样作为一具冰冷的尸体被找到了。这个消息让乔望舒浑身发冷,第一次品尝到失去亲人的滋味,不真切,很不真切,身体却如坠冰窟,她也想冲过去的,可是痛哭中的刘玉娇突然双腿一软,栽倒在地,发出闷闷的响声。

乔望舒下意识地,在冲上前去和拉起自己的妈妈之间选择了后者。人都死了,总要顾及活的。然而乔望舒扯着刘玉娇的手臂,无论怎么拉也拉不动,到最后自己索性也跌坐在地上,浑身都失去了力气,是的,哭得连力气都失去了。就在那一天,她和路涯同时失去了爸爸,失去了那座可以为他们遮风挡雨的大山,从此风大雨大,自己长大。他们都没有告别,来不及告别。

回去之后,家里没有人做饭,乔望舒打开高压锅,把两碗剩饭都塞进了肚子里,是的,亲眼见到爸爸肿成巨大鱼泡一样的尸首的她,狠狠地吃了两碗冷硬的剩饭。一边吃一边掉眼泪,没了父亲,从此她就是这个家的长女了。

她还来不及长大,命运就已经先教会了她肩上的责任重大。

此后,乔望舒很多次梦到那个男人,梦到他伸出手抚摸着她的头,说:"我们家女儿就是聪明。"

眼前的小乔也是大口地吃着饭,眼睛里有湿润的歉意,说:"海藻姐,对不起,我这个时候和你讲这些,害你吃不下饭了吧。"我摇头:"不会。"小乔说:"后面的部分有点儿沉重,要不,我给你讲个插曲吧。"

05

在这场灾难发生以前,乔望舒经常央求路涯带她去书店借漫画书

看，路涯无奈地牵着她，像带着一个小尾巴，就像乔望舒问他那些"高深莫测"的问题时一样，路涯虽然总是皱着眉头一脸嫌麻烦的样子，却仍一次一次不厌其烦地为她讲解。

那天陶谦也在店里，一见路涯就拍着他的肩膀，压低了声音说："今天去'明天'吗？"

路涯指了指乔望舒："我得送她回去。"

"让她在这里看书等你不行啊！"

乔望舒可不想被他们晾在这里，她下意识说道："我和你们一起去吧。"

"不行。"路涯说。

陶谦提议道："带她和我们一起去也行，她不是喜欢看漫画吗？网上有动漫可以看。"路涯沉思片刻点头答应了。于是，他们一行三人很快就穿过短街，走到街尾。小镇的房子普遍建得不高，最高也不超过五层，而眼前这幢房子的结构与大小和镇上的其他楼房无异，一楼都是门面，开的多半是卖烟酒和生活用品的店，如果你抬头去看，会发现二楼挂着一个灯箱，写着明天网吧。

从楼房的小巷子里进去，就走到了那幢房子的背面，不知道是哪家在炒菜，散发出青椒炒肉的香味，还有油烟味。陶谦走在最前面，由于后面的路没有铺水泥，有点儿高低不平，路涯拉着乔望舒，低声说小心。陶谦带着他们轻车熟路地走过一道并不宽的楼梯，二楼虽然是个套间，但摆满了电脑。原来这就是网吧啊！

也许因为老式的大头显示器占地面积大，也许因为人多，空间显得十分狭窄拥挤，烟味、槟榔味等各种奇怪味道扑面而来，让乔望舒觉得十分不舒服，可是在面对未知事物的好奇心面前，那点儿不舒服又显得那么微不足道。

陶谦一走进去就对吧台后面的人说了句什么，一边说一边转向路涯,"要不要给她开间包厢?"

"那就开2号包厢给她吧!"路涯说完拿出一张卡递给陶谦,拉着乔望舒穿过两排电脑的间隙,走到一个用竹帘隔开的房间,路涯掀开帘子对乔望舒说:"你先进去坐着。"

乔望舒听话地走进去,发现电脑屏幕黑着,里面的沙发上却好像半倚着个人。乔望舒先看到的是他的手。一只修长白皙的少年的手,他的指间夹着一支烟,烧了一半。呛人的烟味传来,包厢里没有开灯,加上青白烟雾的缭绕,让那个人的面容有些模糊。乔望舒吓了一跳,连忙退了几步,退到帘子后面,说:"路涯,这里面有人,我们换一个吧。"路涯狐疑地掀起帘子,却听到里面传出一个不太友好的声音:"拉上。"

"这是你开的包厢?"路涯见电脑开关都没开,问道。

"关你什么事?"对方口气不善,路涯也加大了声音:"如果你没有开这间包厢,麻烦让一让。"

"你在和我说笑话吗?我劝你赶紧消失在我面前。"

"你是哪个学校的?这么狂妄?"路涯全然没有被他唬到。南乔镇的网吧只有两家,但上网的人多,由于多半是学生,一到下午人就巨多,经常没有座位。

来这里上网都按小时计费,包厢一共也就两个,比普通的机位要贵一倍,在大厅有机位的情况下,大家通常不会选择包厢。

这些规则乔望舒当然不知道,她只是不想惹事,下意识地想要拉走路涯。这时陶谦也来了,他显然还不知道这边发生了什么事,说:"2号包厢据说被一个人傻钱多的阔少包了,路涯,你和你的小青梅坐一块吧。"

经他这么一说,路涯明白确实是他们闯进了人家的场地,路涯大概不愿乔望舒因为自己的莽鲁冲动和人发生冲突,而被牵扯进来。

"走,我们去那边。"

他握着一旁的乔望舒的手,也许是因为刚刚的惊吓,乔望舒被路涯拉着,走得跌跌撞撞。

"等等。"就在这个时候,身后响起了一个声音,那个人阔步朝他们走了过来。只可惜背着光,他的脸在暗影里,她只看到一点点轮廓,那人说"说谁人傻钱多?说清楚。"

"你还想怎么样?"路涯抬起脸,饶是他再隐忍,也有些不耐了。

"我说你们是故意的吧?"那人面容倨傲,"打扰我休息的兴致。"

他环着胸,给人一种居高临下的感觉。

"只有无家可归的人才会来网吧休息吧!"路涯回敬。

这话像是刺中了对方,他向前一步,逼视着路涯:"你再说一遍!"

路涯迎视他,那一瞬间乔望舒似乎感知到了路涯要做什么,她连忙挡在路涯和顾徊中间,对着顾徊慢慢地弯下了腰,说:"对不起,我们不知道这里是你包场的,真的很对不起。"

她说得特别真诚。对方冷哼了一声,却理也没理她,傲慢地从他们身边走过。走到吧台的时候,大声补了一句:"老板,我改变主意了,2号包厢我包年,以后就算我不在,这里也给我空着,不要让这些人进去把地方给我弄脏了。"

陶谦也看不下去了:"这谁啊?我在这条街上生活了这么多年,可没见过这号人物。"

路涯看了一眼怔愣的乔望舒没说什么。他给乔望舒申请了一个QQ,密码是她家的电话号码,乔望舒看着那个小企鹅,说:"那我以后可以在上面找你吗?"

"当然，我加了你。"路涯点头。

她不知道路涯转过身就登录了自己的QQ，打开一个叫谦谦君子的人的对话窗口，打下一行字："你找人去查查他的身份？"而谦谦君子就是坐在31号机的陶谦。

那时乔望舒以为，与顾徊这场相遇，只不过是人生中一个微不足道的小插曲，虽然她被他的跋扈所震。后来才知道，这个人何止跋扈嚣张，简直是个恶霸，他是一个只要他想要的，都会千方百计弄到手的人。

讲到顾徊的时候，小乔的脸上十分平静，她说："我从前以及以后的人生里从来没有遇到过他那样的人。"

我却特别理解她当时的心情，顾徊真的是一个会让人头痛的人。让我意外的是，乔望舒用了插曲的方式来讲述顾徊的出场。他这样的人，怎么会甘心当插曲呢？

在我看来，他应该是很少受什么重大挫折，才能长成现在这个样子。他若想去一个人的世界里，哪怕只是捣一下乱，对于那个人来说，也不该是插曲，而是主旋律吧。

如果你爱他,他是你的挫折;
如果他爱你,他是你的盔甲。

第三章
盔甲

01

乔翰梁的死,让乔家前所未有地热闹了几天,来了很多乔望舒见过的没见过的亲戚,闹哄哄地替她们孤儿寡母做了主跑到船厂闹事索赔。

甫一看虽然声势浩大,但真正到了现场,没几个愿意出头的。

负责从中间调和的是延安科长,他三十岁左右,中等身材,在船员中威望极高,每次船员遭遇什么难处都仗义相帮,为了给船员涨薪,还带领他们举行过罢工。据说他的家族背景颇深,船厂高层对他也颇为顾忌。

这次事关重大,他承诺一定会给家属一个满意的答复。

能有什么答复,不就是赔钱了事。而且接下来的谈判在赔偿金额上,船厂和受难家属方没有达成共识。

两位死者的尸首就用白布和席子包裹着,事情没处理好之前,船厂方就算有心送去火葬,也得不到家属的同意,于是就这么摆在厂门口,被拿来当成了索赔的筹码。

乔望舒和路涯被刘玉娇领着一直跪在沙滩上,夏日的太阳兜头直射下来,沙子不出一会儿就灼灼发烫,母女俩跪得膝盖红肿,双脚麻木,有人经过就会朝她们看过来,那样的目光,好奇、怜悯而又事不关己。

有些陌生的人还会小声讨论。

乔望舒觉得身体和心都已经麻木不堪了。原来,人到了真正绝望的境地,是可以把一切都抛下的,所谓自尊和体面在生死面前其实微不足道。

刘玉娇有一副大嗓门,平时"××,你妈妈喊你回家吃饭"这样的事很少发生在乔望舒身上,通常情况下,刘玉娇站在自己家门口,吼一嗓子几乎全村的人都能听到。这个时候,嗓门派上了用场,她看见一个人经过就在地上磕头,声嘶力竭地哭喊,喊亡夫命苦,喊船厂老板黑心,哪怕对方是毫不相干的路人。

乔望舒真怕她的喉咙会喊破,可她无法出声阻止。她的哭声,又引来了更多的人,很快就惊动了地方政府。

船厂迫于压力在当地政府的数次调解下向两位死者各赔偿了二十八万元。

那时候的乔望舒对这个数字还没有概念,只知道这笔钱是父亲的一条命。

倒是赔偿款下来之后,家里那些亲戚开始打起了主意。

帮着去闹事索赔的人都在他们的暗示明示下也开了工资,送了烟。

大姑和大姑父担心刘玉娇有别的什么想法,提出:"钱应该留出一半给乔老爷子养老,他含辛茹苦养大了儿子,最后连个养老送终的人都没有。"

众亲戚围着四方形桌子坐了一圈,七嘴八舌,有点儿像三堂会审。

坐在角落里一直一言不发的刘玉娇被迫表态,这些日子,由于没有好好进食,她瘦了一圈,脸色灰暗,眼窝深陷,整个人都脱了形。可理智还在:"剩下的钱我谁都不会给,两个孩子还小,钱会留下来供他们姐弟上大学。我刘玉娇命苦,嫁鸡随鸡嫁狗随狗的道理还是懂的,今生既然嫁给了乔翰梁,我就永远都是乔家的人,一心为乔家抚养这两个孩子,为爸养老送终。"

这段话说得铿锵有力。

其实,那些细节到后来乔望舒也不知道自己为什么记得,然而,这些都不是刺痛那个十二岁少女的,刺痛她的是,爷爷步履蹒跚地走向灵堂的身影和他走近后看她的眼神。

她一辈子都不能忘记那个眼神,冰冷、仇恨,就仿佛乔翰梁不是跳进水里救人而死,而是她亲手推下去的。乔望舒感到背脊发凉,汗毛直竖,想说什么,喉咙却干哑得发不出声,她猛然想起李瑟在屋后的樱桃树下说过的那些话。李瑟说她的命克父母!她应该相信命吗?如果真的是这样,她该怎么做?怎么才能保护她的家人?怎么做才能让妈妈、弟弟不再受到伤害?爸爸,你告诉我,我应该怎么做?后来很多次,乔望舒一个人跑到海边,坐在礁石上远望着遥远的灯塔,痛苦而绝望地喊出这些话。

那些绵密晦暗没有出口的心事,淤积在十二岁的少女心中,无法对任何人述之于口,哪怕和她共同经历这一切的路涯。

"既然有想要守护的人,那就要变成更强大的人。"一道空寂的声音响起,吓了乔望舒好大一跳,她惊慌地回头,只有海浪拍打着沙

滩的声音,一个人影也没有。她很害怕,又尝试着喊了一声:"爸,是你吗?"一阵海风吹来,回答她的仿佛只有这风声。一定是幻听,乔望舒这样安慰自己,可是就在她渐渐放松下来的时候,身旁突然探出一个脑袋:"哈哈哈。"乔望舒吓得一个不稳,滚下了礁石,重重地摔在下面的湿沙上,衣服和裤子都洇湿了一大片,贴着皮肤,沾满了细沙,怪不舒服的。

那个装神弄鬼害她摔下来的罪魁祸首却轻轻一跃,以一个优美的姿势落在沙滩上,对着早已狼狈不堪的乔望舒大声说:"喂,没摔死吧!"

他还好意思问,乔望舒瞪着他,那已经不是乔望舒初次见到顾徊。

当然,乔望舒还没有把他和网吧里那个狂妄的家伙联系在一起,当时网吧的光暗,如今才真正看清那少年的脸,那是怎样好看的一张脸?

白皙的皮肤,杏眼在金灿灿的阳光下像钻石一般夺目,长睫如羽毛一般覆在上面,往下是高挺的鼻梁,薄削的唇,下颔线条优美流畅,总之完美得像个假人。

即使是成年以后,乔望舒依然没有在任何一个地方见到过这么好看的男生,更何况少时的她。"你…………你……"

乔望舒说不出一句完整的话来。只是确认了刚刚是他在恶作剧,期待落空的同时,又长舒了一口气。

"还好没死,不然我可没有二十八万。"

"你……"乔望舒再次噎住,他怎么会……知道她家的事?

转念一想,也是,这件事情早已不是秘密,在这小镇闹了这么多天,路人皆知。

她没有理他,兀自转身往家走去。

李瑟也随着大姑回来为她舅舅奔丧了，她穿着小格子裙和短靴，青春又时髦。一见到乔望舒就把她拉到一边，说她想去看看路涯，乔望舒才想起，自从赔偿款下来之后，她和路涯就各回各家，再也没见过面。

　　也不知道他现在怎么样了。

　　路涯的妈妈戴爱琴帮忙料理了后事之后，就想接孩子过去和他们同住，然而却遭到了路涯狠狠的拒绝："以前是你不要我爸，是你当时选择离开了他和我，现在，是不是想得到那笔钱才来讨好我？"

　　"孩子，你怎么会这么说？妈妈只是想照顾你，重新给你一个家。"戴爱琴知道孩子不理解自己，可是他激烈的反应还是让她感到吃惊，说出的话更是像利器一般划在她心上。

　　"那好，你离婚，一辈子和我一起住在这里我就相信你，妈……妈。"路涯指着他爸爸留下的旧房子，满是嘲讽地说。

　　戴爱琴没想到这个十四岁的孩子会如此咄咄逼人，除了震惊，气恼，她更加难过。孩子到了叛逆期，她这个做妈妈的确缺席了他的成长，她感到非常自责。

　　最终，她妥协了："那好，你要照顾自己，有什么事一定要打妈妈的电话，妈妈会经常来看你的。"

　　就这样，路涯在即将十四岁那年开始了独居生活。

　　乔望舒被李瑟拉着去看路涯，她们走过青石板路，穿过田野，稻谷快要成熟的季节，风吹着翻滚的稻浪，她们还是坐了旧巴士，只是再也不是那番心境，李瑟说："姐，你有没有看到，刚刚上车的时候，有一个超帅的男生从一旁的小车上面下来，还看了我们几眼呢？"

　　乔望舒摇了摇头，这个时候她哪里有什么心情看帅哥，李瑟却难掩兴奋，在一旁扯着自己的裙子，说："你觉得我这身好看

吗？""嗯。"乔望舒明显心不在焉地回答她。而所有的魂不守舍在不久见到路涯安然无恙之后突然尘埃落定。

南乔镇的大多数人都姓乔，路涯是个外姓人，他祖爷爷那一代搬到了这里，他家的院子红墙灰瓦，独门独户，据说他爷爷年轻的时候是个泥瓦匠。此时，路涯正在家里摆弄一个船模，连有人走到门口都没有发现。

"路涯。"李瑟推开门，轻快地喊了一句。路涯抬起头，见到乔望舒和李瑟，黑眸放柔："你们来了。"不知道是不是进入变声期的原因，他的声音非常低哑。乔望舒发现他清瘦了不少，下巴愈发尖，只是一双眼睛，依旧清亮，像黑夜里亘古长明的灯，灼灼地照着她，他说："小舒，对不起。如果不是因为去救我爸，乔叔也就不会出事了。"说着不由得低下了头，不让她看到他眼里快要溢出来的哀伤。

听到这句话，乔望舒忽然想哭。

我试着在小乔的描述里去想象路涯的模样，苦难里踽踽独行的倔强少年，天资聪颖，慧根早生，对有些人来说，他是海水，冰冷绝望；对于有些人，他是火焰，赤诚温暖。如果你爱他，他也许是你的挫折；如果他爱你，他一定会成为你的盔甲。

而挫折里的乔望舒在少年时期路涯的眼睛里看到的不是冰冷的绝望，而是一些温暖和明亮的东西。

02

乔翰梁死后，刘玉娇变了很多，不仅脸上鲜少出现笑容，还严令禁止乔望舒和路涯走近。虽然过去她一直喜欢路涯这孩子，有时乔望舒在外面玩久了，不敢回家，免不了一顿责罚，但是如果能得到路涯的保驾护航，刘玉娇还会看在他的面子上把责罚免掉。

刘玉娇不是不清楚在这件事里，那孩子也是无辜和可怜的受害者，是命运不肯善待的人，可她是个传统的女人，老话说，父债子偿。她无法说服自己不为乔翰梁为了老路赔上一条命而耿耿于怀，她过不了这道坎，也无法去面对和接纳那个孩子。

因此路涯注定要背负这亲情的债务。

而这时乔泽厚已经六岁，能懂一点儿事，但还没有自己的主见，是大人说什么就是什么的年纪。

这种没主见在看到姐姐和路涯走近，就马上跑回家向刘玉娇打小报告时得到了充分的体现。

每当这时，刘玉娇就会搂着乔泽厚，一边痛斥乔望舒的不孝，一边抹一把眼泪，说："泽厚啊，你妈命苦啊，你长大了可不要学你姐这个没良心的。"

乔泽厚乖乖地回答："妈，泽厚不会的。"

有时，乔望舒也觉得刘玉娇越来越不通情理，她试图对她晓之以理，然而通通无济于事，甚至适得其反。

在刘玉娇看来，她就是为了一个外人，故意来给她添堵，长大一些迟早会不要她这个娘了。有时，母女俩一言不合还会发生激烈的争吵，刘玉娇嗓门大，回回都惊动邻里乡亲，三姑六婆纷纷相劝，模式通常是说些好听的宽解完刘玉娇，又语重心长地教育乔望舒："爸爸走了，妈妈以后只能靠你和弟弟了，你要懂事，要听话，要学会宽妈妈的心。"

那些劝慰的话，正在气头上的乔望舒哪里听得进去，多半是把头埋在膝盖上委屈地大哭，事后，乔望舒暗自回想起来，委屈的何止她一人。刘玉娇一个女人里里外外撑起这个家并不容易，思及此，又懊

恼自己一时冲动顶撞了她。

如何去改变一个成年人的性格？

永远不要试图这样做，哪怕她是你最亲最爱的人。

刘玉娇已经失去了丈夫，所以才越来越没有安全感，害怕再失去儿女，她惶恐别人靠近乔望舒，将自己的女儿带走，哪怕那个人不是路涯。因此总是将"迟早不要她这个娘了"这样的话挂在嘴边，时刻提醒着乔望舒不要做出那样的事情。

然而，没有人比乔望舒更了解那种不被了解和无处解释的心情了。儿时无论李瑟做了什么总是承担罪责的她，被爷爷当成不祥之人的她，自幼丧父的她，如今，就连母亲也说她是个不孝女的她……在这个世界上除了路涯，几乎一个朋友也没有。

其他人，无论大人还是小孩儿，虽然说不至于对她避之如洪水猛兽，但总是带着一点儿同情。

乔望舒讨厌和别人不一样，而今让她与路涯形同陌路，她做不到。

她像是扑火的飞蛾，总是尝试着去改变母亲，然而这也渐渐成为乔望舒青春期觉得特别无力的一件事，比起学好不擅长的理科，比起考出好成绩，比起处好同学关系更无力得多。

母女之间反复争吵，就像一把双刃剑，刺伤对方，更刺伤自己。

乔望舒变得越来越沉默，难过的时候，就捧一捧沙子铺在地上，用手指在上面胡乱地画着：花儿，树木，记忆里爸爸的模样。

画完又重新打乱。

周而复始。

同样那段时间，路涯去找乔望舒，每次得到的都是刘玉娇的冷脸。他是个聪明的男孩，很快发现了刘玉娇对他心怀偏见，以后便不敢直接去乔望舒家里找她了，乔望舒为此伤心不已，就在她以为他会因此再也不理会自己的时候,他又出现了,他说:"小舒,你知道海星吗?"

乔望舒点点头,从小在海边长大的人怎么会不知道海星。

路涯告诉乔望舒,海星的再生能力很强,无论是身体被切成两段还是被其他动物咬掉一只腕,不久它都会生出新腕,只要它的每一块碎片有一厘米长的腕就会长成一个完整的新海星。他说:"我们就像海星,即使真有一天被切开,也要努力生长,变得越来越强大。"

那时乔望舒忘了问一句"被分开的海星,放回大海之后还能找到对方吗"。

不久,路涯发现儿时玩游戏的那棵樱桃树下面有个小树洞,就和乔望舒约好,他们有事找对方就写一张字条,塞到树洞里。

虽然说有事才写小字条,但是乔望舒还是喜欢写各种小心情。春天,乔望舒说:突然发现班上有个很漂亮的女同学,能歌善舞,会弹钢琴,学习成绩好,人缘好没缺点。字条里,路涯回复:她可能有脚气你不知道呢。

夏天,乔望舒说:我们班这星期有排球赛,我被拉去凑数,我完全没有底气,好怕又发球出边线。字条里,路涯回复:别紧张,你随意一点儿,反正也赢不了。

秋天,乔望舒说:我又梦到我爸了,他在炉火旁打牌,笑呵呵的,好像真的还活着一样。字条里,路涯回复:那他赢钱没?输了的话,我们一会儿给他烧点儿纸钱去。

冬天,乔望舒说:乔泽厚那个家伙居然把我的围巾藏起来了,害得我最近好像有点儿感冒了,一整天都鼻塞。最近天冷,你也要注意身体,多穿点儿。字条里,路涯回复:快去拿药,岔路口拐角那家大药房,钱已经付过了,对了,我忘了一条围巾在那里,还是新的,借给你戴吧。

……

就这样,那棵樱桃树便成了乔望舒的秘密之树——悲伤的、压抑的、快乐的,总之是独属于他们两个人的小秘密,就这样日复一日,季复一季地在它的枝繁叶茂下生长着。

乔望舒一直没有在字条里说的一件事情是,她之所以会突然梦到她爸,是因为有个家伙在海边装神弄鬼吓过她一次。而这个家伙居然在初三那年转学到了乔望舒她们班,他穿着一件雪白的衬衫,自我介绍说:"我是顾徊,孔雀东南飞,五里一徘徊的徊。"

俊美,高贵,迷人,像是从天而降的王子一般。

没有人知道他内里藏着多少坏水,台下的掌声响得格外热烈和嘹亮。

在班上,乔望舒不是那种高调的人,都说穷人家的孩子早当家,乔望舒懂事得早,在学校里生怕惹出什么麻烦让刘玉娇来收摊。

那个时期,在班里当个一官半职是件挺威风的事,大家暗中热衷于当班干部,乔望舒偏偏相反,班主任原本就喜欢她这样安静读书的好学生,有意对她委以学习委员一职。谁知道乔望舒表示自己无法胜任。

事实证明,她的敬谢不敏是正确选择,这个班上远没有想象中太平。

初二下学期,班上一个成绩名列前茅的男生和一个女生早恋的消息不知怎么传到了老班耳中,老班先后找他们俩谈了几次话,也不知道具体说了什么,只知道女方不久就转学了。但自那以后,那个叫孟彬彬的男生像变了一个人,不仅成绩一落千丈,人也变得痞痞的,班上的其他男生以他为中心形成了一个圈子,在他的号召和带领下干了很多轰轰烈烈的事,比如把毛毛虫放进女生抽屉里,将她吓得在课堂上忽然尖叫着站起来,比如自行改编了一套广播体操的动作,还带台词,充满了讽刺的意味。

而那些试图把他往改邪归正路上引导的班干部都被拿来开涮,频繁遇到各种倒霉的事。

或许因为孟彬彬原是老班心中的重点高中苗子,顶着升学指标的老班一直没有放弃改造他,却被他气得几度如鲠在喉。

乔望舒只想踏实做人,不想做一枚钉在别人眼中的钉子。

可是而今,突然有这样一个少年模样的人风光地转到他们班上,他像块磁铁,轻易就吸附了所有人的目光,就连老班也跟在身后对他客气得有几分讨好的意思,孟彬彬他们这群人将一切尽收眼底,心里有了不平。

男生之间的恩怨,多半都是拼体力的——没过几天,班上大扫除,孟彬彬他们一伙的几个男生照例在教室里打闹,他们经常玩得兴奋时就用拖把柄当话筒,用扫把当吉他,摆出从电视里学来的姿势又弹又唱,滑稽得不行。

可是,这天出事了。

在顾徊转身准备出教室的时候,一块抹布从天而降,砸在了他雪白的衬衫上。由于长期被用来擦玻璃,抹布已经藏污纳垢看不出本来的颜色,又因为没有拧干还滴着水,顾徊雪白的衬衫顿时被印上了一大片深褐色的污痕。

丢抹布的人叫张清游,平日里经常跟在孟彬彬身后为虎作伥,砸了人居然还扯着嗓子说:"喂,新同学,麻烦帮我捡一下。"

明眼人都知道,这块抹布是孟彬彬投石问路对顾徊的第一步试探,如果顾徊按照他说的做了,他们的行为没准会更加猖獗,直到他对他们俯首称臣。

当时,班上还没人知道这位顾大少的具体来头,也不知道他是一个爱整洁爱到几乎有洁癖的处女座。同样,顾徊也不知道,即使在这

所升学率奇高的学校，同样有着与师长斗智斗勇的叛逆势力存在着。

他黑着脸走向张清游，吐出两个字："道歉。"

一字一顿。

张清游依旧嬉皮笑脸："谁让你不长眼睛往我的抹布下面钻。"

嚣张不过三秒，顾徊已经一把揪住了他的衣领，一只手按住他的头。

顾徊是复读生，年纪比他们大一岁，个子也高出他们不少，毫不迟疑地将张清游的头往一桶污水里按，孟彬彬在内的几个男生走过来推他："你想干吗？"一时之间场面陷入了混乱。混乱的中心，那个叫顾徊的少年人单力薄，很快就被围殴了，可他抓着张清游的那只手，力道却没有松懈，若非其中一个人踢翻了那桶水，恐怕张清游就真要在污水里洗头洗脸了。

或许张清游他们这群人现在回过头去看，当时所在意的那些恩怨和是非已经微不足道，可青春里从来没有小事，只有兄弟和对手，不能做兄弟，便只能是对手。

03

那场较量的结果是，顾徊脸上挂了彩，但其他人也没有讨到好。老班查明事因后，重重地叹了一口气，对孟彬彬说："去把你的东西收拾一下，明天不用来学校了。"

从前比这更出格的事孟彬彬也干过不少，但老班从未用那么失望和决绝的口气逼他退学。"这次是学校的决定，我也保不住你了。"老班惋惜地说。

"那太好了,我早就不想看你这张虚伪的脸了。"兴许是少年意气,孟彬彬昂着头说走就走,他或许不稀罕上学,可他的父母都是朴实的农民,得知儿子被勒令退学,第二天便揪着他,跑到学校求了老师又求校长。

为此,张清游写了一份道歉书亲手交给顾徊,请求顾徊去学校里帮孟彬彬说句话。

顾徊找到校长,若无其事地说:"我和彬彬他们几个就是闹着玩,不用上升到退学的高度吧。"

孟彬彬最后还是回到了学校,经此一役,顾大少威名远扬,与孟彬彬之间的较量或许没有终止,但表面上竟相安无事了。

过了一段时间,班上突然流行起折纸鹤和星星,那种方块的小花纸和彩色的长条塑料管,在女生们的巧手下,变成了一只只漂亮的纸鹤和一颗颗小巧的星星,几乎每个女生都跑到学校外面的小商店,大把大把地买回来,大抵都觉得这样一颗一颗亲手折出来送人很有意义。

乔望舒想起自己小时候送玻璃珠给路涯的惨痛经历,暗暗摇头。她知道路涯一向不喜欢这种女生气的东西,受他爸爸影响,他也开始喜欢上了船。

乔望舒和李瑟去他家那次就看到他在组装船只模型,路涯告诉乔望舒她们,他爸爸是真的喜欢船才在船上工作了半生,也在船上结束一生。

路涯本不是个吝啬的人,可是当李瑟问能不能送一只船模送给她当纪念时,路涯甚至想也没想地说了两个字——不能。

乔望舒亲眼看着他把那只船模珍视地小心翼翼地放在组柜上,心中不由得打起鼓来。

李瑟兴致昂然地说:"路涯哥,这船你不愿意送我,但也别放回

去呀,给我看看总可以吧。"

一边说一边走过去把船模双手端下来:"姐,你快来看,路涯哥做的小船实在太好看了,就像真的一样。"

乔望舒挪了两步,本欲伸出手把船从李瑟那里接过来,可是李瑟松手太快,船模"啪"的一声掉在了她们两个人之间的地上,裂成好几片。

那一瞬间,李瑟和乔望舒同时愣住了。路涯听到响声,飞快地蹲下去,心痛地捧起摔坏的宝贝,抬头对李瑟吼了一句:"你干什么?"

李瑟吓得连忙道歉。乔望舒也从来没有见过路涯这么生气的样子,整个人都变得冰冷和恐怖,她也有些吓着了,连忙解释说:"路涯,不是李瑟摔坏的,是我没接稳,对不起啦。"路涯没有说话。虽然乔望舒这样说,但路涯还是瞪了一眼李瑟,李瑟缩到一边。事实上,李瑟确实不是故意的,因为故意的那个人是乔望舒。乔望舒与路涯刚好相反,她在爸爸出事后就对船充满了恐惧,如果可以,她一生都不想坐船,也不想路涯去做与船有关的工作。

她原本不是一个爱耍心机的人,可是,她觉得自己直接跟路涯说让他不要去做这件事情,路涯一定不会接受她的建议,所以她利用了李瑟,那也是她唯一一次利用李瑟。

可是路涯一字一顿地告诉她们,这是他爸死前做了数月,只差一点儿就竣工的船模,他花了近半个月,才完成了爸爸的心愿将它做好。

这是他们父子共同的心血。

看着路涯伤心地垂下眼睑,乔望舒心里也跟着翻起巨浪,她已经意识到自己做错了,那是路涯的爱好,是他在失去了至亲之后,仍然坚持的爱好。

就算他喜欢船，以后也不一定会去船上工作，她怎么可以为了自己莫名其妙的恐惧感而毁坏他的心血，做出让他痛心疾首的事？她忽然有些憎恨自己。

最近小乔已经学会了把公司的地板擦得干干净净，我想即使是处女座的Boss亲自来也挑不出一丝毛病吧，工作也从最初的纸上谈兵到渐渐开始上手了，可能是因为她跟我得走近的原因，也没人再喊她去打饭。但她还是那样老好人一个。那种小小的利用某个人去达成某个愿望的心机似乎也没有展露过，但我却觉得那样的心机很可爱。一个小女孩以善良为动机而表露的小心机，让人怜惜，也让人怦然心动。

04

乔望舒没有赶上潮流去为一堆千纸鹤和星星废寝忘食。她要攒钱买些船只模型需要用到的木板和材料赔给路涯，让路涯可以重新再做一只漂亮的帆船模型。

可是，这让她在班上变成一个异类，并被推至风口浪尖的契机。由于这是初中的最后一个学期，大家开始伤春悲秋，互赠东西，收到礼物的人私底下也会讨论。有人得意扬扬，自然就有人不屑一顾。据小道消息说，全班收到礼物最多的那个人是顾徊，班上除了两个女生，其他人都给顾徊送过星星纸鹤，还有一些被他说成乱七八糟的东西。可顾大少压根看不上眼，全部扔进了垃圾桶。如果心碎能发出声音，那么，消息传出的那一天，他们教室里想必已经哀声遍野。另外一方面，这个消息也促成了大众的好奇心，大家都猜那两个女生是谁。

其实也用不着怎么费劲地去猜测，真相已经摆出来了，在他们班

上，只有乔望舒没有买那些塑料管子和纸片，也没有人看到过她叠纸鹤或折星星。

议论声乍起——"这两年多来乔望舒一直拿奖学金和贫困生补助，她没有送东西给顾徊，一定不会是因为不想，而是因为，穷。"

"一罐星星瓶子小一点儿的，也要好几十块钱呢。"其他人随声附和，"就是，看她平常那么节俭，去食堂吃饭都舍不得打荤菜，有时还自己从家里带煮鸡蛋过来，别人都不爱穿校服来学校，她倒每天都穿，好像没有衣服换了似的。"所以，是她无疑了。"只是，另外一个人，就有点儿难猜了，你们说会是谁呢？"就在这时，有个女生主动站了出来，她走到窗口，拉起坐在座位上解题仿佛没有听到她们悄悄讨论的乔望舒，从容地走到刚刚小范围讨论的女生堆面前："你们是不是觉得去倒贴别人，把自己一片真心放在尘埃里让别人践踏很有趣？"

乔望舒看了女生一眼，竟然是她——

是那个她曾经在字条里给路涯描述说没有缺点的漂亮女生，她们素日没有什么交集，但乔望舒很早就注意到她了，因为她有一头长长的柔顺的披肩发，有时戴一枚漂亮的发卡，好看得不行。乔望舒记得她的名字，韩初雪。

韩初雪的声音温软，可是语气却带着力量，转过脸来看向乔望舒的笑容静美。乔望舒看上去好相处，但并不是一个任人揉捏的软柿子，韩初雪的举动让她突然觉得有点儿解气，回给她同样友好的笑容和一个点头。

而顾徊就在这个时候走进了教室，他的眼角淡淡地扫过这边，轻飘飘吐出一句："这是在搞起义？"

韩初雪轻描淡写地回道："顾大少要参与吗？"顾徊的杏眸微微眯起，似乎漫不经心地看了乔望舒一眼，吐出三个字："没兴趣！"

他的睫毛那样长，眯眼时，像覆在宝石上的羽毛，乔望舒却不由得想起另一个人的眼睛，漆黑，清亮，澄澈，不由得微微一笑。"你笑什么？"顾大少大概以为乔望舒在笑他的话，冷然问道。

"没，没什么。"乔望舒连忙解释。

"人家对你笑当然是表示友好，你可别吓着人家了。"韩初雪在旁边轻轻地又状似指责地说。顾徊却恍然觉得她的笑另有含意，而他，无从知道那层含意。顾徊对乔望舒的好奇心当然不是从这个笑开始的。说起来，顾徊之前念的是有名的贵族中学，平日里不学无术，和那些官家子弟怎么胡闹，他父亲都不管，只是最后中考成绩一塌糊涂，让他的父亲顾应华面上无光。顾应华年轻时也是个叛逆的主，当时他父亲让他考公务员，可他却选择了做生意，现在混得风生水起。顾应华有个表弟是革新船厂的中层领导，对顾应华这个表哥一直敬重有加，怂恿他在南乔镇买了一块地建了楼房，并极力说服他入股他们船厂。这也是顾应华强制将顾徊带到了这个小镇要求复读一年，并将其塞到了这所环境不怎么样，升学率却奇高的学校的客观原因。

顾大少自然百般不愿，让他作为一名年龄最大的初中生，在这所破学校里和一群不开窍的土包子共同度过一年，还不如杀了他痛快。然而，父亲这次动了真格，就连母亲的怀柔政策也未能将他说服。

为了尽可能不面对父亲那张脸，顾徊暑假期间跑到网吧玩了大半个月游戏。还是开学了，他琢磨着该怎么解闷的时候，看到了那个坐在墙边，握着笔杆认真解题的女生。

乔望舒。

他一直知道她的名字，可是她显然并不知道他是谁！他突然觉得这很有趣。很长一段时间，他暗中观察她，却也没去打扰她，她不算特别漂亮，人也低调，似乎想要努力地把自己隐没在人群里，最大的爱好是看漫画。优点是学习成绩好，不过，顾徊敢保证，如果成绩好

没有奖学金可拿,她下次肯定不会这么给老师面子,不过她应该也不会考得太差,因为差生会常常被老师恨铁不成钢地念个不停。

而这样过了一两个月,他们说过的话应该不超过两句,不仅如此,这两个月,从《名侦探柯南》到《灌篮高手》到《死亡笔记》,顾徊高价托人从国外买了全套的正版,摆在桌上显眼的位置,其他同学纷纷来找他借阅,唯有她岿然不动。

有一回,顾大少从她座位旁经过,碰掉了她码在桌边的书。他不捡,她也不出声责怪,自己默默地弯腰捡起来拍拍灰,继续做她自己的事。

第二次,他和一群男生在打篮球,突然发现她经过,鬼使神差地把球朝她的方向投过去,但成功地让她注意到滚过去的球。

顾大少朝着球和她奔过去,满心欢喜地以为她会把球捡起来护送到他手里。没错,她是把球捡起来了,却随手给了路过的另外一个女生,自己走了。如果不是班上那些女孩送的那些幼稚死了的东西,顾徊都怀疑自己在这里上了两个月学,人都变得没存在感了。

就这样,乔望舒似乎从未留意到他的存在,而他,从来不是那样没有存在感的人。

她凭什么?

顾大少心中忽然燃起了一种不痛快的感觉。

因此,他故意跟和他打篮球的几个男生说班上只有两个女生没有送过他东西。

都说女生这种生物天生爱嫉妒,顾徊认为自己在给乔望舒创造人际危机,哪知半路杀出个韩初雪,轻松化解了乔望舒的尴尬。

诡计没有得逞的顾徊十分扫兴,一连几天,都闷闷不乐的,觉得这个破地方越来越没劲了。

后来韩初雪悄悄地告诉乔望舒,说她觉得折星星还蛮有趣的,她也折了两罐子。她温软的声音与适才判若两人:"不过我还没有找到可以送的人,望舒,我送一罐给你吧。"

不知道为什么,乔望舒再次想起了路涯,因为路涯也说过类似这样的话:"你喜欢的话,我送一罐给你。"

无功不受禄,对韩初雪的慷慨馈赠,乔望舒自然是不好意思接受的。因为她实在想不到应该回送给她什么,又不愿自己对别人有所亏欠,连忙说:"不用了,你折那么多星星花了不少时间和心血,我怎么能要你的。"

"哎呀,没事,反正也无聊,折着玩。"她从书包里拿出两个漂亮的玻璃瓶子,将其中一个粉红色瓶盖的瓶子递给乔望舒:"这个送你,你要好好收着,听说收到一瓶星星,对着它许愿,愿望能实现哦。"

乔望舒迟疑了一下,还是开心地接过来,真诚而又感恩地对她道了谢。

而韩初雪笑着举了举蓝色瓶盖的星星瓶,说:"如果我遇到我喜欢的人,我就把这瓶送给他。"

很多年以后,我邀请对我讲这个故事的小乔去我租住的小公寓玩,她看到一盏小台灯说好看。我说:"你喜欢,那送给你。"她说她怎么能夺人所爱。

我认为能送礼物给兴趣相投的人对我来说不是失去,而是得到。

而我也有些怀念那些上学时送我礼物的人,哪怕那时大家都不富有,虽然只是一张小小的明信片,背面写的也全是一些酸掉牙的话。

所以,我特别喜欢小乔对我讲这些温馨的细节,然而,有句话说,细节改变命运。这对星星瓶子在当时一定在无形之中拉近了两个女孩的关系,带给她们勇气和力量,但后来也是因为这对瓶子差一点

儿出事。

05

乔望舒真的对着那瓶星星许过一次愿,虽然这听起来很傻。但是年轻的时候,谁没有做过几件傻事呢?即使高傲如顾徊也不能幸免地犯过傻。

由于个子高,在重新选举班干部的时候,顾徊当上了体育委员,他原本很不屑当官,但同桌的男生跟他说:"当体育委员挺好的,做广播体操的时候可以在前面领操,你看谁不顺眼,就可以把他揪出来,让他做一百个俯卧撑。"就是这句话改变了顾徊的决定,也害惨了乔望舒,因为乔望舒就是被顾徊揪出来做体操的那个。

那是一个星期一,虽然是秋天,但日头正烈,在那种天气下上体育课本身就是一种折磨,乔望舒在众目睽睽之下四肢僵硬,一滴汗水在她的脖子上滚动,像一颗珍珠,跌落在领口。

顾徊感到口干舌燥,板着脸,一口官腔:"动作不对,手伸得不够直,膝盖屈得不到位。"他也不自己做示范给她看,几遍下来,就是说不行,最后伸手去纠正她的动作。

不知道为什么,碰到她的手臂时,他感觉火辣辣的,像有一阵电流传过。那是他和她第一次有身体接触,很奇怪,她穿着秋冬校服,可他还是觉得烫,一直从手心烫到了他心里。顾徊收回手,气急败坏地说:"算了,像你这么笨的人怎么也教不会。"乔望舒挺直背脊,咬咬嘴唇,想说句什么,又终究没有开口。其他同学都因为顾徊的话开始大笑。

人为刀俎,我为鱼肉。这句话说得很像那个时候的顾徊和乔望舒。她总是那样咬咬嘴唇，极力藏着自己的真实情绪，可是又藏不住眼里的倔强。可这样也没有让顾徊觉得索然无味，越是这样，越能激发顾徊的某种征服心理，他知道她在忍，可是他想知道她到底能忍多久。后来，顾徊才知道，乔望舒不爆发，不反抗，是因为这些或许给她造成了困扰，但都还没有触及她的底线和软肋。所以，气急败坏的那个人反而总是顾徊自己。不久，月考成绩出来了，为了鼓励大家学习，班主任说，这次月考前三十名可以自由选座位，按成绩排名，第一名先选。那一次，乔望舒保持了自己的水准考了全班第二，而第一名竟然是顾徊。老师重点表扬了顾徊，问他想坐哪里。顾大少漫不经心地环顾了一遍教室中间的黄金座位，然后视线落到了靠墙的某个点，定格。他长臂一伸，修长的手指了过去："老师，我就坐那里，八组三号。"

八组三号，那么僻静的位置，坐着的是有些孤僻的第二名乔望舒，同学们一阵唏嘘，感觉到了一种硝烟的气息流淌在空气里，难怪人人都想争当第一，那种耀武扬威、理直气壮地让仅比自己落后一点点的第二名滚的感觉一定爽到爆肝吧。

班主任笑着说："刚好轮到望舒选座位了，望舒想坐哪儿？"他说这话的时候，顾徊已经收好了所有东西，走到了乔望舒课桌前，一副等着她赶快搬走等得不耐烦的模样。

从那个时候开始，顾徊身上就带着天生的掠夺的气息，只是他自己并没有发觉。乔望舒没有抬头与他对视，而是快速地收拾东西，接过老师的话："我就坐一组吧，老师，一组六号。"一组六号靠窗，离八组也最远，乔望舒下意识地想要远离那个人，他让她感觉到不安。

与此同时，陶谦在勾着路涯的肩，说："上次那个人傻钱多的小子，我费了不少力气摸清底细了，他叫顾徊，现在在南乔中学念初

三。这小子家庭背景挺复杂的,他爷爷是国土局局长,他爸好像是个商人,具体做什么的不知道,不过……"陶谦迟疑了一下,在路涯的追问下说道,"听说现在入股革新船厂了。"

革新船厂!路涯默念着,沉吟了半晌,问了句:"他在哪个班?"

"好像是188班。"路涯眉头深锁,冤家路窄,小舒就在188班。他想,不管那小子什么来头,如果他敢动他的人,他绝对不会放过他。

就是换座位那天,路涯来学校接乔望舒,那时路涯已经念高二了,人也长开了,高,清瘦,骑一辆蓝色的摩托车,穿一件破洞的牛仔外套,斜斜地背着一个单肩黑背包,头顶反扣着一顶棒球帽,带着一股子落拓的味道。走在初中校园里,很多女生朝他看过来。

可他目不斜视,在校门口停车后,径直走到乔望舒她们教室外面,站在长长的走廊上等她放学。

惹得向外面多看一眼的女生们都无心听课。

那些女生也包括乔望舒自己,下课铃一响,乔望舒迫不及待地想飞奔出去,可她故意慢慢地收拾书本,韩初雪走过来喊她一起走,她也回道:"你先走吧。"

一直到教室的人,陆陆续续地走得差不多了,乔望舒才走了出去,几步跑到路涯身边,所有的激动都荡漾成微扬在嘴角的笑和一句简短的:"你来了。"

路涯将一个纸袋递给乔望舒,里面装着乔望舒最喜欢吃的烤红豆饼,被他用手焐着,还有些热。

乔望舒说着放到鼻子边闻了闻:"好香。"

后来乔望舒读到王维的《相思》:"红豆生南国,春来发几枝?愿君多采撷,此物最相思!"想起那时的他们。

路涯看着她一口咬下去夸张地说"好吃"的样子，好看的眉头舒展开来。

乔望舒忽然抬起头，说："路涯，告诉你一个好消息，我们学校这周四晚上要在操场上放一部动漫。"

"什么动漫？"

"好像叫《千与千寻》。"

彼时，乔望舒她们班教室的走廊外，路涯与她并肩走在放学后稀稀拉拉的人潮中。眼里心里都只有身边那个人，所以没有注意到就在他们身后不远处有一双眼睛，紧紧地盯着他们的背影，杏色的眸子里，满是嘲弄。

就在一天前，顾徊把月考的成绩单放在他的父亲面前说："你的目的达到了。"

男人拿起成绩单一看，不怒而威的脸上忽然有了笑意："南乔中学果然名不虚传。"

"你说只要我能进前三就满足我一个条件的。"顾徊的脸上没有什么表情。

"你说吧，这次又要多少？"

"我不要钱。"

"只要你不要求转学，其他的条件爸爸都可以答应你。"男人的笑声在偌大的别墅里格外嘹亮。

"你去我们学校的操场上放一场电影。"

"就这样？"男人有些不敢置信，似乎想到什么，"顾徊，这中学可不比别的地方，不能乱来。"

"放心吧，我要你放的是适合我们这样奋发图强的中学生看的动漫电影，《千与千寻》。"

"好，爸爸答应你。"男人虽然不解儿子为什么会提出这么奇怪

的要求，但他大多数时候都很忙，没空去深究这个还处在青春叛逆期的儿子的心理。

"望舒。"一个声音传进乔望舒耳中，也打断了不远处顾徊的回想。

"初雪，你怎么又回来了？"乔望舒发现是往回跑的韩初雪。

"我忘东西在教室里了。"韩初雪解释道。乔望舒发现韩初雪虽然跑得气喘吁吁，但这一点儿也不影响她的漂亮，见乔望舒身边有个陌生的男孩，问："你朋友？"

"对，他叫路涯。"乔望舒介绍说，又转向路涯，"这是我们班同学韩初雪，就是我跟你说她人很好很漂亮的那个。"

可能是想起乔望舒夸张地说起韩初雪漂亮时，自己回的那句：她可能有脚气你不知道呢。路涯故意在乔望舒面前低头看了一下韩初雪的脚，韩初雪穿一双红色运动鞋，初中那时候还不是特别流行穿靴子，稍微有点儿款式的运动鞋就是当时学生们的潮牌。

不过他还是对她牵出一个淡笑以示问候。

当然，韩初雪并不知道他和乔望舒之间有这个梗。这个男生在教室外面等人的时候，她就看到他了，他站在那里，冷冷的，透着一点儿与世隔绝般的孤独和疏离感。

韩初雪以前觉得乔望舒身上就有这种感觉，而她没想到这个叫路涯的男生笑起来这样好看，露出雪白的牙齿，美好得如同一个一晃而过的广告镜头。

06

刘玉娇在丈夫死后，在南乔镇集市的菜市场租了个小摊位卖些菜，那地方虽然脏污狼藉、鱼龙混杂，但生意倒也不好不坏。

乔望舒放学早的时候或者星期天也会去帮帮忙，虽然她很不喜欢那里的人，来买菜的大妈大婶们总是千方百计想占点儿便宜，买一棵包心菜还要顺走两把葱，临走前还嚷嚷着有没有缺斤少两。

旁边那对夫妇老是吵架，多数时候仅仅是为了一点儿零钱。

最最重要的是对面有家铺子，卖鱼虾的叫伍叔的男人脸上有一道狰狞的刀疤，听说以前是混社会的，后来闹得妻离子散，四十几岁了来这里开了家店，却没事总喜欢管刘玉娇这边的闲事，帮着干些搬搬土豆，收收摊之类的重活，一见到乔望舒来，就用黑色袋子挑一条鱼或一袋虾说要让她带回家。

乔望舒每次都冷硬地拒绝，她畏惧伍叔这张脸，哪怕他笑脸相迎，而他脸上那种讨好的热情不知为何让乔望舒特别反感。大家都说："要不是有伍叔罩着，你妈的摊在这里，估计也摆不下去咯。"言语之间尽是暧昧的神情。有好几次，乔望舒实在看不下去了，劝刘玉娇："妈，我们家别去卖菜了，你看你老是腰疼，可别累坏了身子。"

每当这时，刘玉娇就会冷言相向："不去卖菜拿什么养你们，供你们念书，你以为你们姐弟俩吃的穿的都是自来水冲来的吗？"

在这样环境里长大的乔望舒又怎么不知道生存的苦，可是饶是如此，她也不想因为这样，就让自己的亲人有机会接触那些心术不正、心怀不轨的人："我们家不是还有那笔钱吗？等我念完书，我会好好赚钱来养家的。"

"那笔钱，那笔钱，你和那些没良心的亲戚一样就知道惦记那笔钱，那是你爸用命换来的，你想三两天就挥霍了吗？"

刘玉娇黑着脸，她这几年脾气越来越差，身体也越来越不好，去检查又老是查不出什么原因来。

这话像一记耳光打在乔望舒脸上,火辣辣地疼,乔望舒急得眼泪都要下来了:"妈,我不是这个意思,我就是……就是心疼你,我们就不能去开家小店吗?卖衣服或者杂货,什么都好,也总比在这种地方租个摊位强。"

"开家小店,你说得简单。乔望舒,你给我好好读书别在学校惹什么麻烦就算是关心我了,其他的事不是你该操心的。"

最后,说来说去,总是这样的结论,这让乔望舒无奈、气馁。

可年少的她,全然无力改变这一切。她只能无数次含着眼泪,暗下决心好好读书,将来带着母亲和弟弟离开这里。

那段时间路涯似乎看出了乔望舒的低落,他们自幼一起长大,她皱皱眉,他便知道发生了什么,这次也不例外,他很快就知道了乔望舒的苦恼之源,安慰道:"不用担心,我查了伍叔这个人,他以前虽然干过一些不好的事,但这几年已经改邪归正了。"

乔望舒感激地看向路涯,他有一张棱角分明的脸,黑眸既像是最浓稠的墨,又像清澈的湖,他总是能猜到她的想法,教会她怎样面对,无所畏惧地活。

少女就这样久久地凝视着他,说:"谢谢你,路涯。"

路涯倒被她看得有些不好意思了,他们相遇得太早,那个幼小的女孩渐渐长大,曾跟他分过一个苹果、一碗花生米,也和他经历了相同的命运、苦厄的女孩长大了。她就像他的镜子,她的哀伤就是他的,她的快乐也是他的,从他们的父亲离开人世那天起,他就下定决心,一定要保护她,不让这个世界的烈风吹乱她的发,不让冷雨淋湿她的心。

而此刻的他能做的却只有轻轻地牵起她的手,把自己手心的温度传递给她:"我觉得你开家小店的提议很不错,我会帮你们留意附近有没有门面出租,如果有合适的,我们再想办法说服阿姨。一定有办法的。"

"嗯,我相信你。"乔望舒笃定地点头。

在这个世界上,全心全意对你好,帮助你,扶持你的人其实并不多,可对于乔望舒来说,路涯就是这样一个人,她愿意相信他,哪怕他说太阳明天会从东边落下。

周四的晚自习,操场上拉下了幕布。

南乔镇上也放过电影,是一些很老的武侠片,看客们很欢乐。这次,听说是动漫电影,各班级的同学都很兴奋,早早地搬着椅子在操场上候着,终于天黑了下去,屏幕亮了起来,所有的吵闹喧嚣都停止了。

那是乔望舒第一次看这种风格的电影,画面从头至尾深深地震撼着她,只觉得美好,哪怕这美好也伴随着苦难。当千寻的父亲走进那个不知通往何处的漆黑的洞口时,乔望舒仿佛看到了自己,千寻也曾害怕地忍不住想去拉住父亲的手,可是他的父母仍旧没有回头看一眼无助的她,义无反顾地朝洞里走去。

小小的千寻只能跟着他们向前走,走向那个凶险不明的未知世界。

乔望舒的心中涌起感动的潮水。唯独有点儿美中不足的是,观影时,边上几个女同学在一边叽叽喳喳地讨论,以及一旁某人在不停地剧透。

那个讨厌的剧透的人就是顾徊,这种剧透透着一股盛气凌人的优越感。

就像他看的那些正版漫画,他用的文具,他身上穿的那些名牌衣服和鞋子都是这个落后的小镇其他同龄人可望而不可即的,可大家还是喜欢听他讲。

没过多久,小学一年级的乔泽厚在学校惹事了,那小子平时在学校被同学欺负了也闷声不吭,这次,后座的男生用削铅笔的刀片故意

划坏了刘玉娇给他新买的小西装,他在放学回家的路上,抓起一块板砖朝人家拍去。

刘玉娇从老师那里听到消息后马不停蹄赶到的时候,那小孩儿已经在医院缝针了,对方的母亲一看到刘玉娇就张牙舞爪地扑上来,说自己儿子要是有个三长两短,非得跟她拼命。

幸好医生护士将她拉开了,医生告诉他们,那小孩儿后脑勺儿被砖角砸出一个小洞,有轻微脑震荡,好在小孩儿的力气不大,不然,那样拍下去很可能致命。

刘玉娇光是想一想那种可能就双腿发软,她平常宠着乔泽厚宠上了天,哪怕乔泽厚在家里很挑食,很多蔬菜都不吃,鱼和鸡不吃皮,蛋不吃白……她也都顺着他。

有时候,乔望舒对她弟说:"泽厚,你这样挑食不好,营养不均衡。"刘玉娇还会白她一眼,护短道:"营养不均衡可以买别的食品补充,你让他吃那些不爱吃的东西多难受。"

乔望舒无话可说。

刘玉娇喜欢买各种奶制品给乔泽厚喝,娃哈哈之类的东西家里总是成箱成箱的,爷爷也宠着乔泽厚,乔泽厚去他家称王称霸,简直是第二个李瑟。

但这次差点儿闹出人命,回家后,刘玉娇终于有点儿意识到自己对刘泽厚的过度宠爱成了捧杀,她阴沉着脸让乔泽厚跪下认错,乔泽厚哪里肯下跪。

刘玉娇不知从哪儿抓出一根柳条,朝他抽去,一边抽一边哭着骂他:"你这个小孽障,我上辈子欠你的,这辈子为你做牛做马还不够……"

乔泽厚嗷嗷大叫在屋子里抱头鼠窜,刘玉娇就虚张声势满屋追着他跑。

乔泽厚最后哭喊着想要躲到写作业的乔望舒身边去："姐，救命……"

乔望舒被这一闹，也无心做作业了，无奈地将书本合上，把乔泽厚护在臂弯里，自己帮他挡住了那些鞭子，刘玉娇是真的下了狠心，那柳条看上去细细的，可抽在背上，生疼生疼的。

这顿打直接导致那天晚上，乔望舒只能半趴着躺在床上，乔泽厚偷偷摸摸地拿出一管药膏走进来，小心地掩上门，送到她面前，说："姐，这个给你搽。"

"你哪儿来的？"乔望舒颇有些吃惊地问。

"找爷爷要的，你放心，我没有和爷爷说是拿给你搽的。"小孩儿说着用手指比了一个嘘的手势。

"那你怎么说的？"

"我说隔壁家的大黄被老鼠夹子夹伤了，我是拿去给它涂的。我是不是很聪明？"

大黄是隔壁家养的一只猫。

这句话让乔望舒又心酸又温暖，心酸的是，在乔泽厚看来，爷爷眼里的自己还不如一只猫，温暖的是她的弟弟也懂得体贴姐姐了，她总算没有白疼他。

这也成了后来每一次在乔泽厚闯祸时，乔望舒都会回忆起的画面。

乔泽厚长大一些后可能都忘了，幼年时姐姐为了保护他，自己曾小心翼翼地比着手指，递过去一管药膏，可是它却那么柔软地被乔望舒安放在回忆深处，反复想起。

而回忆里那个喝多了奶制品的乔泽厚的皮肤也像牛奶一样，细白细白的。

不过有一段时间乔望舒好像听到一个不靠谱的说法——小时候奶

制品吃多了的小孩儿,容易早熟。

07

周六,医院打电话到乔望舒家里,通知住院费不够了,电话是乔望舒接的,她跑到菜市场通知刘玉娇。刘玉娇不想看到那对母子的嘴脸,再加上她这天也忙,干脆派乔望舒去医院缴费。乔望舒根据她的指示在柜子最里面的一件衣服里面找到了四千块,她还是第一次独自带那么大一笔"巨款"在身上,心里有些惴惴不安,打电话喊了路涯陪她同往。

南乔镇有一条街,每周都有两天有集市,而医院要穿过半个集市,那天正好是赶集的日子,人潮涌动,路涯走两步就回头拉住她的手:"跟紧我,别走丢了。"

乔望舒心中一暖。没有想到会在那里遇到自己的同学。自从搬到一组六号之后,她的后桌就坐了一个捣蛋鬼。由于刘玉娇给乔望舒买了一件带子系在脖子上的吊带衫,乔望舒穿在校服里面,她平时又喜欢把头发绑起来,吊带系好的蝴蝶结就会从脖子上露出来一点点。后桌的男生没事就喜欢扯她的带子玩。他扯一次,见乔望舒不理他,又继续扯第二次,乔望舒以后就不敢再穿这件吊带衫了。在医院看到他倒是有些意外,他的手还打着石膏。而更意外的是他平常虽然捣蛋了些,但并不是真正的坏孩子,由于平常喜欢抄乔望舒的作业,所以在路上看到他,也会打一声招呼。可是这回在医院见到,他怪怪地看了她一眼,就慌忙别过头去。路涯看出了什么,问道:"你认识他?"

乔望舒点头说:"我同学,后桌。"

路涯说:"他怎么用这种眼神看你?阴沉沉的,好像你是怪兽似的。"乔望舒也在纳闷自己是不是得罪他了,但她好像没做过什么,于是摇了摇头。在缴费的时候,路涯随口问了护士一句:"那打石膏的男孩怎么回事?"

那个三十几岁的护士说:"好像也是被人打伤的。"末了摇头感叹道:"现在的学生啊,真是没几个安分的。"周一,这位同学果然打了石膏来上课了,一副身残志坚、热爱学习的模样。同学们的好奇心永远旺盛得像夏天的绿树,跟他相熟的几位同学迅速围过去问他的病情,他说自己不小心摔了一跤。同学开玩笑:"那你这一跤摔得够惨痛,也够拉风。"更离奇的是,从那以后,他再也没有抄过乔望舒的作业,一看到她就避开。这反而让乔望舒莫名不安起来,她讨厌任何突如其来的变故,虽然这次是她并不在意的人。

第一次见到他,她就知道他来自云端,而她比尘埃更低,低到地狱深处。

第四章

回声

01

物理课上,老师讲声现象。

声音是通过振动产生并依靠介质传播的,真空不能传声。

很长一段时间,乔望舒与顾徊就像活在真空的两个人。

然而老师又说,当声音在传播过程中遇到较大的障碍物时,会被障碍物的界面反射发出回声。回声要比原声晚0.1秒,正常情况下人耳到障碍物的距离至少要17米,才能将回声和原声区别开,从而才有听到两次声音的感觉。

顾徊觉得这个物理知识,在乔望舒身上,出错了。

不知道从什么时候开始,顾徊发现那个女孩子即使和他隔得老远,他们之间一句话的交流也没有,可是他总是下意识地在教室里寻找她的身影,就仿佛她身上自带某种回声。

顾徊兀自想着,韩初雪翻着一本小开本的杂志,突然问:"欸,顾徊,你是哪月生的?"

顾徊说:"9月。"

"看来你是处女座,这里说,处女座的优点是谨慎保守,追求完美。吹毛求疵是他们的特性。他们固执,不容易承认错误,要面子,心里敏感,容易受伤,越是和你们离得远的人越被好好对待,越是离得近就越会被处女座伤害。你是不是这样?"韩初雪对着杂志念完一长段,将脸转向顾徊。

顾徊否认:"瞎扯。"

韩初雪说:"书上说处女座本月爱情只有两颗星。"

"还说什么?"

"还说处女座的人听到这些特点会否认说自己不是。"

"……"眼看话题就要中止了,顾徊突然问:"5月和6月分别是什么星座?"

"那要看5月和6月的什么时候?"韩初雪一脸星座专家的表情,"比如我们望舒,5月28日生日,双子座。"

"双子座都有些什么特征?"顾徊用余光扫了眼刚刚被提到的乔望舒,她似乎没有一点儿参与到这个讨论中来的意思,他收回目光,似乎在韩初雪的带动下对星座颇感兴趣起来。

"你得先告诉我你帮谁问的?"

"朋友。"

"哪个朋友?不会是女朋友吧?"韩初雪眉眼带笑地问出了大家的疑问。

顾徊颇有些不耐烦地夺过韩初雪的杂志:"借来看看。"

一直到后来,顾徊都对杂志编辑没好感,可是少年时期的顾大少却鬼使神差地信了杂志上面的那些话。

杂志上说，双子座生性博而不精，对种种事物都好奇却又不能持久，感情也是这样，很容易改变。所以，他曾一心想着改变那个女孩。赔上了整个青春，赌上了所有人生。

02

乔望舒省吃俭用终于攒了一些钱，特意挑了不上晚自习的时候去了一家卖木材的店打听哪里能买到船模的材料。

老板是个有些肥胖的中年男子，告知乔望舒，简单一点儿的木船用三合板、清漆、白乳胶之类的东西就能做成，但稍微复杂和有技术含量一点儿的船模要去模型材料专卖店。

那时候，淘宝还没有流行，在小镇寻找一家这样的专卖店并非易事，乔望舒沿街打听，不知不觉人已行至深巷。

她心中只有一个念头，一定要买到材料弥补自己犯下的过错。

功夫不负有心人，乔望舒终于在一条僻静的巷子里找到了一家很小的模型材料店。

那一刻，只能用"欣喜若狂"四个字来形容乔望舒的感觉，店老板说："你如果再晚来一步，我们店就要关门了。"说这话时他把那些材料帮她用一个黑色的塑料袋装起来递给她，乔望舒开心地连声道谢，她仿佛看到了路涯清亮的眼底温暖的笑意。

往回走的时候，乔望舒才发现自己来时闷头走了很远，这里很长一段路连路灯都没有，本来还有稀稀疏疏的路边小店透出一点儿光，然而现在，这些小店陆续打烊了，只有薄薄的月光，衬得这一路影影绰绰，越发荒凉，黑夜仿佛藏着什么不明的东西。

乔望舒心里隐隐有些不安，不由得加快了脚步，走到一个废品站旁边，忽然从码起来的废纸板和压扁的易拉罐瓶后窜出几条黑影拦住了她的去路。

乔望舒大惊失色，后退了两步，有人在乔望舒下意识尖叫的瞬间扑上来，飞快地捂住了她的嘴。

那一瞬间，乔望舒的脑海中闪过电视里杀人的画面，她一边用力挣扎，一边试图看清对方。然而，光线实在太暗，那些人的面容在夜的掩映下越发狰狞。

其中一个人开口了："小妹妹，别害怕，我们只是找你借点儿钱花，没有恶意。"像是为了证明他的话，那只捂住乔望舒嘴的手也放开了，乔望舒大口地喘气，想起电视新闻里那些报道，害怕得要命，她颤抖着手从口袋里摸出自己所剩无几的钱，交给他们，想要赶快离开这个是非之地。

那个人接过钱，展开一看，不满地说："这么少。"

"我身上真的只有这么多，你们放我回去吧！"乔望舒恳求道。另外一个人似乎看到了她一直拎在手里的袋子，说："那是什么？拿来看看。"乔望舒下意识地将袋子护在怀里，动作迅捷得有些突兀："不，这个不能给你们。"对方见她紧张起来，以为袋子里装着多贵重的东西，紧逼过来："小妹妹，钱财乃身外之物，我看你还是给我们吧，不然……"乔望舒想跑，却在两步之外被人从后面扯住了马尾："把东西交出来再走。"

"不。"

对方见乔望舒不肯就范，开始抢起来，男生力气大，争夺当中，黑色的塑料袋眼看就要撕破了，袋子里面的木质材料划伤了乔望舒的手。乔望舒顾不上痛，她只是死死地抱着袋子不肯放开，仿佛抱着稀世珍宝。

这时，似乎有摩托车的声音由远及近，乔望舒刚想喊一声"救命"，嘴又被捂住了，她只能发出"呜呜"的声音，有人不知从哪儿弄来一团纸塞进她嘴里，接着，她被几个人合力拖着一直拖到了废品回收站高高的纸板后面。

那辆摩托车在附近停了一会儿。有熟悉的声音传来："这大晚上的，她一个人到底去哪儿了？"乔望舒喜出望外，她听出了那是路涯的声音。"是啊，小舒平常都待在教室不怎么喜欢外出的，可是今天一放学就没见到她的身影。"回答路涯的是个女声，乔望舒觉得有些耳熟，似乎是韩初雪。若是平常，乔望舒肯定会奇怪他们怎么会在一起，然而此刻，她心中唯一迫切渴望的是让她们赶紧发现自己。

可是乔望舒越是用力想挣脱，挟持她的人越是用力，她试图用脚去踢一只不远处的易拉罐制造点儿声响引起路涯他们的注意，可是一抬脚就蹭到地面，发出并不那么明显的摩擦声，反让那群家伙察觉了她的意图，踩住了她的脚。

"小舒，你在哪儿？"就在不到五十米的大马路上，路涯急切地大喊。

然而没有回应，乔望舒回应不了她。她生命里从来没有过这样的时刻，明明那些熟悉的、温暖的声音近在咫尺，可是对于双手受制、嘴不能呼喊的乔望舒来说，却那样遥不可及。

"路涯，这个地方这么偏僻，小舒不会来这里的，我们再到别处去找找吧，一定能找到她的。"韩初雪看到眼前的男生，他在暗夜里，漆黑的眼，锋利的轮廓，像一匹旷野的狼。

路涯一拳砸在摩托车后座上，没有说话。半晌，重新跨上车，发动。直到摩托车的声音完全消失，这群家伙才放开乔望舒，乔望舒失声大喊："路涯路涯，我在这里。"然后，回应她的是几声冷笑："别喊了，他们听不到了，还是老实一点儿把手上的宝贝交出来吧。"

"求求你们不要拿走它。"乔望舒苦苦哀求,恐惧让她微微有些发抖。

路涯曾和她说海星有再生能力,它无论受了多重的伤都不会死,哪怕切分成不同的自我。这两三年,再苦再疼遇到再大的挫折,她都不呐喊,以为粉饰太平就可以挨过去。事实上她并不是多么坚不可摧的人,得知爷爷偏心的时候,她委屈地哭过,爸爸离世时,她伤心地哭过,每次和母亲吵架,她都气恼得大哭。这个荒凉的夜晚,一群人强硬地过来想要掰开她的手抢走她买给路涯的船模材料时,她隐忍的眼泪再一次决堤。

最深的绝望是,你差一点点就触摸到了希望,可是它却在离你几厘米的地方与你失之交臂。

仿佛跌入深谷的人,爬不动了,全身的力气都快失去了,只有一双眼睛,失控地涌出潮水般的眼泪。

"你们在干吗?"一个突兀的声音划破寂寥长夜,在乔望舒不再祈祷有人出现的时候,在她耳畔响起。其他人以为是路涯去而复返,探出头去。

乔望舒隐约觉得来人并不是路涯,可是这么晚怎么会有人恰巧路过这里。

正在她侥幸地想着时,那个人虚张声势地说:"你们这些人不会在这里敲诈勒索吧,你们麻烦大了,前面的摩托车上面有人报警,几名警察正从这边赶过来。"

对方听到"警察"这两个字,突然默契地做了一个反应——跑。

"乔望舒,是你吗?你没事吧?"乔望舒察觉到那个人走近,试探着微微俯身打量着她。

这个有些嚣张的声音也好像在哪里听过,近了才发现这个声音居然来自顾徊。

顾徊没有带手电筒，他打了一下手里唯一可以用来照明的打火机，借着那点儿小小的被风吹得摇摇晃晃的火苗，看向乔望舒的方向，却看到她紧紧地抱着一个黑色的东西，瑟缩着身子，一张小脸上还残留着未干的泪痕，看上去楚楚可怜，令人心疼。

他心里不由得一抽，像是被一只手用力握了一下，放低了声音："他们没对你怎么样吧，还能走路吗？"

银色的打火机上那一小簇火光突然被风吹灭，让顾徊没看到乔望舒点头。他只好快步走过去，说："我背你回去。"如果这个时候是白天，也许还能看到顾大少状似不情不愿地蹲在她面前，却良久没有等到乔望舒的反应。"上来啊。"他用命令的口气催促道。乔望舒的确双腿发软，当这个一向高高在上，从未展现友好的同龄少年蹲在自己面前说要背她走的时候，她感到的不是喜悦和兴奋，而是迟疑。"快点儿。再不上来，难道要我抱你！"顾徊等得不耐烦了，然而说出这句，他的脸就飞快地红了起来。夜色深重，月光朦胧，很好地掩住了十几年来从未在顾大少脸上出现过的奇怪而别扭的叫作羞涩的神情。"不……不……用了，我……我自己可以走。"乔望舒终于支支吾吾地说出一句话。

这句话却莫名其妙地惹恼了顾徊，他转过身，一把抢过乔望舒手里的东西，那个黑色的厚塑料袋早在之前的抢夺中就被弄破几个洞，这样一抢沿着之前破开的地方被撕开，里面的东西掉了出来。

前一秒还毫无抵抗之力的女孩，忽然猛地朝那些东西掉落的地方扑过去。顾徊不由好奇那里面装的究竟是什么，再次点亮了打火机，当他看清楚那些东西和飞快地捡东西的少女时，脸上出现了匪夷所思的表情："你疯了吗？就为了这些破木头，你命都不要了？"

"这不是破木头，它对路涯很重要。"乔望舒借着顾徊手中打火机的光飞快地捡地上的东西。路涯，如果没有记错的话，刚刚在危急

关头,乔望舒喊的就是这个名字。顾徊见过那个男生几次,也正是因为路涯去学校找乔望舒,让顾徊无意中听到韩初雪和他的对话,得知乔望舒不见了。

韩初雪说要跟路涯一起去找她时,顾徊在学校门口新开的桌球室打桌球,他一向球技很好,结果打了半局,心不在焉,一个球也没有打进,鬼使神差地租了辆车出去。此刻,亲耳听到乔望舒为了那个叫路涯的家伙命都不要,心里一阵莫名的烦燥。

少年眉头一皱,故意熄灭打火机,另一只手握紧刚刚在抢乔望舒的袋子时抓在手里的一块木板,冷然说:"给你一分钟,一分钟之后如果没有搞定,你这个蠢货就和这些破木头一起留在这个垃圾堆过夜吧!"

……

我多少同情小乔的遭遇,可是对于顾徊的阴晴不定还是忍不住笑了出来,那时候的感情就是这样的,你下意识地想对一个人好,却又不敢正视它的原因。总觉得守护师出无名,自尊天大地大。而原来顾徊从小就带着一身坚硬的盔甲啊,可是,没有软肋要盔甲做什么呢?

03

"蠢货"这两个字有一小段时间成了顾徊对乔望舒的固定称呼。

一开始是"这么简单的题居然做错了,果然是个蠢货,你这第二名还能保得住吗",到后来变成了"蠢货,老师说让我们几个去他办公室帮忙批作业"或者"喂,蠢货,你有涂改液吗?拿来"。

他本来就是那种光芒四射的人,字典里从来没有"收敛"二字,永远高调又嚣张地活着,生怕你不知道自己什么都不如他。

那次，他展现了人性的光辉，在黑夜里帮助绝望的乔望舒摆脱一群小痞子，乔望舒心里是有庆幸和感激的，然而，还来不及感恩戴德、热泪盈眶，他却抢走一块对他毫无用处的、被他自己说成破木头的材料，说："我救了你，这东西就送我当报答了。"

"你要这个做什么？"乔望舒实在不能理解这位大少爷在想什么。

"你不是说这很重要吗？"

"没错，可是你拿去一点儿作用都没有。"

"我就喜欢对别人很重要的东西。"他说完时下巴扬起优美而又倨傲的弧度。——他就是喜欢夺人所爱。

乔望舒被呛住了："你这个人怎么……"

面前的少年笑得春风得意，杏色的眸子仿佛倒映了整个世界的霓虹。直到后来才知道，在夺人所爱这件事上，一根木头还不够形象生动地诠释他。

然而，在此之前，班上发生了一件事，乔望舒后座的男生突然退学了。老师说石同学因为摔伤了手去医院做了个全身检查，不幸地查出了肿瘤，不得已退学了，并在班上为他组织了一次捐款。

捐款两元到十元不等，只有顾徊出手阔绰捐了五百块。那一年，乔望舒她们的学费还不到两百块，老师说捐多捐少都是大家的心意，如果石越知道大家这么关心他，一定不会辜负大家的期望。

乔望舒对石越没有特别的好感，可是老师说了，为了不影响大家紧张的复习要把石越的座位暂时移走时，她的心里还是有点儿奇怪的伤感。座位移走了是不是证明他不会回来上课了，很快，大家就会忘记他，像是没有这个人存在过一般？

就在这个时候，顾徊忽然主动提出来："老师，我想搬去那里坐。"

虽然顾徊是个复读生,但他成绩优异,并且在捐款事件上做了巨大贡献,没有老师不喜欢这样的学生,对于他的这点儿"小要求"连原因都没问就同意了。

没有同学注意到,顾徊说话时瞟向乔望舒的那一眼,他的眼里有挑衅,也没有同学注意到乔望舒的背脊绷紧了。

哦,忘了说,乔望舒还是把那包少了一块木板的材料送给了路涯,那天乔望舒思绪纷杂地回到家已经接近十点,到了门口听到里面传出电视的声音就知道刘玉娇还没睡,平时上晚自习基本也是这个时候回家,乔望舒原以为可以蒙混过关,但她一进屋,就对上了刘玉娇盘问的目光:"今天不是不上晚自习吗?怎么现在才回来?"

也不知道为什么,乔望舒脑海中飞快地闪过顾徊和她说的那句"蠢货,老师说让我们几个去他办公室帮忙批作业"。回道:"帮老师阅卷。"

这句话让她暂时骗过了刘玉娇。不过,路涯却骑着他那辆蓝色的摩托车像疯了一样地找了乔望舒一整晚,而韩初雪也死活不肯回学校,一直要跟着路涯,声称直到找到乔望舒为止。

这一晚,乔望舒却因为担心路涯找不到她,几乎没有怎么睡。第二天带着两只浓浓的黑眼圈,见到另外两个有着同样黑眼圈的人时,差点儿泪奔。路涯冷峻的脸在见到那个小小的身影时,终于舒展了一点儿,韩初雪先一步朝乔望舒跑过去,一把抱住了她,温柔地数落道:"小舒,你昨天跑哪儿去了?我和路涯都急死了。"路涯跟在后面,走到两个女生面前,说没事就好。说着,又转向韩初雪,轻声说:"昨天辛苦你了。"韩初雪挽着乔望舒的胳膊,稍微转了一下方向,面对着路涯,说:"放心,以后我会好好照顾她的。"而乔望舒飞快地将手里的东西塞到路涯怀里,说:"生日快乐!"

韩初雪一惊:"原来今天是你生日啊!"

路洼点头："我可以单独和小舒说两句话吗？"

"当然。"韩初雪说着转身走到一边的大树旁等着乔望舒。路洼侧头看着乔望舒，问："小舒，还记得小时候送我的玻璃弹珠吗？"

"嗯。"乔望舒点头，怎么会不记得？她第一次想要送人东西，却被拒之门外。

"下个生日你不要再费心去准备什么礼物了，你把那罐玻璃珠送给我就行了。"路洼说。"可你不是说你已经有几罐了吗？"

"我喜欢。"他的眼里有着浅浅的笑意。因为路洼的话，乔望舒的心情突然大好。一种心照不宣却又百转千回的温柔笼罩着他们，即使远远看去也能感觉到。"那我走了。"乔望舒依依不舍地对路洼挥手，走向韩初雪。在和韩初雪回教室的路上，她的心依然怦怦地跳着，韩初雪忽然说："小舒，你先走吧，我忽然想起我有东西寄放在外面的租书店里，我得去拿下，你先回教室。"

乔望舒本想等韩初雪一会儿，却看到顾徊朝这边阔步走来，她快步朝教室走去。

"蠢货，你在干吗呢？"

顾徊两三步就走到了她身边。

"没事。"

而转个弯，大约一百五十米，是韩初雪飞快地跑出去的地方，她没有去拿东西，而是喊住了即将离开的路洼，说："路洼，能把你家的电话和地址给我吗？我的意思是，以后小舒这边有什么事，我可以和你联系。"

……

这是那时的小乔并不知晓的事。你有过那样的心事吗？连最好最好的朋友也不能倾诉的心事。

它们像一颗种子,在你用力地想要忽略它的时候冲破了你心上的土壤,发芽,生长,长成了一株见不到太阳的花,或者一棵秘密的树。

青春里,总是有很多感情像花一样含苞,也有很多秘密像树一样生长,这是成年之后的我们不以为然并有些不齿的。

成年的我们啊,活得清清楚楚是非分明,懂得取舍权衡当仁不让,我们也会喜欢别人,但再也不会一心只想为对方做点儿什么。

04

"小舒,今天一起去吃饭不?"这天中午,韩初雪就走到乔望舒面前。

"不了。"乔望舒把英语课本合上,整整齐齐地码在书堆上说,"我自己带饭了……"

"今天有人请吃饭,你就陪我一起去嘛,"韩初雪看了看坐在乔望舒身后的顾徊,语气虽然温婉,但手已经拉住了她的胳膊。"走吧走吧。"

两个女孩出了校门,从卖珍珠奶茶的店子旁边的楼梯上去,乔望舒才发现楼上有一家装修得十分有特色的餐馆。

由于母亲的菜摊总有很多剩菜,晚上就会多炒一些。因此平常乔望舒一直是自己拿个不锈钢保温盒带饭到学校吃,只有夏天天气热,食物容易坏,她才会在食堂随便打两个素菜。还从来没有正正经经进过这种像样的饭店,不过这家饭店虽然开在学校门口,但装修得还挺考究,只是看起来空荡荡的,生意并不是很好。

"在那边。"韩初雪见她有些拘谨,指着一个方向对她说。乔望舒顺着她的手指看去,就看到一个修长笔直的少年背影,那少年穿着白衬衫坐在窗前。

窗外山峦叠翠,有风拂过,少年额前的碎发被风吹起,乔望舒忽然有点儿不好的预感,果然,那少年仿佛感受到了他的注视,一双杏眸朝这边看过来,好看的眉头微微上扬。

乔望舒接受到他的目光的一刹那,对韩初雪说:"初雪,我忽然有点儿不舒服,这饭我还是不吃了。"

说完转过身拔脚就跑,仿佛身后有什么洪水猛兽。

韩初雪愣了一下,大声说道:"小舒。"

身后的顾徊不由自主地从座位上站了起来,朝窗口望去,女孩子很快就跑进了他的视线里,她扎着马尾辫,穿着校服,个子不高,人也偏瘦,走在人群里十分普通。

顾徊不明白,为什么自己总是留意她的一举一动。

这个蠢货,平时躲着他避着他就算了,他前不久刚救过她,不就是拿走了她一块木头吗?见到他就跑是怎么回事。

难道她就那么讨厌他?

事实上,此刻,一种难言的沮丧充斥在顾大少心里,顾徊的眸子黯淡下去。似乎来到这里复读之后,他就没有真正开怀过。了无生趣。韩初雪将顾徊失落的样子看在眼里,不动声色地走过去在他对面坐了下来。这时,顾徊才跟着坐下:"她怎么回事?""我还想问你怎么回事呢,我说顾少,你不会真喜欢上乔望舒了吧?"

"你觉得我的眼光有那么差吗?"顾徊将目光从窗口收回来,被韩初雪一说,感觉脸有点儿发烫,面上挂上了惯常的倨傲,掩饰似的回道。

韩初雪含笑说:"我就觉得乔望舒这姑娘挺好的。"

她原本只是随口接的话,谁知顾徊反问:"你觉得她哪里好?"

韩初雪认真地想了想:"我也说不上来,就是觉得她看上去无声无息的温柔顺从,却给人一种倔强和淡漠的感觉。"

"是吗?"

"对了,顾徊,你认识一个叫路涯的男生吗?"顾徊一听到这个名字,好看的眉头就微微皱了起来,想起那天晚上乔望舒那句"这些材料对路涯很重要"。她为了一袋子木头豁命似的,思及此处,顾徊不由得露出一丝嘲讽和不屑:"我应该认识他吗?"

"我只是觉得奇怪,乔望舒这样的人怎么会和路涯的关系这么好。"

"关我什么事?"

"没什么。"韩初雪说着,把长发拂至脑后,"我跟你说的糖醋里脊你帮我点了没?"

"自己点。"

"我说顾少,你请吃饭也有点儿诚意好吗?"韩初雪一边抱怨,一边自己跑去点菜了。顾徊不由自主地又朝窗口看去,楼下这条路通往学校,路上的学生三三两两,可是哪里还有那抹身影。

韩初雪像是学生时代每个班上都有的那种漂亮女孩,而学生时代,每个女孩身边都有过那么一个人,她或许不是最美的,但她和你牵手一起吃饭、一起上课、一起去图书馆、一起上厕所……是最懂你的人。她的名字叫闺密。

05

"劲爆新闻,你们猜我今天看到什么了?我看到顾徊和韩初雪约会了。"

"真的假的,他们俩不是老吵架吗?你可别乱说。"

"拜托,我亲眼所见能有假吗?他们还一起吃饭了呢。"

"我看韩初雪之前都是装的吧,为了引起顾大少的注意,故意装得很高傲似的,她心机还真是挺深的。"

"嘘,都别说了,他们回来了。"

顾徊和韩初雪一回到教室,就发现几个女生凑在一起,表情各异,他们一出现,大家不约而同地噤了声,用一种不太友好的目光朝他们看过来。

乔望舒也在教室,她端正地坐在自己的座位上,用一支圆珠笔在本子上写写画画,神情安静、专注,仿佛对外界发生的一切都漠不关心。

顾徊经过她坐位的时候,用余光瞟了她一眼,发现她居然在画画,韩初雪也朝着乔望舒走来,轻声说:"我以为你在做习题呢,你在画画啊?来给我看看。"

乔望舒一抬头,说:"我乱画的。"

"乱画都画得这么好,你也太有才了。"韩初雪拿起本子一看,不由得惊叹:"这是流川枫吗?画得可真像,我超喜欢他的,看来我们俩的眼光还挺像的,画完能送我吗?"

她都这样说了,乔望舒怎么能拒绝,本来说好和韩初雪一起去吃饭,结果自己临阵脱逃,她心里觉得挺过意不去的,就点头答应了。

很快上课铃声就响了,是一节英语课,乔望舒一直是认真听课的那类人,可是身后某人却不让她如愿,用笔戳着她的背:"乔望舒,你得给我一个合理的解释,今天为什么看到我就跑?"

乔望舒没理他。

刚好英语老师要点人回答问题,顾徊忽然站起来,大声说:"Why? Give me an answer(为什么?给我一个答案)!"

乔望舒心里直冒冷汗。

英语老师被他反问住了半秒:"顾徊同学,现在是你要给我一个answer(答案)。"

……

由于周五放学早,乔望舒准备去给母亲收菜摊,顾大少没有从乔望舒那里得到答案,将她堵在教室门口:"你是不是故意的?"

众人见中午在传闻中与韩初雪约会过的顾大少如此反常的举动,纷纷围过来,很显然对于此事表现出浓厚的兴趣。

乔望舒见他一副不得到答案不肯罢休的样子,无法再对他视而不见,轻轻地说:"顾徊,有件事我想求你。"

"说吧。"顾徊居高临下地看着她。那少女朝他凑过来几分,突然的靠近,让顾徊的心跳快了一拍,少年能够闻到她头发上洗发水的清香,淡淡的,十分好闻。

她在他耳边说话时,一种异样的感觉传遍他的全身。

而她轻轻淡淡地说:"以后可不可以请你不要和我说话了?"

顾徊原本还陷在某种迷乱里,这句话却像当头闷棍,猛然将他敲醒。

真是该死。

谁听到这样的话都会愤怒吧,更何况顾大少那样骄傲的人。感觉到自尊心受到了前所未有的践踏,顾大少孤傲地昂着头,最后一缕斜阳映着他的脸,将他的眼睛映得通红,像是熊熊燃烧的愤怒火焰。

他斜睨着她,冷哼一声:"乔望舒,你以为你是仙女吗?"

乔望舒低下头,没有说话,让顾大少仿佛一拳打在棉花里。

他瞥了一眼周围瞪大眼睛的围观者,明显察觉自己刚刚说的那句话无足轻重,一只手却依然挡着出口,另一只手去拽着乔望舒,以防她从另一个门逃走。过了一会儿,似乎想到什么,鬼使神差地说:

"你以为这样勾引我,我就会答应你的表白吗?呵,就你这小短腿小瘦胳膊,我顾徊看上谁都不会看上你!"

"……"

乔望舒瞠目结舌,她不过想要平静地度过自己的学生生涯,之所以见到顾徊就逃,是因为他的光芒太过璀璨锋利,第一次见到他,她就知道他来自云端,而她比尘埃更低,低到地狱深处。

她怎么会不自量力地去喜欢他,她躲他避他还来不及。

可他像镶着宝石的刀锋,划开寂静的海面,在她的世界里掀起惊涛骇浪。再强装镇定,到底是十四五岁的少女,乔望舒被气得满脸通红,话都说不出来。

"……"

她局促的样子像一剂灵药,让顾徊沮丧气愤的心情居然神奇地好转了起来,脸上带着点儿胜利的喜悦,冲她眨了眨那双好看的眼睛,仿佛在说:想和我斗,你还太嫩了点儿。

此时,众围观群众爆出第一声惊呼——

"天啦!乔望舒这样的优等生居然也喜欢顾徊!"

然后是第二声:"人不可貌相,海水不可斗量,不行,让我好好消化一下。"

……

故事外的小乔无奈地对我摇了摇头。我一直以为顾徊是个情商低的家伙,不得不说,那个时候的他段位比我想象中的高多了,简直是腹黑至极啊!

日晕预示着要下雨,月晕预示着要刮风。

你看,日月都曾被冰晶折射的光晕蒙过脸,更何况我们生而为人。

第五章 月晕

01

无论是哪个时期,女生的世界里永远盛产八卦。

关于那个下午的事,很快,学校里传出各种版本,其中有一个版本是,顾徊和韩初雪这对璧人刚刚萌发出爱的嫩芽,乔望舒就想横刀夺爱,被当众拒绝,颜面尽失。

流言甚嚣尘上,乔望舒哭笑不得。别说她不喜欢顾徊,就算她真喜欢他,她也会让自己的感情腐烂在心里吧。如今想来,对他那样的人,她就应该视而不见,充耳不闻,置之不理。然而,她如何知道,顾大少有意与她为难,无论她做什么,他总有办法让她成为众矢之的。

只要他想,他就能。

乔望舒泯然于众人的卑微小心愿终究要抱憾了,她走到哪儿都能

听到同学三三两两的议论声,那些话难听至极,偏偏顾大少还没有就此消停——

上课的时候,他不遗余力地将他的课桌往前移,最大限度缩小乔望舒的座位空间,乔望舒虽然不胖,但在顾徊的攻势下她的课桌与顾徊的课桌之间只能堪堪摆下一条小凳子,在这个空间里背基本只能贴在他的课桌上。

偏偏这个时候趁着乔望舒没注意,顾大少会突然孩子气地把课桌往后一拉,她整个人就失重地朝后跌去,人仰马翻,这幼稚的把戏换来满堂哄笑。

不仅如此,在乔望舒往后传作业的时候,顾大少会一惊一乍地翻着作业本:"我的作业呢,乔望舒你是不是偷藏了我的作业,拿出来。"

如此种种,乐此不疲。

周围的同学渐渐习惯了。可在有心人眼里,乔望舒为了引起顾大少的注意,可谓无所不用其极。只有韩初雪说:"顾大少,你不要老是欺负小舒了,适可而止吧。"

然而,顾徊依旧用他独树一帜的方式处处让乔望舒难堪。终于在一节自习课上,忍耐克制的乔望舒爆发了,在顾徊对她用了惯用伎俩后,她忽地站起来,抄起码在课桌前的一摞书朝着顾徊砸过去:"你还有完没完。"

声音不大,却冰冷彻骨。

"哗!"书本打在顾徊身上,弹到了一旁的玻璃窗上,玻璃被书脊撞碎了一地。

夜读声戛然而止,众人吃惊地看着乔望舒,自从上回孟彬彬事件后,在这个班上没人敢惹这位顾大少,就连在整个学校,他也是名望极高的人。据说,是他那位有钱的爸爸出资给学校建的机房。

乔望舒这下可踩地雷了。

全班上下个个大气不敢出，等着顾徊做出更激烈的反击，结果，顾大少只是愣愣地看着乔望舒，时间过去足有半分钟。然后在所有人更加惊讶的目光里忽然弯腰，避开碎玻璃，将地上的书一本一本捡了起来，拍了拍灰，放回她的桌上："原来兔子急了也会咬人这句话说的是真的。"

乔望舒没有说话。

顾大少指了指玻璃窗："大家都看到了，这玻璃是她打碎的。"

原以为这事会以赔一块玻璃结束，偏偏树欲静而风不止。不知道是不是为了讨好顾徊，班上几个男生也加入了欺负乔望舒的阵营，有一回老师布置了一篇作文，题目是"最难忘的人"。

乔望舒写的是她去世的爸爸，张清游偷了她的作文本，大声地跑到讲台上念了起来：爸爸就摆在船厂边的沙滩旁，我很想跑去看他最后一眼，可是被一双手用力拽住了，他们说，不要去，你爸爸已经走了，你要坚强一点儿。后来听到他们说，那尸体已经被海水泡得肿了起来，不堪入目……

张清游念到这里，声音顿了一下，乔望舒双眼通红地跑上讲台想要夺回本子。张清游却踮起脚尖把本子举得老高，故意咂咂嘴，夸张地假装抖掉一身鸡皮疙瘩："乔望舒，你是在写灵异小说吗？"

一边说着一边把本子丢给四排的孟彬彬，孟彬彬又在乔望舒跑过去的时候重新丢回给张清游，张清游没有发现，被他们耍得团团转的乔望舒，一张脸上已经挂满了泪水。

"张清游，你在做什么？"这时，顾徊走了进来。张清游闻声朝他看去，他正想上去邀功，意外地听到顾大少说："把本子给她。"

张清游还没反应过来，对方说完这句，快步走来一把抓住他的衣领，将他抵在黑板上："我让你把本子给她，你听到没有？"张清游

手一软,本子掉在地上。顾徊一把将张清游推开,由于刚刚的力道太大,张清游背上全是粉笔灰,人却被顾徊的气势吓住了。只听到顾大少一字一顿地说:"我警告你们,以后这个班上,除了我,谁也不能欺负乔望舒。"

他说话的时候,韩初雪也走进了教室,见到乔望舒趴在自己桌子上,双肩一抽一抽的,很显然在哭,顾徊把本子递给韩初雪:"你去把这个给她。"

那节课,顾大少主动把自己的桌子往后退了二十厘米,给乔望舒留出了宽敞舒适的空间。可她一直趴在桌子上,几乎没有抬头。老师两次走过来问她是不是有点儿不舒服,她也不说话。哭泣的乔望舒不知道的是,看着她那样难过,少年顾徊心里像被一根细小的针,一下一下地扎着。

我多想穿过时光,去摸摸那个伤心的乔望舒的头,对她说,不要哭,不要难过,这一路还很长,我们都会孤独地长大。

02

下课铃一响,顾大少就以光速飞奔出去,在小卖店买了两盒巧克力,结账的时候,看到韩初雪买了一堆奇奇怪怪的零食,就一并给她结了。顺手把巧克力一并塞到她手里:"把这个给乔……乔兔子,对了,不要说是我给的。"

韩初雪抱怨道:"我早说了让你适可而止,不要再招惹乔望舒了。"顾徊站在水泥地上,难得不争不辩,只是停下脚步,对韩初雪说了四个字:"我喜欢她。"

"什么？"

"我喜欢乔望舒。"那一身骄傲的少年居然连名带姓地重复了一遍。

"我说顾徊，你这人有病吧。"韩初雪奇怪地看着他，"如果不是因为你，那些男生也不会做得这么过分。现在弄成这样，如果我是她，我恨你讨厌你还来不及。"

"我知道。所以这次你得帮我，我改天再请你吃饭。"

"我是为了一顿饭出卖朋友的人吗？"

"两顿？"

"成交。"

……听说吃甜食能治愈伤心，然而无论韩初雪怎么劝慰，乔望舒看着桌上的零食袋一动不动。这种状态一直持续到最后一节课。太阳快要落山的时候，窗口一片阴影笼罩下来，遮住了乔望舒的光，乔望舒起初并没有抬头，可是窗口的人轻轻地敲了敲玻璃窗，乔望舒像是机器重启一般，忽然转头看去。路涯修长的身影站在窗前。当时乔望舒选择窗口这个位置，也是因为路涯来找她比较方便。顾徊也看到了路涯，这个男生穿着烟灰色的外套，黑眸如水一般，明明是个少年，却有一种冷静淡漠的气质，在外人看来和乔望舒平时给人的感觉很像。

装什么深沉！顾徊不屑地想。然而再看前面一蹶不振了一整天的女孩，发现她坐直了身体，手还下意识地去拨自己的头发，似乎很在意自己在对方面前的样子。顾徊没有发现自己薄唇抿成了一条线，他努力地偏过头去不看他们。可是，好像比之前更烦燥了。

乔望舒收拾好书包，低着头，踱步到路涯面前，路涯的黑眸熠熠生芒："有个好消息要告诉你。"

"什么好消息？"乔望舒的声音有些沙哑。路涯何其敏感的人，

很快就发现了她的不对劲，连忙板过她的脸，她想要缩回去，可是来不及了，那男生的声音严肃起来："你怎么回事？"

"我没事，只是有点儿鼻塞。""我带你去医院？""我真的没事，哪有那么娇贵。"

"路涯，你来了。"韩初雪从身后冒出来，将乔望舒从路涯的逼视里救了出来。路涯微不可见地对韩初雪点点头。

三个人一起走到单车棚，路涯的蓝色摩托车停在那里十分醒目，韩初雪去取自己单车的时候，忍不住朝他们又看了一眼，路涯拿出一顶粉色的安全帽，走到乔望舒面前，动作娴熟地帮她戴上，耐心地替她系好带子才跨上摩托车，飞快地戴上那顶款式相同的蓝色安全帽。

韩初雪站在背光的自行棚里，被这一幕晃花了眼。

这个美丽的女孩像是失了魂的洋娃娃一般，久久地注视着他们，直到摩托车扬起一阵尾气，消失在她的视线里她才回过神来，想起自己要干什么。

路涯没有直接带乔望舒回家，他的摩托车在一家鞋店门口停了下来。

乔望舒知道这家店，有几次路过这里透过玻璃往里看，里面摆满了各式漂亮的运动鞋，但是刘玉娇这学期只给她买了一双黑色的皮鞋，理由是皮鞋耐穿。

于是，乔望舒风雨无阻地穿着这双款式奇怪的皮鞋，晴天还好，碰到大雨天鞋子进了水，也没有鞋换，就这么穿着上完一天的课，晚上回去，脱了袜子一看，脚在鞋子里都泡得起了皮。可都快过去大半年了，这鞋却一直没有坏掉。乔望舒走路双脚的着力点有点儿向外，导致一双鞋穿久了，鞋根就会高低不平，鞋的表皮也磨得非常粗糙，看上去灰扑扑的，丑丑的。

每次上体育课，老师嘱咐让大家穿运动鞋，乔望舒总是下意识地想将脚藏起来，比起老师，她更加顾忌的是那个总喜欢找她碴儿的体育委员顾徊。

不过，顾徊应该是没有留意到这些细节吧，不然怎么会放过为难她的机会。

路涯带着乔望舒走进店里后，发现乔望舒的目光停留在一双浅红色的系带运动鞋上，拿起来对店员说："这款，麻烦拿一双五码给她。"

"我不买鞋。"乔望舒连忙对路涯使眼色。

店员还是热情地拿了一双鞋出来蹲下身去，乔望舒在她的帮助下脱掉那双皮鞋，将新鞋穿上去，鞋子好像是为她定做的一般，非常合脚，乔望舒很久没有穿过这么好看的鞋了，可心里再是喜欢，表面上也装作不满意的样子："这鞋我不是很喜欢。"

路涯却说："我觉得挺好的，我看你就穿着它走吧。"

乔望舒把路涯拉到一边，尴尬地说："我没有钱。"

"我有啊。"平时不苟言笑的路涯，这一刻嘴角含着浅浅的笑意，走过去让店员帮她把旧皮鞋包了起来。

一直到很多年以后。大学女生宿舍的座谈会上，有一个室友无意中切了一只梨分给大家，对方噤若寒蝉地说："不能分梨，分梨就是分离的意思。"

"还有这种说法，我只听说情侣之间不能送伞。因为伞的谐音是散。"

"可我听说最好不要给喜欢的人送鞋，因为她会穿着和别的人跑了。"……乔望舒没说话，这些害死人的迷信啊，乔望舒一个字，不，一个标点符号都不信。当时，那家小小的鞋店里，路涯做完这一切之后，还没有要走的意思，侧头问她："小舒，觉得这里怎么样？"乔望舒的心思还在鞋上面，下意识地回道："挺好的。"

"这家鞋店生意一直很好，门面地处这条街中心地段，我打听过

这附近的价格,这个门面的性价比是最好的,如果阿姨能接过来开家蔬菜或水果铺子,是个很好的时机。"乔望舒听到顾徊的介绍,才恍然看到门口挂着店面转让的牌子。

原来路涯是带她来看门面的,乔望舒怔怔地看向他:"路涯,你要和我说的好消息是这个吗?"

"嗯,我们可以和店主商量,由我先垫付租金,以后等你们赚了钱再还我。不过,这事我们必须先瞒着阿姨。"

"不行。"乔望舒飞快地摇头,斩钉截铁地说,"不能用你的钱。"

"这是我应该偿还给你们的,如果叔叔当时没有跳进海里去救我爸,你们一家也不至于这么辛苦……"路涯还想说什么,乔望舒打断他:"路涯,我会和我妈说说店铺的事,但我有个请求,你不要再提起这件事好吗?你并不欠我们什么。"

路涯黑眸起了雾,良久,点了点头,说:"我答应你。"

刘玉娇摊收得早,乔望舒回去的时候,她已经做好了饭。两菜一汤。她今天做的是乔望舒和乔泽厚都喜欢吃的红烧肉:"最近都没有好好给你们做顿饭,你们俩多吃点儿。"乔望舒夹了一块放在刘玉娇碗里,说:"妈,你也吃吧。"刘玉娇笑了笑,她长得不像路涯的妈妈那么好看,生活的负担压在她身上,让她的眼角有了清晰的皱纹。乔望舒不禁有些心酸,她迟疑了好一会儿:"妈,我跟你说个事。"

"学校又要交什么费用?"

"不是。"绝对不能跟她提起路涯,乔望舒想着怎么说才不显得刻意,于是沉默了半秒才开口:"我今天回家的时候看到街上的服装店转让,我们租过来怎么样?"

刘玉娇本来好好的,可听了女儿的话,脸色一变:"乔望舒,我一天到晚没给你饭吃还是怎么的,你不好好给我念书,净给我想这些歪门邪道。"

"妈，这怎么是歪门邪道？"乔望舒握着筷子的手顿在空中，没有夹菜就收了回来，"我觉得这……"后面的话还没有说出来就被刘玉娇打断了："你觉得什么你觉得，红烧肉都塞不住你的嘴吗？真不知道像谁。"

一旁的乔泽厚把碗放下："妈，我吃完了，我出去玩一会儿。"说着，对乔望舒扮了一个鬼脸。乔望舒终究没能说服刘玉娇租下这间店铺，刘玉娇这半生都生活在大山脚下，抚养两个小孩儿，贫困潦倒、谨小慎微，她从来都不是那种富有冒险精神敢于去闯的人，她输不起，所以注定只能在市井里看住一方小小的蔬菜摊子。

次日清早，乔望舒无精打采地回到学校上早自习，顾徊以为她还在为昨天的事难过，写了一张字条，折也不折就丢在她的课桌上。纸条上画着一只兔子，后面龙飞凤舞地写着：今天课间操，我让张清游当着全校师生的面给你道歉。

乔望舒感到头痛至极，但是如果她不说什么，以顾徊的性格这事他真能做得出来，到时事情肯定会闹得更大。她这个人有点儿鸵鸟情结，实在不想搭理顾徊，却又不得不拿起笔，在后面回了一句：你到底想怎么样？

写完后，反手递回给他。她居然回复了他，顾大少看着最后那个问号简直喜出望外。他马上在后面写道：我就想你开心点儿。写完，觉得这话太娘了，几笔划掉。又在下面写：你觉得我想怎样？

不行，这样她肯定不会回了。再次划掉。少年看着那被画得乱七八糟的纸，干脆拧成一团，将它收进抽屉里，又重新拿了一张纸出来，写道：听说你会画画，给我画一张呗，我喜欢《死亡笔记》里的夜神月，就画他吧。

乔望舒看着这长长的一句话，简直想吐血。

03

南乔中学后面有个茶园,是属于学校管辖的范围,一到春天,有些班级会被安排去摘小半天茶叶,这次选中的是乔望舒他们班。韩初雪站在一行青茶中间问乔望舒:"你觉得顾徊这个人怎么样?小舒,你是不是讨厌他啊?"

乔望舒摇了摇头:"为什么这么觉得?"

"我看你每次见到他就闪得远远的。"

也说不上讨厌,她就是本能地躲他、怕他,下意识想远离他。韩初雪对顾徊的评价倒是还不错,她说:"顾徊这个人本性其实不坏,别看他一副酷酷的样子,在这个学校被人巴结讨好的,那还不是他经常大手大脚花钱请人吃饭,那些人也不过是想从他那里占些便宜,其实在我们学校里,他连一个真正的朋友也没有,挺孤独的。"

乔望舒能够理解,这浮生万千的面孔,一个人展现给不了解自己的另一个人其实只是一个小小侧面,更何况韩初雪的话让乔望舒想起那晚在废品站,若不是顾徊及时出现救了她,还不知道后果会怎样。

倘若自己不急于与他划清界限的话,也许他们之间能像正常同学那样,思及此,心里忽然涌起一阵惭愧。当顾徊把作业本丢在她桌上让她帮着抄写的时候,她没有果断还回去,冷淡地回了一句:"老师看出来可别怪我。"

顾大少马上从这话中感觉到她对他的态度的微妙转变,心里瞬间春暖花开。不过,老实了一段时间后,他有又些不安分了,没事就给她传字条:乔兔子,你给我画的画呢?自从那次她拿书砸他以后,他就开始改口叫她乔兔子,不过他给她的那些字条通通都有去无回。顾徊改变了战术，开始每天都叫韩初雪给乔望舒带一盒牛奶和一个夹心三明治，说自己买多了。乔望舒自然是不要的。过多的馈赠对她来说是某种程度的负担，她自小生活在一个说简单却也不简单的环境里。在她成长居住的村子，邻里之间也会互相馈赠东西，一棵白菜或者一篮鸡蛋，有时候家里炒了一盘好菜大人都会让自家孩子跑腿送给隔壁邻居一些，孩子总热衷做这样的事情，因为回来的时候，隔壁邻居没准就会给他塞几个桃，但是如果一方馈赠没有得到回报，那馈赠的那方可能会计较很久，好像自己吃了多大的亏。

乔望舒见过不少交好的大人，后来因为蝇头小利翻脸，几乎到了老死不相往来的地步。

处事通透的成年人从小就教自己的孩子要宽容大度，但刘玉娇却教她和乔泽厚一个更现实的生存法则，人要投桃报李，但也要锱铢必较，她文化不高，说不出什么大道理，但有一句话她总挂在嘴边，她说："亲戚也好，朋友也好，别人对你好一分，你就增补一点儿还给别人，不要想着贪别人的便宜，但也不要对别人太好了，把心全掏给别人，你不知道人什么时候会变。人啊，平平淡淡才能长长久久。"

这段话，乔望舒记得清楚，不过，她对人际关系也有期盼，比如说韩初雪站出来帮她的时候。只是到底不敢要得太满。

"给你的你就拿着吧，你说你怎么那么倔啊？"韩初雪是医生的孩子，成长环境与乔望舒不同，有时她真恨不得敲开她的脑袋看看。

乔望舒却呆了呆，忽然想起了弟弟出生的时候，一向不喜欢自己的爷爷突然示好地给她的那盒香芋味的巧克力，那时爸爸也说过这样的话——"给你，你就拿着。"

这天，乔望舒从图书馆回来，路过体育器材室的时候，居然看到顾徊与孟彬彬倚在墙角，乔望舒原以为两个人又发生什么冲突了，可

是走近一些才发些这两个方枘圆凿、明争暗斗的人居然靠在一面墙上聊天。

乔望舒不是会偷听别人秘密的人，可是在她离开之前，他们的谈话内容却刚好传入了乔望舒的耳中。顾徊说："听说你以前数理化成绩考过满分，我以为你会做点儿对得起你前优等生智商的事。"

"我看你这个第一名对小乔做的那些事也没有高明到哪儿去。"

"少废话，我就问你一句，我能帮你在老班和校长那里扳回一城，你做不做？"

"怎么做？""学校不是经常无故停电吗？今天晚自习，你应该有办法让学校停电吧。"乔望舒听得心惊肉跳，她没想到他们居然这么胆大包天，不由得想要赶紧离开，可是一慌张没有看到脚下的砖头，踩在上面，差点儿滑倒，发出闷闷的响声。孟彬彬和顾徊闻声，同时朝她的方向看了过来。

"小乔。"孟杉彬喊她的名字，他平时倒也没有为难过乔望舒，但他做的那些事让乔望舒对他这个人本能地心存畏惧。她受惊般连忙摇头表示自己什么也没听到，顾徊也跟了过来，大义凛然地说："最近大家补课太累了，需要轻松一下，乔兔子你说是吧！"

虽然老师明明说不强制补课，但大家的双休还是变成了单休，有不少同学叫苦不迭，可是对于乔望舒这种真正念书的人来说，顾徊想做的事和他的解释不过是以己度人、自作聪明的体现而已，简直可笑。

不过她觉得没必要为了这个惹祸上身，表态道："你们做什么都不关我的事。"

说起来，顾徊一直都挺喜欢上晚自习的，有一次他偶然往玻璃窗上看去，浓浓的夜色把原本透明的玻璃涂抹成了一面天然的镜子，顾大少每次都被里面照出的自己帅到。

不过最重要的是,玻璃窗上映出坐在前排的女孩的脸,她专注地读书和做笔记的样子非常宁静,有一种说不出的迷人。让人看着看着,心绪变得平静下来,舍不得移开目光。不过有一回晚自习,顾徊照例朝着玻璃窗望去,却对上一双锐利的眼睛,有点儿肿的内双眼皮,顾徊定睛一看——他想赶快买瓶眼药水洗洗眼睛。因为那不是什么镜像和倒影,而是没事就在窗口监视大家学习的班主任。

而这天晚自习,教学楼里忽然响起"啊"的一声尖叫,世界顿时一片漆黑,接着是此起彼伏的惊呼声。

"怎么忽然停电了?"

"就是啊。"以前学校也有停电的时候,但基本提前一天两天就会贴出通知。对于这种突发性的停电,短暂的惊慌过后,大家雀跃起来。除了乔望舒,没有人知道这次停电的真正原因。晚自习还是要继续的,陆续有人开始拿出抽屉里用剩的蜡烛,有人借火,一时之间教室炸开了锅。

乔望舒听到自己身后响起了讨好的声音:"顾大少,我这儿有蜡烛,还是新的,你要吗?""不用。"乔望舒也在翻找有没有上回停电用剩的蜡烛,由于光线太暗,她只能把手伸进抽屉里摸索,还没等摸到,就感觉到自己的背被轻轻地戳了一下。顾徊的声音比平时轻了一点儿:"喂。"

乔望舒微微迟疑了一下,缓慢地回过头,顾大少用手笼着一簇火苗,正在点亮一根蜡烛,暖暖的烛光照亮了四周,也照着少年异常俊美的脸,他的轮廓那么清晰,杏眸在烛光下格外明亮,像是夏夜里的星星。

正在乔望舒恍神的时候,少年把蜡烛递给她:"喏,给你。"见她迟疑,对方有些强硬地说:"你别多心,我是怕你眼睛近视,以后没人给我写作业了。"乔望舒没有说话,接过蜡烛,回过头来,滴了

一滴蜡油在自己桌角上，把蜡烛摁在上面。她没有看到身后的少年微微勾起的嘴角，就在这时，不知是谁大声地说道："我要下去买蜡烛，有谁要我带的吗？"

"帮我带两根。""还有我。""要我跑腿可是要收手续费的。""那还是我自己去买吧。"接着，响起一阵混乱的脚步声，有人急匆匆地走过顾徊课桌前时，不小心碰倒了他桌上的蜡烛，只听到"刺啦"一声。有人下意识地捂住鼻子："好臭，烧了什么？"等她反应过来时，顾徊不知道什么时候已经站起来跑到了乔望舒面前，大家惊讶地发现，顾大少正用他的双手拼命地搓着乔望舒的马尾。原来，火苗不知怎么碰到前座乔望舒的长马尾，烧起来的正是她那一头乌黑的发丝……乔望舒回过神来时，猛然察觉自己离顾徊太近，几乎贴到了他的怀中，她耳根一红，下意识地推开他。

大家一阵唏嘘。无法想象如果当时顾徊没有及时反应，这头发烧起来了会有什么样的后果。

我们都曾是迷失的孩子，我们随波逐流，但我们也愿为心底的那一点儿正义不顾一切、逆流而上。

如果把顾大少与孟彬彬的行为定义为叛逆，那么我欣赏这种高智商的叛逆。

04

乔望舒的头发只是表面稍微有一层烧坏的发丝，卷卷地浮起来，明显地区分于别的头发。或许是心理作用，那两天，她总是恍惚能闻到烧焦的味道，这使她莫名心绪不宁，说不出地躁郁，回家后，乔望舒犹豫良久，还是在抽屉里翻出刘玉娇那把用来剪线头的剪刀，扯着自己的头发，躲在狭小的房间里对着家里唯一的小镜子剪了个齐耳发。刘玉娇似乎并没有注意到女儿的变化般，让她把不知道跑去哪里野了的乔泽厚找回来写作业。乔望舒走到门口就看到乔泽厚一蹦一蹦地从石板路走了回来，一看到乔望舒就笑了起来。

"你笑什么？"乔望舒没好气地问。

乔泽厚说："哈哈哈，老姐你好像刘胡兰。"

乔望舒无奈地说："姐姐我快要中考了，剪个短发好打理。"说这话时，她下意识地朝着刘玉娇看去，女人果然也正看着她，脸上难得地露出了一丝笑容。晚上，乔望舒在灯下辅导乔泽厚写作业，刘玉娇在门口的水池边给乔泽厚洗球鞋。家里的座机忽然响了。刘玉娇冲屋里喊道："乔望舒，接一下电话。"乔望舒正要站起来，乔泽厚却抢先一蹦而起："姐，我来。"男孩只有柜子一般高，踮起脚尖抓过电话："喂！"

电话里传出一个男声："找乔望舒。"乔泽厚把电话举起来："找你的。""找我？"乔望舒迟疑了一秒……会是谁？她脑海中马上闪过路涯的脸，连忙伸手接起电话，压低了声音："你好，我是乔望舒。"

"我知道。"那边却传来一个跋扈的声音，说完顿了一下，"我是想告诉你，你昨天帮我写的语文作业写错了一个字。"

乔望舒无语。

乔望舒对于顾大少的这通电话，实在不知道该哭还是该笑，原本想问一句"你怎么知道我家的电话"，但她下意识地看向刘玉娇的方向，发现水龙头已经关了，滴滴答答的水声忽然停了，那边似乎也在听她讲电话，乔望舒语气冷淡地说："没别的事，我挂了。"说完，也不等对方答话，就挂了电话。

"谁打来的？"果然，屋外的刘玉娇探进半个头，像是某种雷达。

"一个同学。"乔望舒说。

"妈，是男同学。"乔泽厚鬼头鬼脑地补充道。"打来问题目的。"乔望舒揪着乔泽厚，往桌子旁带："去做你的作业！"

第二天，学校找了电工来检查电路，却怎么也找不出停电的具体原因，一直到晚上，才查出问题——电线被人用剪刀剪过，但是对方是个高手，剪的都是不太明显的地方，而且上面缠了一层黑色的绝缘胶布。由于学校的线路已老化，电工理所当然地以为被胶布贴好的部位是上次维修电路留下的，所以起初忽略了这个细节。

乔望舒想，也只有曾经数理化成绩能拿满分的孟彬彬加上同样成绩不错的顾徊才能想到这样的办法。

电工将情况上报给校方，引起了学校重视，在大会上通报了这件事的严重性，让班主任对自己班的学生逐一排查，说如果查出是谁干的决不轻饶。可是一直没有查出来，这事后来就这么不了了之了。

不过，班上的同学都看到了乔望舒的变化，对于她突然剪短发的原因，大家心照不宣。倒是顾徊说了一句："哟，没想到短头发还挺好看的。"

……

很快就到了夏天，乔望舒恍惚记得那个夏天特别热，蝉鸣不绝于耳；记得头顶上"嘎吱嘎吱"转的旧风扇；记得前座同学T恤上的汗渍干了后留下一圈白白的印子；记得老师明明说不强制补课但大家的双休还是变成了单休。

同学们叫苦不迭，然而乔望舒无暇抱怨，也许她太想离开这个地方了，对于任何能够让自己成绩提高的措施都是投赞同票的，以至于很长一段时间脑海里塞满了习题和公式。

听说很多埋头苦学的人，临场发挥容易不好，不过中考乔望舒发挥还算稳定，她考了班里的第一，年级的前五，过了县城里最好的高中第一中学的录取分数线。

高中的录取通知书统一发到学生在读的初中，由班主任通知去取。以往期末领通知书，大家都是拿了自己的成绩单就走，那天也不例外，乔望舒去得有些晚，在学校里也没有看到几个同学。她拿到通知书，就往家赶，想起路涯曾经问她有没有考一中的把握，那时她说她会努力的。

对于乔望舒来说，一中不仅是最好的高中，更是离路涯学校最近的重点高中。她迫不及待地想要把这个消息告诉路涯，才走到楼下就遇到了他们班的几个男生，其中有一个走上来，说："恭喜你考上了重点高中。"

竟然是张清游，乔望舒想起他举着她的作文本站在台上的样子，下意识往后退了一步，张清游仿佛看穿了她的心思，有些不好意思地说："乔望舒，我曾经对你做了一些很过分的事情，现在在这里对你说声对不起，你能原谅我吗？"

乔望舒愣了一下，轻声说："没关系。"说完急匆匆地要离开，对方跟上了她："我们今天晚上在海边烧烤，你可以来吗？"说着，又生怕她拒绝似的补充一句："班上很多女生都来，韩初雪也来。"

乔望舒一直不热衷于参加这类活动，更何况她现在只想去见路涯："对不起，你们去玩吧，我还有事。"

"别这么冷酷嘛，你看人家张清游是诚心诚意和你道歉的，你不来，他会很失望的。"他旁边的矮个儿男生帮腔道。张清游附和地点头："就是啊，以后大家就上高中了，聚在一起的机会就没那么多了，如果你把我们当同学你就来。"

乔望舒犹豫了一下，夏日炎热，太阳晒着地面，能够感觉热气扑

鼻,人也有点儿焦躁。见张清游他们亦步亦趋地跟着她,大有她不答应就不罢休的架势,一时之间想不到什么理由打发他们。而且确如他们所说,也许这是初中的最后一次聚会了。

思及此,乔望舒点点头:"那我回去和家里说一声。"

"把你家地址告诉我们,我们过一会儿来接你。"

"不用了,我自己过来找你们就好。"这一次乔望舒答得很快。

05

乔望舒回到家,把录取通知书放在桌上,在旁边留了一张字条给刘玉娇,告诉她班上有活动要晚点儿才能回家。刘玉娇平日里对乔望舒管得虽严,但是对乔望舒的学习还是重视的,这体现在乔望舒每次要钱交班级的费用,她都给得很爽快。

有一回,乔望舒无意间在菜市场听她和卖鸡的王婶聊起过她,说家里的奖状都找不到地儿贴了,语气听上去满不在乎的,实际上可不就是大人炫耀的套路吗?

这张重点高中的录取通知书一定能让她高兴一段时间了。乔望舒暗暗地想着,一路飞奔出去。她满心雀跃,才跑到马路上,就看到一辆呼啸而来的摩托车,还好没有撞上,车子在她身边停下,车上的少年摘下头盔,露出黝黑晶亮的眼睛。

乔望舒心跳漏了半拍。一向不苟言笑的少女站在明明晃晃的太阳下,忽然就用力地点了点头,然后咧嘴笑了。这是他们之间的某种默契,一个眼神,一个微笑,一个小动作,他便知道她已达成所愿。

……

小镇的海水天一色,天格外蓝,太阳将落未落,照着长长的公海海岸线。这天的海边格外热闹，一群十几岁的中学生卷起裤脚，拎着裙摆在玩水和嬉戏。

"顾徊……顾徊，在想什么呢？喊了你几声你都没听到。"蒋丽丽是班上的几个活跃分子之一，就是她提出在海边集体烧烤的想法的，没想到一向高高在上的顾徊居然也来了。

不过，张清游在顾徊面前好像小声说了句什么，他变得有些心不在焉的，也不知道在想些什么，半晌才答："有事？"

"也没事啦，"蒋丽丽鼓起勇气说，"我听说你要去S市上高中，是真的吗？"顾徊以两分之差落后乔望舒拿了班级第二，年级前七，众人皆知，蒋丽丽以为他因为这事不开心。

不过大家都在传顾大少即使考上一中也不会去那里念高中，他爸早就在S市给他安排了一所贵族学校。顾徊没有回答，似乎无心多聊，眼眸若有似无地看向某个方向。过了好一会儿，忽然说："我去买包口香糖。"说着，长腿一迈就朝着岸边走去。留下蒋丽丽一脸难以置信地对另外一个同学说："顾徊喜欢吃口香糖吗？"就在刚刚，蒋丽丽没话找话的那一分钟里，顾大少心中忽然升起一个念头……

最近的一家商店距离海边不足三百米，顾徊却仿若没有看到"商店"的牌子和敞开着的大门内露出的玻璃货架般，径直从它面前穿过。然后，他坐上了一辆巴士。坐了三站路，下车还要走一千米左右，目的地是一幢灰瓦砖墙的房子，矮旧，没有任何粉刷和装饰，墙壁上挂着 大串辣椒和玉米，屋前晒着一些干豆角，见门没有锁，顾徊走过去敲了敲门，半晌，一颗小脑袋从里面探出来，是个七八岁的男生，仔细看眉眼和乔望舒有点儿像，顾徊马上猜到了他的身份。

他下意识地从打开的门缝里朝里看去，屋里很简陋，只有一张掉漆的桌子，几条木板凳一样的沙发，唯一的电器是一台黑白电视机。

小孩儿疑惑地看着这个陌生的少年："你找谁？"顾徊没有在屋

里看到他要找的人的身影,连忙说:"小朋友,你知道这附近哪里有商店吗?"小孩子看不出顾徊眼中一闪而过的失落,欢天喜地地说:"我爷爷家就是商店,我带你去。"

顾徊跟着乔泽厚走到这幢房子靠边的一间,这里连半块"商店"的牌子都没有,推开半掩的木门,才能看到摆在门口的旧冰箱和一个简陋的木货架,里面的货品也不多。乔泽厚对戴着一副老花镜整理账目的老人说:"爷爷,有人要买东西。"

老人闻声抬起头,顺手从糖盒子里抓了一把糖给乔泽厚。顾徊买了口香糖,找钱的时候,他看到货架上摆了不少小孩子玩的火柴炮,就买了几盒,随手递给乔泽厚,说:"这个送给你。"

"谢谢哥哥。"……顾徊见到乔望舒的时候,她正和路涯一个人抱着半边西瓜,坐在路涯家门前的台阶上,用勺子把中间最好的一块挖给对方。虽然天色渐晚,可西瓜绿皮红瓤,看上去格外甜,少女的笑容也是。

那幅画面晃花了顾徊的眼,顾大少看着这一幕,几乎下意识地攥紧了拳头。回到海边的时候,天边不知何时已经染了一抹赤红,迎接顾徊的是韩初雪那句:"顾大少,你这是去美国买烟了吗?"顾徊皱着眉头,没有说话,一脸生人勿近的表情。韩初雪自讨了个没趣,故意转头对张清游说:"喂,张清游,你不是说望舒要来吗?怎么还没看到她?谁去那边商店打个电话?"张清游应道:"好,我这就去。"

"给我站住。"顾徊叫住他,张清游觉得顾大少此刻的表情简直可以用阴冷来形容,"等一个言而无信的人做什么?"

"……"

他刚刚说完,就看到张清游指了指顾徊身后:"看,乔望舒好像来了。不过,她旁边那个男生是谁?"在顾徊听到乔望舒名字回头的

短暂时间里,张清游从韩初雪口中听到了答案:"路涯。"

顾徊沉默了一秒,还是忍不住朝他们看去。

西方天空的太阳已经快要坠到海平面,晚霞铺了满天,像是被谁打翻的颜料,一层一层洒在天边,神秘的紫,耀眼的红……夕阳像老酒,把蓝色的海洋也喝得迷离而微醺。她与那个人从艳丽的地方走来,逆着光,看不清面容。

06

很快晚霞退去,天就黑了,由于海边没有什么灯,所有人围坐下来,支起了烧烤架子,将木炭烧了起来,火光映着一张张年轻的脸庞。

路涯将烤好的第一只鸡翅递给乔望舒,有人起哄:"乔望舒,我以为你这样的好学生都是清心寡欲的,看不出来啊……"乔望舒的脸唰地红了,韩初雪咳了咳,给乔望舒一个眼神,乔望舒意会道:"这是路涯,是我从小到大的朋友。""哟,青梅竹马呀!"孟彬彬说。

路涯没有说什么,在他看来,这对话挺没劲的,可是顾徊却听得认真。有人提议:"我们今晚别回去了,就在海边过夜吧。"有人接道:"好啊好啊,我们去海里游泳吧!"男生们兴奋地甩掉上衣,跃跃欲试。

"这片海死过人,你们可小心点儿。"自顾自嚼着口香糖的顾徊忽然开口说道。乔望舒背脊微微一僵,她的父亲和路叔叔就是在这片海里出的事,胆小的女生听了立刻一哆嗦,娇嗔道:"顾徊,这大晚上的,你可别吓人。"

"我说的是实话。"顾徊坐在暗处看不出表情,但他的声音在寂

静的黑夜里格外突兀,"还一次性死了两个,是船厂的工人。"说着,挑衅似的抬起头朝乔望舒看去。如果前面那句只是无心之语,那么从这句话中,乔望舒真切感觉到顾徊对自己深深的敌意,她一直不明白为什么她家的事顾大少好像什么都知道,也不明白自己什么时候又得罪他了?还是说粗暴地撕开别人的伤口根本就是他这种人的爱好?

乔望舒还没得出结论,蒋丽丽忽然指着天上升起的月亮,说:"快看天上,好像是毛月亮,我听老人们说,毛月亮一出菩萨都闭眼,容易遇到不干净的东西。"

其他人纷纷抬头看去,果然看到一轮晕开的月亮,月亮的周围有两个以上的彩色的光圈,朦朦胧胧,让原本皎洁明亮的月光十分暗淡,像是长了毛刺。

这个话题从一引出就令乔望舒感到不适,她一言不发,只是越来越如坐针毡。就在这时,路涯却"扑哧"一声笑了。"你笑什么?"张清游有些不爽地问。"你们所说的毛月亮叫月晕,简单地说是由高空中的冰晶折射月光而产生的光圈,它的出现预示着天气的变化,一般日晕预示下雨的可能性大,而月晕多预示着要刮风。因此民间有'日晕三更雨,月晕午时风'的说法。"

话毕,居然真的适时地刮起了一阵大风,夹着海腥味将火堆里未灭的红炭吹得越发猩红,灰烬被风卷了起来。众人纷纷伸手拂了拂眼前的灰尘,只一双眼睛注意到路涯下意识地伸手挡住乔望舒的眼,替她挡去风中的灰烬。这时不知是谁发出一声惊叹:"乔望舒,你朋友太厉害了。"

乔望舒想起自己小时候,她每次有什么不懂的问题都跑去问路涯,也许因为他妈妈是老师,路涯好像比同龄的人懂的东西都多。

韩初雪也暗暗地抬头仰视着那个年龄比他们大了不到两岁的少

年，露出崇拜的表情："路涯说得没错，大家好不容易出来玩一趟就别疑神疑鬼了。"

路涯说："死人并不可怕，可怕的是心怀鬼胎的活人。""说谁呢？"顾徊一听霍地站起来，"你小子说谁心怀鬼胎，说清楚点儿。"傻子也感受到了两个人的剑拔弩张，大家不知道这两个人之间本来就有过过节，眼见要打起来，韩初雪连忙转向顾徊："路涯也只是就事论事，顾大少，你今天怎么回事？""你闭嘴，"顾徊烦燥地说，"以后别让我在班级聚会上看到外人，扫兴。"

乔望舒知道这句话是说给她听的，暗自叫苦不迭。有时候，那些看上去不合群的人，不是不努力融入集体，而是力不从心。她隐隐后悔听了张清游的话，来参加这个活动。"对不起，不会再有下次了。"乔望舒的嘴唇在风中微微颤抖，"我们先回去了。"

"小舒，你别理顾徊，"韩初雪试着挽留，可是她还是摇了摇头，"你们玩吧，回去晚了，我妈该着急了。"话毕，在几个人各怀心事的注视下和路涯一起消失在黑夜里。以后的初中同学聚会，乔望舒再也没有参加过，一次也没有。

越接触小乔越觉得她表面虽然随和好相处，但她其实是一个非常要强的人。一个贫穷、孤独、倔强，努力想把自己掩藏在人群里，却有着极脆弱的灵魂和极强自尊心的女人。很多路，注定走得比别人艰辛。

顾徊那目中无人的样子虽然有点儿欠揍，但对于故事里的顾徊，作为一个倾听者，我并不认为他说那些话出自本心。这世上能虐你的人，往往是你最深爱的人。有点儿迫切地想看到顾大少被虐得毫无还手之力的样子，在后面的故事里，乔望舒满足了我。

他是天边的云,他是骤落的雨,他是她害怕重遇的人。

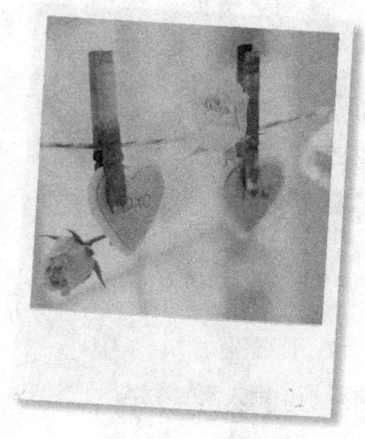

第六章
云聚

01

　　那个暑假除了监督乔泽厚写暑假作业和帮刘玉娇在菜市场卖菜，其他时间就是在家里看看漫画。乔望舒虽然喜欢漫画，但比起规规矩矩用纸和笔作画，她更喜欢像幼时那样随手抓一把沙子铺在任何一个平面上，用手也好，用牙签和树枝也好，任何工具都能勾出好看的图形——跳跃的音符、盛开的花儿、静默的山、流动的水、一跃而起的鱼、飞机穿过云层后寂寥的天空……

　　很随性，很变幻。

　　画完就能很快毁掉，了无痕迹，然而，这些却在少女的心中自成一个世界。

　　中考完后那段时间，刘玉娇确实对乔望舒很满意，她逢人就骄傲

地说:"我们家老大没什么别的优点,就一点好,在学习上不让我操心。有时身上没带纸往地上一蹲,抓根树枝就开始算题。"若是能换来旁人一句"要是我们家囡囡有你们家望舒那股劲的一半我就省心了",她就更得意了。

……

每个父母的嘴里都有一个别人家的孩子,而乔望舒之所以不招人喜欢,有一半是因为在同龄人眼中,她就是那个别人家的孩子。对此,她本人很无奈,然而无计可施,只能由刘玉娇去。南乔镇不大,一传十,十传百。传言到路涯耳中却变成了,好学生乔望舒家穷买不起纸笔,天天用树枝在地上算题,终于功夫不负有心人,拿了第一名。

开学前夕,路涯特意送了她一支钢笔和一本漂亮的硬皮笔记本,说:"以后,在地上算题那个习惯你得改改。"

乔望舒哭笑不得。

而这个暑假,顾徊的状态却与她截然不同,自从那次海边聚会后,他就离开了南乔镇,回到了喧嚣的城市。

原以为摆脱了那个破旧的小镇,他的心情就会好起来,结果反而总是想起那段时光,想起那张平静而又倔强的脸,以前那些纨绔子弟们约他出去浪荡他也无精打采,陷入了一种烦躁压抑的情绪中,听什么都刺耳,看什么都不爽,时间好像被一只无形的大手无限拉长。

很快就开学了,乔望舒去一中报到那天正好乔泽厚也开学,刘玉娇没有办法来送她。不过这也正合她意,她可以与路涯一起去学校,路涯帮她办妥了入学手续才离开。

他刚走后没多久,乔望舒居然在学生宿舍遇到了李瑟,是大姑父送李瑟来学校的,那个记忆里的刁蛮大小姐长高了不少,穿着一套粉红色的裙子,背着同色小背包,上面挂着毛茸茸的公仔。

听说大姑父一家这几年做生意赚了钱，李瑟学习成绩一直不好，想必他们为了让她念一中，煞费苦心地托了不少关系。

而李瑟大概早就忘了幼年时，两个人势同水火的相处模式。见到乔望舒，就开心地跑过来给了她一个熊抱，老姐老姐喊得那叫一个亲热。乔望舒感觉到她柔软的身子贴在自己身上，像个树袋熊。然而不知道为什么这种亲热让她浑身僵硬，有点儿尴尬，大概她是那种记忆更迭比较缓慢的人。

大姑父算不上英俊，却是一个非常高大伟岸的男人，平日总皱着眉头不苟言笑，给人一种严厉的感觉，和乔望舒一家除了年节以外走动也并不多。这天见了乔望舒，却难得露出了一个笑容。他像搬家一样，帮李瑟拎着两个大行李箱，一直送她到宿舍，交代她们："以后你们姐妹在这所学校里要互相帮助。"临走时，还把乔望舒叫到一边，拿出两百块钱递给她，乔望舒受宠若惊。都说他们一家家境不错，可是记忆里，大姑父从没给过乔望舒和弟弟钱，只有接李瑟回家那次给他们带了一包糖做礼物。

然而这次，男人却不容推托地将钱塞到了她手里，语重心长地说："小舒，你大一点儿，要多照顾妹妹，这钱你拿着，就当姑父帮瑟儿放在你那里的，瑟儿被我们宠坏了，平时就大手大脚，如果她手上的钱不够了，你帮我从你这里补贴补贴她。"

乔望舒愣愣地看着大姑父那么高大严肃的一个人细致又耐心地帮李瑟整理床铺，不由得想起她看过的豌豆公主的童话故事，不知道为什么，忽然感到鼻子酸酸的。

从进入青春期开始，"父亲"这两个字便是乔望舒生命里缺失的那一部分，这世上有人拼爹，有人拼命，有人幸福，有人不幸，有人离开，有人留下。

离开的人只会在亲人和爱人生命中留下一个缺口，风大雨大，久

而久之再大的伤痛也被时间治愈，乔望舒觉得可怕的是，她已经习惯了没有父亲的生活。可是眼前的画面却触动了乔望舒内心深处那根脆弱的弦，让她清晰地感觉到一种叫父爱的东西流淌在空气中，她有些羡慕地想，李瑟真幸福。

然而这个幸福的小公主全然没有意识到这些，她推着自己的父亲："老爸，你跟我姐说什么悄悄话呢，不会让她替你监管着我吧！哎呀呀，你就回去吧，我不会给你惹事的。"

"那你好好读书。"

"知道了。"男人听到答复这才含笑离去。然而就在他的背影消失的一刹那，李瑟瞬间原形毕露，她比着剪刀手一蹦老高，高喊："哈哈，终于自由了。"

乔望舒摇了摇头，什么也没说。事实上李瑟想得太天真了，在这所学霸扎堆，高手如云的学校里，怎么可能会有自由？而当时李瑟马上转移了话题："老姐，路涯哥的学校是不是就在这附近，我们去找他玩怎么样？"

"现在吗？"

"对啊，反正今天也没正式上课，走啦走啦。"

这个城市一共有三所重点高中，排名前三的分别为第一、三、八中，有句话在学生群体中广为流传：一中的呆子，三中的才子，八中的公子。

路涯念的就是八中。虽然在升学率上，八中排到了第三，但该校师资雄厚，校园宽敞，教学楼修建得比其他两所高中都漂亮，还有两幢气派的学生公寓。不过，大有大的不好，要在这偌大的校园里找一个人可不是件容易事。

乔望舒和李瑟在校园里闲逛了一会儿，就在李瑟失落的时候，乔望舒突然听到有人喊自己的名字，她回过头，居然看到了韩初雪。

韩初雪却有些疑惑地说："小舒，你不是考上一中了吗？怎么在这里？"

　　"我老姐是陪我来找人的。"还没等乔望舒说话，李瑟就飞快地替她回答了。

　　"你是小舒的妹妹啊，真可爱，我是韩初雪，她初中同学。"韩初雪得体地说，她本身长得漂亮，气质又好，往那儿一站，不时有路过的男生频频回头朝她们看过来。

　　李瑟有点儿兴奋，不过乔望舒一点儿也不喜欢被人注视的感觉，她匆匆地和韩初雪告了别，就和李瑟离开了。

　　李瑟一路都在嘟囔："什么八中的公子，我看也没几个帅哥嘛，和路涯哥比差远了，可惜，都没见到路涯哥，枉费我今天穿得这么漂亮。"

　　乔望舒不能理解李瑟这样的公主一天到晚都在想些什么，喜欢一个人，怎么可以这么坦然这么直白地挂在嘴上呢？

　　不过李瑟看人的眼光倒是不错，乔望舒想，路涯平时在学校一定很受欢迎吧！

　　想到这里，蓝色的苍穹下，小小的少女突然不由自主地低下了头。

　　不知道是不是有这样一种定律，你越是费心去寻找一件东西，越是遍寻不着，可当你不需要它了，它又频繁出现在你的视线里。

　　某天没洗头发出门，心里祈祷着千万不要遇到熟人，结果偏偏就遇上了，更糟糕的是，对方还是你喜欢的人。然而，当你打扮得漂漂亮亮，准备去邂逅某人，可那个人偏偏就是不出现。

　　这青春，还真是荒凉啊！

02

李瑟这位公主住进宿舍第一天就和室友发生了口角,原因不过是对方从上铺下来的时候不小心踩到了她放在下铺床头的毛绒大抱熊。

学校宿舍里那种铁架子床本身就狭小,也就这位公主放一只大抱熊在床上,还给熊取了个嗲嗲的名字叫宝宝。乔望舒很无语,然而作为表姐,她答应过姑父要照顾她,也不可能完全放手不管,只是奈何李瑟又是那种不依不饶的性子,说她两句,她就冲你发脾气:"你到底是不是我姐,怎么胳膊肘往外拐啊?"

"……"

这个公主的难伺候还体现在她每天都起得最晚,大多数少女都有的臭美和虚荣在她身上乘以2,总之不将自己折腾到最美的状态她压根就不会出门,这可苦了等她的乔望舒。而且她还总是有各种各样的鬼点子,每每乔望舒不愿跟她胡闹,但是又拗不过她撒娇。

这世上就是有这么一种人,他们在你的世界里横冲直撞、予取予求,可是你对他们没有一点儿办法,只能忍,不能怒。

对于乔望舒来说,李瑟与顾徊都是那样的人。是的,李瑟让乔望舒想起了那位嚣张而又喜怒无常的顾大少。虽然他们是两个毫不相干的人。乔望舒甩了甩头,将那不该想起的人和与他有关的记忆抛诸脑后。

这天早上,乔望舒和李瑟往教室走去,走到一半,李瑟说:"老姐,把你的书包给我一下。"

李瑟有很多小宝贝,见乔望舒的书包大,就往里面塞,自己却只背一只巴掌大点儿的小书包。乔望舒无奈地将书包带子顺下来,递给她。

她正翻着,身后有人走过来不小心碰到了她,书包忽然掉在地上,里面的东西掉了出来——除了一些文具用品,还有一个瓶子滚了出来,在地上滚了一米多远。

"姐,那是什么?"李瑟连忙跑过去捡,一双洁白的匡威运动鞋出现在她的视线里。鞋的主人先她一步弯腰将瓶子捡了起来,李瑟先看到的是他白皙修长,像是日本漫画中美少年的手。不由得抬起头,然后她感觉到短暂的心脏缺氧,大脑一片空白,一种巨大的眩晕感将她笼罩。而那只手的主人却拿着瓶子,绕过她,走了几步递给了不远处的乔望舒。

与李瑟的眩晕不同,乔望舒见到来人的时候脑海里轰然一声巨响,他是天边的云,他是骤落的雨,他是她害怕重遇的人——顾徊。乔望舒想,他不是要去S市念贵族高中吗?为什么会出现在这里?

"这是你的吧,乔兔子。"顾大少的声音打断了她心中的疑问,"见到我不用这么意外吧!"

乔望舒飞快地想将瓶子接过来,顾徊却在这时故意将手缩了回去。李瑟终于回过神来了,她看清了顾徊握在手中的那个瓶子,居然是一瓶沙子。

"老姐,他……是谁啊?"李瑟揉了揉眼睛,"那什么,你……你没事背着一瓶沙子做什么?"

顾徊也饶有兴趣地盯着乔望舒,显然李瑟问出了他想问的话。

在顾徊看来,这只兔子还真是越来越让人看不透了,不过,这就是她的有趣之处吧。

乔望舒绝望地想,是福不是祸,是祸躲不过,看来她这是祸不单行。她硬着头皮解释道:"我怕来这里读书水土不服,听说装泥土和沙子什么的带在身边有用。"

这真的不是一个合理和睿智的解释,就连李瑟这样冒失的人都能

轻易将它识破:"你又不是要出国,有什么水土不服的?"

乔望舒心想不说话没人当你是哑巴,算了,还是自己当哑巴吧,她无声地将瓶子拿回来,重新装进自己的书包里。

不过,李瑟很快就将重点从沙子上移向了还立在那里的顾大少,人也紧张起来,连说话都没有了平时的顺畅:"那个,谢谢你啊,我姐这人就是这样,不太爱搭理人。对了,你认识我姐吧?你也是她的同学吗?我还不知道你名字呢。"

"顾徊。"

"我叫李瑟,锦瑟的瑟。"李瑟兴高采烈地自我介绍,顾徊却伸手指了指前面,李瑟才发现乔望舒居然在这种时候丢下她自顾自走了,连忙小跑追了上去,跑了两步又回过头对顾徊挥了挥手。

03

乔望舒唯一庆幸的是自己和李瑟并不在同一个班,上天有好生之德,也许这就是留给她的生路吧!

然而下一秒,一道熟悉的身影走进了教室,让乔望舒马上意识到这条生路布满荆棘,顾徊的年纪本来就比乔望舒他们大一岁,高一的时候已经有近一米八的身高,比初中更加挺拔,惹人注目。

乔望舒自顾自翻着自己的书,老师安排大家简单地介绍一下自己,轮到顾徊时,他说:"我来这所学校是因为一个人,她是……"

少年的杏色的眸子里有一闪而逝的迟疑,眼神漫不经心地扫过全班,扫到乔望舒脸上的时候,她连忙把头低下去,听到他的声音:"他是我的父亲。"

下课后,李瑟在楼下等乔望舒,见到乔望舒的第一句话是:"我觉得我要对路涯哥移情别恋了，我对不起他。"

猛然听到路涯的名字，乔望舒还有点儿错愕："你说什么？"

"姐，我觉得我好像喜欢上早上见到的那个帅哥了，就是帮你捡沙子的那个啊。"李瑟捧着自己的脸。

"你不是第一次见到他吗？"乔望舒皱眉。

"对啊，一见钟情，是不是很浪漫？他以前是你同学，你知道他喜欢什么类型的女生吗？你觉得他会喜欢我吗？"

"我怎么会知道？"乔望舒说完，察觉到自己的语气颇有些重了，连忙又补充了一句，"大姑父让你好好念书，你别想这些乱七八糟的了，那个人不是什么好人。"

乔望舒说完，李瑟用手指戳了戳她的胳膊，示意她往旁边看。

而她手指的方向，顾徊笔挺得如同白杨一般的身影正穿过人群，他身形高挑，气质出尘，在人群里像个发光体，也难怪李瑟跟失了魂似的。

可乔望舒早就知道这美好皮囊的本质，毕业那天，他故意在海边说的那番话还言犹在耳。无论怎么样，乔望舒都不想自己身边任何人和这个人扯上关系。

然而这人间的事，最易事与愿违。不然，这所学校高一十来个班，她怎么就偏偏和顾大少分到了一个班。虽然不再是前后桌，但在同一间教室，活动范围就那么大，抬头不见低头见，总觉得他什么时候会突然给她一击。

都说一朝被蛇咬，十年怕井绳，乔望舒是个有点儿悲观主义的人，不过她也懒得想那么多了。刘玉娇早就把话说在了前面，如果她考不上好的大学，就会让她辍学回家帮她卖菜。虽然初中的时候乔望舒成绩拔尖，但到了这里撑死也只能算是中游，为了不落后于人太远，她不得不暗中加把劲。

也许是因为画画，乔望舒喜欢观察周围的人和事物，而在学校里最直观的观察对象是老师——班主任是个中年男人，每天都把胡子刮得干干净净，但人非常刻板、严厉，明明教的是数学，却说得一手好鸡汤——什么"梦想没有捷径，只有坚持坚持再坚持"，什么"现在流的汗是为了让你们以后少流泪"……他还有一个爱好，就是喜欢吹嘘他教出了多少栋梁之材。

几个任课老师里印象最深的是语文老师，她也是任课老师里唯一一个女性，留着一头披肩发，在明朗的光线下，能看出浅浅的酒红色，妆容也淡雅，第一天给他们上课就穿了一条酒红色的包身鱼尾裙，配着尖头高跟鞋。

而真正让乔望舒意外并惊讶的还是她那张脸，但这张脸有太多她所熟悉的痕迹，使她一眼就认出，她是路湦的妈妈。饶是如此，黑板上的"戴爱琴"三个字，还是让她感到一阵恍惚，思绪回到很多年以前，是的，在很早以前她曾听母亲问过路叔叔，他们离婚的真正原因。

那时她还小，但不知道为什么，她还依稀记得路叔叔的描述，他说："门不当户不对，她出生在一个知识分子家庭，自己也是个老师，长得又漂亮，都说我配不上她。跟着我这十来年，我也没亏待她，就让她在家带带孩子，让她不要去工作了，每个月发了工资都交给她存着，她的一件衣服够我一身行头，但到底还是留不住。"

讲台上的女人因为保养得当，身材与少女无异，气质更是优雅得体，整个人看上去真的很年轻，很难想象她已经有一个十七岁的儿子，更难想象的是那样诗情画意的一个人，如果和自己的母亲一样被柴米油盐酱醋茶日复一日地浸染会变成什么样子。

乔望舒好像有些理解她当时为什么毅然决然地离开路叔叔了。

一节课下来，戴爱琴给乔望舒的感觉只有四个字，行云流水。她

的容貌、她的声音、她的姿态都那么恰到好处。乔望舒整堂课都在走神,她想,真好,以后每天看着这张脸给自己上课,就好像看到了遗传了她美貌的路涯。

这天下课后,戴爱琴忽然走向了乔望舒,让她去她的办公室一趟。

戴爱琴的办公室非常干净明亮,除了普通的办公用具,还摆着一架黑色的钢琴,桌上显眼的地方摆着一个复古的花瓶,插着鲜艳的花朵。

"喜欢语文吗?"作为一个语文老师,她的开场白虽然职业,但语气亲和,配上好看得无懈可击的笑容。

乔望舒和大部分女生一样,文科成绩比理科好,语文确实是她喜欢的科目,每次新书一发下来,她会自己先把语文书上的课文看一遍,因此她对戴爱琴点了点头。

"我的课代表还空缺,你有兴趣没?"女人温柔地说。

"听凭老师安排。"乔望舒一向不喜欢当官,但不知道为什么在这个女人面前却说不出拒绝的话来,她甚至没问一句:为什么是我?

"那就这么定了。"女人神情愉悦,"我找你来还有一件私事。望舒,我知道你是路涯的朋友,我给他织了一件毛衣,还买了些他喜欢吃的东西,你可以帮我带给他吗?"

"老师,您还是自己给他吧,他就在八中,很近的。"说完马上意识到,后面那句是多余的,她怎么可能不知道路涯在哪儿上学。

果然,女人的美眸一黯:"你可能不知道,自从他爸爸出事后,这孩子一直不待见我,你和她关系好,我想也许你能帮帮我。"

乔望舒忽然觉得鼻子一酸,她想,一个女人,用了所有的勇气选择了追求自己理想的生活,却得不到亲生儿子的谅解,那种滋味一定不好受吧。

思及此,她点了点头:"那好,我会帮老师转交的。"

在遇见小乔之前,我一直误以为学霸眼里的老师就是"伟岸光辉"这几个字的方正楷体,还是大写加粗的。

不过,对于很多差生来说,老师这种生物大概是世界上最可怕的存在,尤其是班主任,好像长了三只眼睛似的,你一旦做错了事,那只天眼就为你打开了。

可是,运气好的话,也会遇到一些很可爱的老师,他除了带给你书本上的知识,还会从他的人生的经历中筛掉一些什么,你不经意间就能看到,听到,甚至拾到。

04

乔望舒想着她应该怎么样才能说服路涯接受他妈妈的一番好意,没有人比她更了解路涯——他一向都是有自己个性和原则的人。其实乔望舒也不知道自己什么时候才能再见到他。开学那天,送她来学校时,他就和她说过,他有时间会来找她。事实上好几周过去了,他一直没有来。

一中不比南乔中学,这里校规甚严,又是封闭式管理,如果不是周末就怕他来了也进不了。

就在这个时候,乔望舒意外地收到了韩初雪的来信,虽然两所学校隔了不到二十分钟的路程,但谁说隔得近就不能写信了。

韩初雪的信洋洋洒洒写了两页,信纸里面还夹了一朵干花,是一朵月季,她在信里说自己经常在学校里看路涯打球,他现在是学校的篮球队队长,三步扣篮简直堪比流川枫,还说她现在已经进了啦啦队。

乔望舒却并没有从韩初雪的信里感觉到什么异样，或许那个时候她感觉到了，但是她不愿正视，鬼使神差地，乔望舒回信说让韩初雪帮忙转告路涯，她有东西要给他。

韩初雪很讲义气地把话带到了，在她的回信里，居然单独附了一张信纸，是路涯写给乔望舒的，大意是他们过两天就要放月假了，他打听过了，一中和八中放假的时间是同一天，可以一道回去。虽然只有寥寥数语，但是乔望舒却将这封信反复看了几遍，爱不释手，她想起了爷爷屋后的樱桃树，想起了那个叫吃心的游戏和那些独属于两个人的回不去的时光，她甚至觉得自己有点儿想念那个爱告状的乔泽厚了。

"乔望舒，你傻笑什么？笑了半个下午了。"同桌的女孩露出暧昧的笑容，"你不会收到谁给你写的情书了吧？"乔望舒连忙摇头，慌张地把信纸收起来。

"不是你脸红什么？"同桌却看透她一般。

她脸红了吗？"情书"这两个字，多美啊，让乔望舒觉得心悸。与此同时，李瑟跟被灌了迷药似的，也不知她用什么方法居然在一个月内收集到了顾徊的资料，身高、体重、生日、爱好、QQ号，还有手机号。那时，小城市的学生群体中能用得起手机的寥寥无几，然而顾大少却揣了一部当时最新款的诺基亚手机招摇得不行。李瑟兴奋地对乔望舒宣布："看来，我必须得让我爸给我买一部手机才行。"

李瑟是个行动派，一边说，一边看向操场一角的电话亭，将一沓书塞到乔望舒怀里，说："姐，我现在就去打电话，这些书你帮我拿一下。"

对于李瑟种种疯狂的行径，乔望舒除了感到头疼，几乎无计可施。就这样，她站在公用电话亭不远处那条铺着鹅卵石的小路边等着李瑟，操场上有几个高年级的男生正在打篮球。

不知道为什么，乔望舒看着他们在阳光下跳跃的身影神思飘远，就在乔望舒走神的时候，一道阴影笼罩过来。不是顾徊那个阴魂不散的家伙，还能有谁。顾徊拿了乔望舒手上的两本书，慢慢地念道："恶作剧……之……吻，狼的……诱惑？你还看这种没脑子的书啊。"乔望舒心里叫苦不迭，碰上这人总没什么好事，嘴上不肯示弱："我看什么书不关你的事吧。"

"当然关我的事，没记错的话，你是唯一一个中考分数超过了我的吧，我难道不应该关心关心对手都有些什么爱好？"乔望舒好像忽然明白了，那次在海边他故意给她难堪，不过是因为中考落后于她。

"我从来没有把你当成对手。"她吐字清晰，表情冷淡。这一句话让顾徊噎住了，面前的人眼里像是隔着层清冷的云雾，像晨跑时迎来的第一缕风，冷冽，却让人神清气爽。

"是吗？"顾徊把书放回去，嘴角勾起一个好看的弧度说，"我都忘了你也是个女生了，你们这些女生好像总是希望和我有些别的什么……"

"对不起，我们之间也不会有什么。"乔望舒没见过这么自恋的人，实在不想和他周旋，快步朝电话亭走去。这个时候，李瑟正好也打完了电话，她捧着话筒开心地说："老姐，我爸答应了我成绩进步他就给我买手机。"说完，还不等乔望舒抓着她离开，她就眼睛一亮："那不是顾徊吗？天哪天哪，他朝这边走过来了。"李瑟连忙搁下话筒，飞快地用手理了理自己的头发，又理了理衣服，以最快的速度在顾徊走到她们面前时扯出一个她私底下对着镜子调整过八百遍，自认为最好看的笑容："嗨。"

顾徊也对她笑了笑，他好整以暇地站在电话亭的一边，恰好堵住了她们的路，没话找话地说："我还有事问你，你有韩初雪的联系方式吗？"

这话显然是问乔望舒的,可是接话的人却是李瑟:"我知道。上回我们在路涯哥的学校见到的那个长发美女韩初雪是吧?"

"你知道她?"顾徊终于正眼看向了李瑟,李瑟被看得脸上发热,连忙点头:"上次我姐带我去找路涯哥在八中遇到了她,她还给了我姐一个联系地址。"

顾徊和李瑟聊了几句,颇不以为然地看了站在旁边一言不发的乔望舒一眼,转身走了。

李瑟痴痴地看着他离开的背影,半晌,转头问乔望舒说:"你说他为什么会打听那韩初雪,他是不是喜欢她?"

乔望舒想起初中时他们俩确实传过绯闻,不禁似是而非地回道:"可能是吧。"

看着李瑟的好心情瞬间没有了,一副萎靡的样子,其实还是有点儿内疚的,让乔望舒忧喜参半的是,李瑟这个人情绪来得快,去得也快,没过几天,又重整旗鼓,信誓旦旦地说:"不管他喜欢谁,反正我都要追他。"

乔望舒感觉很无奈。

"姐,你知道吗?我昨天去上网,顾徊居然通过我的QQ交友请求了。"

乔望舒很想摇醒她:"你能不能清醒点儿,他和你不是一个世界的人。"然而她清楚地知道,叫醒一个装睡的人不过徒增烦恼罢了,可她隐隐有种不好的预感,觉得李瑟陷得越深,就会跌得越重。

人的情感像一条河,友情是,爱情也是。有些河流得湍急,有些则流得缓慢,有些河一生只流向一个地方,有些却会生出支流,或在中途改变方向。

05

放月假那天只上了半天课,乔望舒正准备回宿舍,却被李瑟截住,她脸上笑开了一朵花:"姐,告诉你一个好消息,顾徊说我们可以搭他家的顺风车回去,正好我也好久没有见到外公了,和你们一起回去看看他。"

乔望舒的第一反应是,无事献殷勤非奸即盗,以她对顾大少的了解,小恩小惠后面没准又有什么后招等着他们呢,对于这个人,她的想法只有四个字——远离为妙。

"瑟儿,我们不坐他的车了,我还要等人。"

"等谁啊?"

"路涯和韩初雪。"

李瑟听到韩初雪这个名字有些不悦,想到顾徊喜欢的人可能就是她,绝对不能让他们在这里见面,她眼珠子一转:"不然,姐你等他们吧,我坐顾徊的车先走。"

"那也不行,万一出了什么事怎么办?"

"能有什么事?"乔望舒不想在顾徊的事上和她多费口舌,尽可能迂回着问道:"你要去看你外公的事和你爸妈说好了吗?"

"还没呢,到时打个电话不就行了。"

"那,你自己小心点儿。"乔望舒交代了几句,无奈地回到宿舍拿起前一天就已经收拾好的行李,她自己只有一个背包,戴老师让乔望舒交给路涯的东西用一个漂亮的袋子装着,拎在手上,乔望舒一面想着路涯什么时候来找自己,一边又担心李瑟。

校门口到处都是和她一样背着包包、带着行李的人,举目四望,却没看到路涯的身影,乔望舒低头看了看手上的电子表,快两点了,明明约好一点在校门口等他的，她不禁有点儿急了。

就在这时，一辆黑色的私家轿车停在那里，乔望舒透过降下的车窗一眼就看到了坐在副驾驶上低着头玩手机的顾徊，而后座欢快地对她招手的人正是李瑟。

乔望舒硬着头皮走了过去，除了开车的中年男人，里面只坐了顾徊和李瑟两个人，难怪她这么得意。

乔望舒虽然百般不情愿但还是走到车窗外，对副驾驶的少年说了句："我妹妹就麻烦你们了。"

礼貌客气中透着隐隐的疏离。

顾徊若有所思地看了她一眼，无声地递给她一部手机，见乔望舒不动，说："你电话，韩初雪打来的，不接的话，我帮你挂了。"

乔望舒来不及细想韩初雪怎么会把电话打到顾徊手机上，她飞快地接过手机，那声喂还没说出口，就先听到顾徊慢条斯理的声音："拿反了。"

乔望舒满怀心事，又是第一次用手机，动作确实有点儿笨拙。没关系，就让他笑吧！他既然一直把她当对手，那就让他从这个对手身上找回一点儿智商优越感好了。

不过，经他提醒，她还是拿正了手机，与此同时听到里面传来的声音："是小舒吗？路涯让我转告你你先回家，他这边还有点儿事，要晚点儿才能回去。"

那边的声音听上去并没有异样，可是乔望舒心里却涌起不好的预感，路涯不是一个言而无信的人，他不回去为什么不自己和她说，而让韩初雪代为转告？再说韩初雪与路涯不过是点头之交，什么时候关系好到了这种地步。这其中肯定有什么蹊跷。

越往下想越觉得不安，发现车里的两双眼睛正盯着她，乔望舒不由得转过头，对着电话轻声说："初雪，是不是发生了什么事情？能

不能……让路涯听一下电话?"

那边传来一阵嘈杂,隐约听到一句:"放心吧,没事。"

"你们现在还在学校吗……喂……喂!"

电话挂了。

……

乔望舒木然地把电话还给顾徊,说了声谢谢就飞快地朝外跑去,她心想一定是出了什么事。以往校门口还能租到摩的,但这天由于回家的学生太多,竟然一辆车也没有。

好在乔望舒去过路涯的学校,大致知道路怎么走,此时此刻,她一秒钟迟疑也没有,就朝着那个方向走去。

身后的黑色轿车开了过来,从乔望舒身边开过去的时候,李瑟在车窗里面对她说:"姐,你这是要去哪儿?"她似乎对前面那位司机说了一句:"叔叔,能请你停一下车吗?"

顾大少毫不留情地摇上了车窗:"停车做什么,她不是要等人吗?"

车子飞驰而过,扬起一阵尾气和灰尘。

一个人的优越感到底能不能取暖?这个问题我没有答案。

但过剩的自尊心一定不能取暖,特别是自尊心与你的情感归属背道而驰的时候。

06

路涯和韩初雪的教室门都已经上了锁,乔望舒在偌大的学校转了两圈,一连问了几个同学,依然一无所获。眼看天色渐晚,连午饭都没有吃的乔望舒饥肠辘辘地抱着戴老师让她交给路涯的毛衣蹲在人去楼空之后略显寂寥的校门口。

守株待兔虽然有点儿傻，但现在也没有什么更好的办法了。

当那声"喂"响起的时候，乔望舒正拿着一根树枝，随手在地上画着星星，仔细去看，她画的不是星星，是两只牵手的海星。

乔望舒闻声喜出望外地抬起头，可是不是路涯，是顾徊。他不是和李瑟一起回南乔镇了吗？

"你怎么来这里了？李瑟她人呢？"

"我看你现在还是关心关心自己吧！"顾大少居高临下，冷嘲热讽地说，"还是说你觉得自己长得特别安全，晚上就准备蹲在这里过夜试试？"

"这与你无关。"乔望舒扔掉手里的树枝，这个时候她没力气和他打嘴仗。

"呵，如果不是韩初雪让我把你带回去，你以为我会管你？"顾徊的大少爷脾气一向莫名其妙，乔望舒自然不知道他在气什么。

其实顾徊老家就是这座县城的，为了就近照看儿子，崔女士就把她的事业拓展过来，新街开了一家婚纱连锁店。她就等着儿子放假回家，哪知一放月假，顾徊就说有点儿想念南乔中学门外餐馆的伙食了，非让崔女士的司机送他回去一趟。

当年南乔镇的革新船厂一连出了两条人命，经过了一轮内部改革，顾徊的父亲顾应华成了船厂新的幕后老板，并恨铁不成钢地将他这个不成器的儿子送到南乔中学复读，最心疼最放不下的就是顾徊的母亲崔女士。

崔女士是做婚纱和礼服设计的，工作之余爱钻研美容、护肤和养生，对生活品质很有讲究。知儿莫若母，崔女士怎么会看不出来孩子对他父亲安排的抗拒，不过比起担心他在新学校惹出什么事，母亲似

乎更多是担心这个在蜜罐里长大的孩子适应不了新学校的生活,食堂的伙食肯定是不能吃的,她一度想把南乔中学外面那家饭店承包下来,让家里的保姆专程过去给顾徊洗衣做饭。顾应华一句话断了她的念想:"我是让他去念书的,不是让他去给我当少爷的,你别给我惯着他。"

话虽如此,爱子心切的崔女士还是背着顾应华在南乔中学外面的餐馆专程给顾徊开了一年的小灶。不过顾徊也争气,在南乔中学复读一年之后,不仅成绩突飞猛进,还长高了不少。

顾应华一高兴,到处扬言说要将他送到市里最好的高中去,念完高中就出国。顾徊不乐意了,跟他爹说:"我要照常升入县一中。"

"儿子,这事你不能任性,县一中虽然是重点高中,但学习环境和市里的高中没法比。"顾应华还没发表意见,崔女士先急了。

顾徊心想,南乔中学都念过了,我还怕什么。他看向他的母亲:"我爸说得没错,挫折使人成长。"

顾应华早就察觉到了儿子的变化,那孩子过去就是个不知天高地厚的富家子弟,这一年脱胎换骨,他很乐意这种良好的转变能延续下去,索性就同意了儿子的升学要求。

八成是脑子出了问题,顾徊回到南乔镇之后,一碗饭都还没吃完,就借了餐馆老板儿子的单车,玩命地骑了两个小时的飞车回到了这里。

"顾徊,你是不是知道初雪她们在哪里?"听到韩初雪的名字,乔望舒黯淡的眸子里忽然有了闪烁的神采,"你能不能告诉我?"

顾徊像看傻子一样看着她,恶声恶气地说:"我又没在她身上植入芯片,我怎么会知道?"

"她往你的手机打过电话,你能联系到她吗?"乔望舒的脸色苍白异常,这个时候已经顾不上和顾徊划清界限了。

"不能。"顾徊收回目光,侧过头不去看她,她这个样子莫名让他有些心软,语气放低,"她用的是公用电话。"

眼看她的脸由希望转成绝望,顾徊抬手看了看表:"回南乔镇的最后一班公交车是几点?"

"六点半。"

"恭喜你,现在快七点了。"顾大少幸灾乐祸地说,仿佛她没车回去了,他多开心似的。

能不能回去原不是乔望舒首要考虑的问题,可是现在经顾徊一提醒,她马上意识到这个问题的严重性——刘玉娇不知道她们这天放假还好,可偏偏李瑟回去看她外公了,这也就意味着乔望舒必须找一个晚归甚至不归的合理理由。因为李瑟不知道她舅妈禁止女儿与路涯交往,以她张扬的个性,不说漏嘴才怪。

可是还没有找到路涯他们,怎么办?乔望舒忽然一个激灵,转向顾徊,那样直直地看着他:"能借你的手机给我打个电话吗?"

顾徊在她的注视下摸出手机递给她,见乔望舒手里抱着一堆东西,难得绅士地说:"东西给我。"

乔望舒抱紧袋子,警惕地后退了一步。上回他抢走她一块材料,说过的话清晰地回响在她的脑海里,他说,他就喜欢夺人所爱。

"我说你这个人怎么什么破烂玩意都跟宝贝似的。"顾大少面露不屑之色,"算了,你爱拿就自己拿着吧!"

小乔像一面镜子,透过她的讲述,我仿佛看到了初中时不知道因为什么事被老师留堂的自己,我记得那天放学自己不知怎么就哭了,哭着一个人走了很远的路,陪伴我的只有天边的云霞和风声。也许我们的青春里都有过那样一段荆棘丛生的路吧,没有出口,没有尽头。

这段路的本身就叫作迷茫。

这世上有人保护着他的锋利,像刀鞘保护着刀。

第七章

雾霾

01

乔望舒用顾徊的手机拨了路涯家里的号码,电话一直没人接听。天渐渐黑了,路灯一盏盏亮了起来,乔望舒心里空落落的,不知道自己应该何去何从,向前走的脚步感觉有千斤重,一旁的顾徊慢慢地推着单车,单车很旧,与他那一身名牌衣服很不搭,他全无意识般,还在旁边不离不弃地讽刺挖苦她:"你说你明明是个高中生,怎么跟等着家长接送的小学生似的。"

乔望舒沉默。

"现在好玩的地方、能玩的地方多了去了,你说谁放假了还乐意多回头瞅这学校大门一眼。"

乔望舒想自动屏蔽他的话,可心里又觉得他说的也不无道理。

如果说眼前这个少年是天上的云,那么路涯是原野的风,他是活在风中的人,自他父亲去世后,他便选择了孤身生活,这意味着这世上再也无人可以让他停留,也没有人能将他束缚。

乔望舒是那个捕风的人,她忽然抬头直直地看向顾徊:"你说的好玩的能玩的地方都在哪儿?"

路灯落在她眼里,让她的眼睛灼灼发烫,算不上特别美艳的面孔也似乎鲜妍了几分。顾徊微怔。顾大少从小到大一直是学校里受女孩欢迎的存在,他聪明,帅气,家境优渥,这样的人通常不怎么需要去猜女孩的心,如果他愿意,女孩们愿意把心事都掏给他。从来没有人像眼前的女孩一样,他越是凑近越是看不清。他却偏偏忍不住犯贱地去了解和猜度。

此刻,他故意满不在乎地说:"那要看你想玩什么了。"

说话间,两个人已经走到了八中外面的小吃街上。几乎每所学校外面都有一条这样的小吃街,炒粉、麻辣烫、煲仔饭、烧烤……一字排开,冒着人间烟火的气息。

韩初雪在写给乔望舒的信里就提到过他们学校外这条小吃街,说有一家烤鱿鱼特别好吃,招牌也很狂妄,叫:"天下第一"。

此时的乔望舒猛一抬头,还真的看到了那块招牌,那架子上烤的一串一串的撒满孜然和辣椒粉的不正是鱿鱼吗?她暗自吞了吞口水,不好意思对顾徊说自己饿了。想必顾大少也不会眷恋这路边摊,果然,他在前面走得飞快。

乔望舒把手伸进口袋,里面还有两百多块钱。母亲每个月给她的生活费不多,但她花钱一向节俭,不知道为什么。小时候特别羡慕有吃不完的零食的李瑟,有一回,邻居的大婶问她:"望舒啊,你长大后想嫁给谁?"她是这样回的——嫁给镇上开商店的老板的儿子。

"为什么?"——因为他们家有好多吃的啊。

可是上高中后，能支配一部分零花钱了，却已经学会了克制自己不去买零食吃，到了月底，别的同学只能勒紧裤腰带过日子了，她却还有盈余。不过大姑父帮李瑟寄放在她那里的那部分钱，是断然不能动的。

"你在磨蹭什么？快点儿。"顾大少没耐心地催促道。乔望舒想反正也饿过头了，再忍忍吧，快步跟上去。顾徊指了指前方："前面有家饭店，饿了就……"

"不用了，我不饿……"乔望舒打断他，不过话才刚说完肚子里的那一声"咕噜"出卖了她。顾徊停下单车折了回去找老板买了十串鱿鱼，全部塞给她，皱着眉头说："你还真是麻烦。"乔望舒目瞪口呆。走过这条小街，鱿鱼也吃完了，收获顾大少一句："你还真是饥不择食。"

马路两边都是商铺，耀眼的霓虹，昏沉的路灯，行人三三两两，长风吹散了夏末的闷热，两个人各怀心事地向前走着，顾徊忽然想起什么似的问："喂，你去过游乐场吗？孟彬彬他们就喜欢带女生们去游乐场公园这些地方约会，不过也是，就你这样的，一看就是没被男生约过！"这家伙无时无刻不以挖苦打击她为乐。

乔望舒木讷地"哦"了一声，顾徊说的也是客观事实，虽然她并不认为这是自己应该在意的事，但他这样当着她的面直白地说出来，有种在太阳底下被人脱光衣服的感觉。顾大少还貌似好心地提议："要不我带你去看看，你不是要找韩初雪和那个……"他似乎不屑吐出路涯全名似的，顿了一下，"那个姓路的对吧，我看他们八成就是背着你约会去了。"

"顾徊，"乔望舒忽然没来由地说了一句，"韩初雪一直和我说你人不错。"

"她说的是实话啊。"

"但是在你眼里，她是那种随便的人吗？"乔望舒反问，显然对他的那个假设不敢苟同，她平常说话都是温吞的，似乎很会趋利避害的样子。但是一旦触及她在意的人和事，她就会像刺猬一样竖起自己的刺。

"怎么我说她去约会了，你不信是吗？你去看看不就知道了，"顾徊一面循循善诱，一面用激将法，"你不会怕看到真相自己承受不了吧？"

他长腿跨上单车，薄薄的衣衫被风吹开，露出特属于少年的挺直但单薄的背脊，优美的肩部线条清晰地掉进乔望舒的眼里，唯独他的声音却仿佛被风吹来般：“喂，上来啊，你再不上来我要反悔了。"

乔望舒并不相信顾徊的话，可是她也知道在这里等不会有什么结果。她不怕等待，她怕等待落空。

工作之余，我有时也会和小乔约出去逛街，她是一个守时到让我自愧弗如的人，或许在她看来，落空一个人的等待和杀死一个人的希望都是特别残忍的事情，我不知道她有没有听过一句话，人生唯一能有把握不会落空的等待是注定的死亡。

02

就这样，乔望舒带着满手的鱿鱼味坐上了顾徊的破单车后座，顾大少故意把单车骑得歪歪扭扭，有几次乔望舒都觉得自己要被甩出去，她一只手抱着路涯的毛衣，在拐弯的时候轻轻地扯住顾徊的衣摆。

顾徊顿了一下，好像骑得更快了。

去游乐场的路一开始每隔十几米有路灯，只是时而亮些，时而暗些，到了后面有一小段很暗，有点儿像乔望舒老家的山路，置身其中，心中会不由自主地竖起防备，不知道是什么滋味。

这个游乐场在比较有名的公园里，设施虽然不算齐全，但靠山而建，占地面积还挺大的，白天游人还挺多的，可一到夜晚便寂静得有点儿可怕，迷离的灯火映着翠色的山峦，既有童话的美好寂静，又有鬼故事的阴森诡谲。

这里主打的项目是穿山而建的过山车，其他都是一些跳跳床、碰碰车、跷跷板、旋转木马之类的项目，因为人少，工作人员无精打采，很多项目晚上都不开放，不过，乔望舒也没什么玩乐的兴趣，顾徊却兴致昂然，走到旋转木马附近，停下来说："你们女孩子不是喜欢坐旋转木马的吗？要不要去玩一下？"

不幸的是，他来得太不是时候了，话才刚说完，木马停止了转动，连灯也跟着灭了。顾徊叫住那个看上去像工作人员的中年大妈问原因，大妈表示这个时候没有什么游客了，游乐园也快关门了，让他们早点儿回去。

也不知道顾徊和她说了什么，两分钟后，中年大妈同意让他们玩几圈旋转木马，顾徊走向乔望舒，埋汰道："你看你苦着脸做什么，来都来了，去体验一下吧。我可是好不容易才说服阿姨的。"

中年大妈走过来也帮腔："小姑娘，去玩吧，你很幸运，这样的年纪有人带你来坐旋转木马。前几天，有个老头儿带着老太太过来，说他们年轻的时候可没那么新潮的东西。"

有点儿盛情难却，乔望舒硬着头皮坐在彩色的木马上，顾徊勉为其难似的坐在她旁边，对她笑了笑，音乐响起来，木马旋转，一圈一圈。

"传说游乐园的旋转木马可以扭转时间，乔兔子，我问你，你想

回过去，还是去未来？"顾徊见她愁眉不展，没话找话地说，乔望舒不假思索地回道："未来。"

"为什么？"

"即使回到过去该发生的还是会发生。"她见顾大少一脸等着她反问一句的表情，就如他所愿地反问："你呢？"

"我觉得现在就挺好的，人要活在当下。"顾大少眨着他那双电力十足的眼睛，实际上他多希望时间就此停下来，少女就在他眼之所见的地方。

后来顾徊听到了另外一种说法——旋转木马其实是个悲伤残忍的游戏，它们永远在追逐，可是不管怎么努力地追，彼此永远保持着不变的距离。

不可触及，周而复始。像是爱而不得的人，像是孤寂的，可望而不可即的年少心事。那时的顾徊满心欢喜。他无法控制自己去靠近她，用百转千回的方式，关心着她，追着她，想把最好的一切都捧给她看。

从旋转木马上下来后，他们走了一段路，走到一扇小门边，见旁边有一块小牌子，上面写着五个花体大字：萤火虫森林。门卫室一个人也没有，顾徊径直走了进去，乔望舒原想喊住他，他却对她比了一个嘘的手势，示意乔望舒跟上她。

乔望舒有短暂的犹豫，还是走了进去，没走多远她就停下了脚步，因为被眼前的场景惊住了——成千上万的萤火虫，用透明的玻璃瓶子装着，用一根透明的线挂在树上，它们发着光，把幽暗的森林变成舞台，让乔望舒恍惚间觉得自己穿越进了宫崎骏的电影和漫画场景里。

这一天下来心事重重的乔望舒，被这样如诗如画、如梦如幻的美景深深震撼，大自然的美之壮大，让置身其中的她感觉到自己的微渺,她忘乎所以地游荡在森林里,有一刻甚至忘了路涯,忘了自己,也忘了时间。

等他们从森林里出来时,外面的那扇小门不知道什么时候已经上了锁,门卫室本来还开着一盏小灯,现在灯也熄了。

"有人吗？"顾徊和乔望舒拍了几分钟的门,大声喊,"开门。"

夜晚寂静无声,没人来应。

顾徊拿出手机,不耐烦地低咒一声："要命,没电了。"

"怎么办？"乔望舒这个时候没了主意。

"看来今晚只能在这里过夜了。"乔望舒没有察觉到,顾徊说完这句话后脸上的不自然。

那一晚,两个人在满是萤火虫的森林里找了一块绿草地,一向爱干净的顾徊犹豫了良久,还是席地坐下,指着另一边,先发制人地说："喂,你离我远一点儿,一会儿可不要趁着我睡着了占我便宜。"

乔望舒在黑夜里翻了个白眼,自觉地在离他一米远的草地上支着腿坐了下来,把头埋进膝间。

过了一会儿,顾徊自己站起来,挪到她身边去："那什么,有点儿冷,你背包里有衣服吗？"

夏末的夜晚,在家里或许还需要吹着风扇,可是露宿野外,无遮无挡,确实有些凉意。乔望舒想起自己确实背了换洗的衣服,她把背包拿下来,里面只有一套夏装,一件薄外套。正当她准备将薄外套丢给顾徊的时候。顾徊一把抢过她手中的另外一个袋子,一边将手伸进去,一边说："这是衣服吗？"

手里已经掏出一件毛衣,借着萤火虫的光,能够辨认出这是一件男款毛衣："喂,这毛衣是你织的啊？"

"不是。"乔望舒急道,"这件毛衣不能动。"

"为什么?"顾徊发现了异样,他跳出老远,把毛衣展开,"这毛衣怎么那么大,是男式的吧?"乔望舒不想和顾徊解释这中间的复杂关系,只说:"顾徊,我这里有件外套给你吧。"

"谁要穿你的外套,我看这毛衣比较适合我。今晚就借我穿穿吧!"

"可这是别人的新毛衣……"

"新毛衣正好,有人穿过的我还不穿呢。"他迫不及待地把手伸进衣袖,飞快地将毛衣套在了身上,说:"大小还挺适合的。"路涯和顾徊的身高相差不大,大小合适也正常。乔望舒无奈,她总不能跑过去强行从他身上脱下来吧。

"你最好也把外套穿上,别得了感冒怪我。"得了便宜还卖乖这件事顾大少如果称第二,没人敢称第一,他大言不惭地说:"我说你这个人就是心理包袱太重,好像全世界都背在你身上似的。"

乔望舒仰着头,看着满天繁星,回道:"你说得没错,我们每个人都是从出生起就背着全世界的,只是有些人背着的是赞美和喜悦,有些人背的是否定和悲伤。"

顾徊觉得那一刻她眼睛里的忧伤要溢出来,他故意没心没肺地说:"知道你这个语文课代表成绩好,但也没必要搞得这么深奥吧。"

浓浓的夜色像是一块庞大的黑色灯芯绒,一眨一眨亮在森林里的萤火虫仿若从银河系里坠落了一地斑斓闪烁的繁星。乔望舒苦涩地笑了笑,没有说话,霎时间,整个世界都安静下来。

两个人都思绪纷杂,片刻之后,为了打破那种可怕的静谧,顾徊再度开口:"我从小就喜欢来游乐场玩,玩过最刺激的是跳楼机,当时还排了很久的队,你都不知道,光那机器就大得看不到头,当它像离弦之箭飞向天空的时候,我的脑海里一片空白。等我睁开眼睛,发现自己在半空中,视野不知道多开阔,大半个城市都在脚下。"

乔望舒不作声,他继续说:"乔兔子,有机会你也要去玩玩跳楼机,当你体会过那种忽然失重的感觉,你就会懂得什么叫脚踏实地的安稳。喂,兔子,乔兔子,你在听吗?你和我说说你的事吧。"

"我没什么好说的。"

"你长到这么大总有几件趣事吧。"

"没有。"

"你这样的人是怎么长到现在的?"

"……"

那是漫长的一夜,星星一颗一颗隐没在黑漆漆的云层后面,只有萤火虫照着这片静谧的森林,顾徊絮絮叨叨地在旁边说话,似乎想要将乔望舒严丝合缝的孤独划开一道口子。

03

第二天,管理这片森林的老伯睡眼惺忪地打开门,忽然从里面蹿出两个身影,差点儿吓得他心脏从嘴里跳出来。晨光里,顾徊带着乔望舒一路飞奔,在游乐场入口找到了那辆破自行车,语气又恢复了以往的趾高气扬:"昨晚的事,你可别到处乱说,要是我家顾总知道我和女孩子单独在外面过夜,事就大了。"

乔望舒巴不得这事从没发生过,听到他这么直言不讳,脸微微发红,偏偏顾大少还不自知,大包大揽地说:"既然是我带你来这里找人的,我就好人做到底,今天一定帮你找到人。"

"不用了。"乔望舒向前走去。

"怎么？你不信任我？我长这么大还从来没有在草地上过过夜，你看看我这一身。"他推着单车跟上来，拍了拍身上的草，"我这是为谁才弄成这样的。"

"我想回去了。"乔望舒虽然走得快，但脸上挂着黑眼圈，精神十分萎靡。

"你就这样回去，被人看了还以为我欺负你了。算了，同学一场，我带你找个地方洗漱一下吃点儿东西吧。"

"我说了不用。"

她走了几步，忽然停下来，指着他，不知道怎么开口般，顾徊低头一看，发现自己还穿着昨晚那件毛衣，在这样的天气里实在显得怪异。

晚上还有夜色掩护，现在让顾徊在乔望舒的注视下脱衣服还是有点儿难为情，他让乔望舒转过去，飞快地把毛衣脱了，像烫手山芋一样塞了她一个满怀。

两个人刚好到了一个街区，这里挤挤挨挨开了很多游戏厅、网吧、桌球厅、迪厅，还有酒吧……穿过它们再上一个楼，有一家很大的旱冰场。

三个男生和一个女生从上面走下来，他们打扮得非常潮，在经过乔望舒他们身边的时候，为首那位染着黄头发的男生忽然停下来，惊讶地说："顾徊，我没看错吧，你不是在S市吗？我上回见到你妈，她说你在一中念书，你小子厉害啊，我妈给我请了个家教，我才考上八中。"

在小城生活最大的坏处是，走到哪儿都能碰到熟人，不过顾徊一听对方的学校，想起什么似的说："八中？你们谁认识一个叫韩初雪的女孩吗？是你们学校一年级新生。"

"没听说过啊。"阿林说。这时，那个女生看着顾徊："阿林，你不介绍一下？"

"哦，差点儿忘了，他是我小学同学，顾徊。"叫阿林的男生说着又转向乔望舒，"我可是听说，你在S市女人缘很好，对了，这是……"

"别乱想，只是同学。"顾徊回道。

"你们昨晚也在网吧开通宵？"

"是。"顾徊看了乔望舒一眼，回道。

"哪个网吧？我在经典，下次一起啊。"阿林说，"对了，你问的那个高一的小学妹，我可以帮你去打听一下。"

"我想知道她现在在哪里？"顾徊毫不客气地回道。

"现在？"阿林呵呵一笑，说，"这女的不会欠你钱了吧？我看你也不是会为钱这么上心的人啊。"他说着，狡黠地看了看乔望舒，又看了看顾徊，说："看情况挺复杂的。"

顾徊瞪了他一眼。

那个女生插嘴："现在的高一女生还挺能出风头的，阿林，你不是说你们篮球队队长为一个高一女生和人大打出手，那个女生叫什么来着？"

阿林点头说："是啊，那小学妹长得也挺漂亮的，最近每天都来看球，人家看的是队长，打听了名字也没戏……"

一直听着他们说话没有作声的乔望舒突然想起韩初雪曾经在信里说，路涯是他们学校篮球队的队长，猛地抬起头："你们说的队长是叫路涯吗？"

众人吃惊地看着她："你怎么知道？"

"你们知道他现在在哪儿吗？"她焦急地说。

"那就不知道了。"

04

乔望舒没精打采地回到家时已经快到中午了,她原本一直提心吊胆,担心她妈盘问她昨天的去向,思来想去,实在想不到什么好借口,一回家却发现家里异常热闹,伍叔、刘玉娇还有几个邻居凑了一桌在打麻将,边上还围着一圈看牌的闲人。

乔望舒一直对伍叔与刘玉娇接触耿耿于怀,但通常这样的时候,刘玉娇无暇关心她的行踪,即使真做错了事,也很容易大而化之得到原谅。果然,刘玉娇只是说了一句:"回来了,看一下锅里还有没有饭菜,自己去热一下。"

"哦。"乔望舒放下书包,正要去热饭,李瑟这个公主嚼着口香糖,不知从哪儿窜出来:"姐,你怎么才回来?我一个人都无聊死了。"

乔望舒连忙把她拉到一边:"你没和我妈说什么吧?"

"说了。"

"你怎么说的?"乔望舒就知道李瑟嘴松,不能指望她保守什么秘密。

"说我搭一个同学的顺风车回来的,你还没坐到车要晚点儿才能回。你这么紧张干吗?"

……所以,其实,是她紧张过度了,晚点儿早点儿,对刘玉娇来说没有区别。

李瑟也没有去探究乔望舒的去向,她迫不及待地对乔望舒说:"姐,我告诉你个秘密,你知道昨天我下车的时候,顾徊和我说了一句什么吗?"李瑟脸上闪着玫瑰色的光泽,可是提起顾徊,乔望舒免不了想起昨晚的事,面上不动声色:"什么?"

"他说这两天有时间来家里找我们玩。"李瑟似努力地想掩饰笑容，却怎么也掩饰不住。他要来她们家玩！乔望舒消化着这句话，她可不觉得自己家里有什么好玩的。转念一想，也许他只是随口一说，李瑟却当真了。再说顾徊压根就没有回南乔镇，恐怕李瑟的愿望要落空了。不过，在感情里，爱得深的那一方，总是容易吃亏的。可乔望舒终究无法向李瑟坦承昨天发生的一切，如果李瑟知道她与顾徊莫名其妙地搅在一起一整晚，指不定会怎么想。

乔望舒原以为李瑟等上一两天，顾徊不来，她就会回自己家了，结果当天傍晚，顾大少那尊大佛居然真的现身了。

李瑟开心得跟中了头等大奖似的，指着他跟乔爷爷介绍说："外公，你看，这就是顾徊，我就是搭了他家的小汽车过来看您的。"

"乔爷爷好，我记得您，我在您店里买过东西，卖得比镇上那些商店实惠不少。"顾徊这家伙平时嚣张，但在长辈面前却像变了个人似的，很会讨老人欢喜。

原本李瑟这个年纪与异性之间相处还是敏感的，可是乔爷爷看着这小伙子一表人才，能说会道，穿得也干净整齐，不像这个年龄的其他男孩子，不是顶着大爆炸头把头发染得黄黄绿绿，就是穿得奇奇怪怪破破烂烂。看得出来这是一个家教很好的孩子。乔爷爷真心为李瑟能交到这么好的朋友感到高兴。

而顾徊虽然和乔爷爷说着话，眼睛却不由自主地朝另外一个方向看去，那是与乔爷爷比邻而居的乔望舒家，他视线的尽头摆着一只大大的木盆，一个脱得一丝不挂的小男孩站在木盆里，那是乔望舒的弟弟乔泽厚，而乔望舒穿着一件旧衣服，拿着一块毛巾在给乔泽厚洗澡。

乔泽厚还是好动的年纪，每天上学放学都和一群小子在外面赛跑爬山、冲锋陷阵，脱下的衣服和裤子上总是裹着厚厚一层污垢。平时刘玉娇在家忙里忙外，给乔泽厚洗澡的任务大多数时候都落在了乔望

舒身上,这回,也不知是乔望舒离家读书一个月姐弟俩疏远了,还是男孩子长大了一些知道害羞了,男孩一直不肯好好配合,洗到关键部位,还知道用手挡着,洗一个澡下来,弄得乔望舒自己满头大汗,好不容易洗了个大概,给他拿衣服的时候,乔泽厚的脚却在水里顽皮地一跺,溅得乔望舒一身是水。

顾徊好整以暇地观赏着这幅画面,像观赏马戏表演般,觉得实在是太有趣了,乔望舒在他面前那么冰冷的一个人,这会儿却任劳任怨地帮面前的男孩一件一件穿好衣服,看来,还真是恶人自有恶人磨。

只是……

只是她的目光在暮色里有点儿说不出的温柔,他看着看着,竟生出一丝羡慕来,恨不得自己也能像这男孩一样被她温柔地对待。

乔望舒感觉到一阵灼热的注视,猛然抬起头,对上了顾徊的目光,还真是尴尬啊。

不过似乎盯着一个女生给小男孩洗澡这件事也让对方感受到了尴尬,顾徊飞快地将目光投向了别处,可他旁边的李瑟却不这么觉得,她咋咋呼呼地走过去:"泽厚啊,你都这么大了,怎么还让你姐给你洗澡?好羞羞哦。"

穿好了衣服的乔泽厚蹲在盆边噘着嘴,冷不防用小手掬了一把洗澡水朝着凑近的李瑟用力泼去,李瑟连忙把手挡在自己面前,尖叫着后退:"好你个泽厚,你越来越没大没小了,看我不揍你。"若非乔望舒制止的那一声"泽厚,别闹",得逞的乔泽厚还要对李瑟展开更猛烈的泼水进攻……

乔望舒把木盆里的洗澡水倒掉,牵着乔泽厚进屋,李瑟也带着顾徊跟了进去。刘玉娇正在剥豆子,发现家里来了一个高高帅帅的男孩,不由得有些惊讶:"瑟儿,这是谁?"李瑟又把对她外公说的话说了一遍。

"阿姨,我也是乔望舒的同学。" 不知道为什么,这回见刘玉娇,顾徊没有见乔爷爷轻松。

殊不知这话让乔望舒没来由地背脊一僵,刘玉娇也看向她。

接下来,在刘玉娇一连串例如"你家是哪里的""你爸妈是做什么的"的盘问中,乔望舒汗颜。顾徊却一点儿也没有表现出不耐烦,认真地汇报了他家的情况,乔望舒知道他家有钱,但一直到那时才知道,他家在好几座城市都有房产,几乎到了居无定所的程度,所以别人问他家在哪儿,他要迟疑一下,不知道该报哪个家为好。

话题在李瑟那句不满的"舅妈,你们这些大人怎么都爱问这些,跟调查户口似的"下终止。

乔望舒没想到,顾大少在长辈面前装乖巧装得那叫一个炉火纯青,不仅是长辈,就连乔泽厚也很快被他收服了,前段时间伍叔给了乔泽厚一个三角形魔方,小孩子新鲜劲没过,每天回来就坐在沙发的一角自顾自地玩着,当时伍叔就和他说,如果他能把这个魔方上面的所有小色块都拧成一样的,就再送他一个正方形的,可他拧来拧去,色块还是乱七八糟的。顾徊从他手中拿过魔方三下两下就帮他把混乱的颜色归了位,乔泽厚顿时对他崇拜得五体投地。

而刘玉娇已经开始使唤乔望舒:"你是木桩子吗?快去做几个菜,一会儿留李瑟和你这位同学在家里吃个便饭。"

乔望舒心里翻了个白眼,为什么人是李瑟带来的,伺候他的人却是自己。

而顾徊嘴上说着"不用麻烦了",眼神却在向乔望舒示威。

乔望舒认命地朝厨房走去。

喜欢一个人会努力去讨好她身边所有的人,以为这样就能把她吃定。这大概是青春期里的少年,那一点儿不安分的小聪明。

05

过了十几分钟,乔望舒还在厨房里忙碌。这期间顾徊问了句:"洗手间在哪儿?"

洗手间在房子后面,李瑟站起来给他带路,但顾徊表示可以自己去。可是那个洗手间实在太简陋了,仿佛只是一条沟上搭了一块木板,顾徊还没有进去,就捂着鼻子退了出来。双脚好像不听使唤一般朝着厨房那边走去。走近才知道,那地方,与其说是厨房,不如说是一个小柴房,很小,窗户边有一个炉子,上面满是炭灰,墙壁上贴满了报纸,积了一层厚厚的油垢,连个排气扇都没有,黑黑的,下面码着一排蜂窝煤,里面杂七杂八堆了很多农具。

顾徊好看的眉毛无意识地皱起来。

乔望舒就在这个柴房里做饭,从十二岁开始,刘玉娇很早就必须去菜市场出摊,乔望舒就学会了做饭,她对食物其实没有什么追求,做出来的东西味道说不上多好,如果一定要评价就俩字:能吃。

乔泽厚挑食,喜欢吃辣条和方便面这样的垃圾食品,饭菜却吃不了多少。

茄子洗净切成了长条,肉片放了面粉腌着,时令蔬菜一片一片剥下来,泡在盆里。

头上只亮着一只十几瓦的灯炮,一圈飞蛾围着这唯一的光源翩翩起舞。

乔望舒那头因为被火烧过而自己剪短的头发不知不觉已经长长了,为了方便做事,她随意用一枚白色夹子固定在脑后,露出白皙修长的脖子,顾徊早就留意到,她的脖子是那种好看的天鹅颈,像只骄傲的孔雀。

她衣服的袖子也高高地挽起来，露出一截洁白的手臂，动作熟练地切着菜。

平时在自己家里顾大少都是从不进厨房的，若是看到这种地方，估计早就闪得远远的了，可是不知道为什么，这一瞬间，那少女的背影像是有种魔力般将他的脚步吸引了过去，让他忍不住想要靠近她，他不由自主对着那个背影伸出手，伸到一半她的菜切完了，放下刀身子也跟着小幅度动了一下，顾徊吓了一跳般，飞快地把手缩了回来。

也许因为这房子实在太逼仄，顾徊感到一阵没来由的燥热，必须说点儿什么才行。

他干咳了一声："没想到你还会做饭。"

乔望舒听到声音依旧低头切着菜："你来这里做什么？"

"来看有什么能帮忙的。"

"不需要，"她回得飞快，眼睛也不抬，"这地方本来就小，你来只会碍我的事。"

顾徊生平第一次听到有人说他碍事！他顾大少一直是被人需要被人赞场的存在，这话，不能忍。

"乔望舒，你这人硬得就跟块石头似的，难怪没有朋友，"顾徊心中愤然，故意说道，"李瑟都比你可爱多了。"

说曹操曹操就到，李瑟半天没看到顾徊回去，还以为他掉厕所里去了，她大老远喊着他的名字朝这边走来，正好听到这句，瞬时间眉眼都笑开了，红着脸说："你们怎么还吵起来了？顾徊，我们去房间等着吧，这里油烟味太重了。"

她都这样说了，顾徊更没有待在这里的理由了，他和李瑟一起回去教乔泽厚玩魔方了。

不过菜一会儿就上桌了，这菜做得清清淡淡的，看上去实在没有什么可圈可点之处。李瑟有情饮水饱，顾徊这个"佳人"在侧，她哪

里还有什么胃口，吃了两口就搁了筷子，不过顾徊还算捧场，每个菜都夹了几筷子在碗里，想必是饿了，吃得还挺津津有味的。

意外就发生在饭桌上，顾徊吃到一大半，忽然停下来，手差点儿将碗打落，几个人发现他的表情有些异样，满头大汗，脸色也变了。

"顾徊，你没事吗？"李瑟率先问。

"没事。"顾徊努力挤出一个笑容，他站起来往外走去，"不好意思，我先回去了。"

这顿饭吃得晚，时间已经临近八点，外面已经陷入漆黑，刘玉娇到底比几个孩子见多识广，说："他脸色不对，是不是有什么身体不适？快出去看看。"

李瑟早已飞奔出去。

同学这么久，顾徊平时身体一直很好，乔望舒亲眼见过他抓着张清游的头往水桶里压去，目测体力好得惊人，从没听说过他身体有什么问题，不过，她还是拿了一个手电筒和刘玉娇一起跟了出去。

顾徊正蹲一条小路上不知给谁打电话，李瑟一直在旁边说："顾徊，你别吓我。"

乔望舒的手电筒的光往他们那儿一照，顾徊就飞快地用手臂挡着自己的脸，大吼："关掉，把手电筒关掉！"

这突如其来的激烈反应在黑夜里格外突兀，乔望舒心中觉得古怪，不知到底发生什么事了，她关掉手电筒，想要凑过去，却听到他意识到自己失态后放柔的口气："不……不要过来，我没事。"

也许是动静太大，屋子里的爷爷也走了出来，喊着："瑟儿，瑟儿，发生什么事了？"李瑟应道："外公，我没事，是顾徊他不知道怎么了。"顾徊似乎怕光一般，眼见爷爷的手电筒一打，他就站起来，离弦之箭一般飞快地朝黑暗深处跑去。李瑟什么也顾不上，深一脚浅一脚地追上去。黑夜里，一行人前前后后跑到了大马路上，马路上响起了汽车的声音,越来越近,是一辆黑色的轿车,车上下来一个男人,刘玉娇认出了此人,喊道:"延安科长,你怎么来了?"

顾延安看着顾徊的样子,似乎明白发生了什么,说:"我是顾徊的堂叔,他是不是吃了什么东西?"

刘玉娇说:"就在家吃了个便饭。"

顾延安焦躁地说:"那就坏了,这小子食用自来水煮的食物会过敏。"

几个人面面相觑,只听过食物中毒、花粉过敏之类的人,还从来没听过有人会对自来水过敏。

乔望舒倒是想起,同学这两年,无论在以前的南乔中学,还是在现在的高中,似乎从来没有见顾徊在食堂吃过一次饭,原以为他只是挑剔,没想到是这层原因。

还真是娇贵的少爷体质。乔望舒想,这过敏原因要是落在她们这些普通的穷人身上那估计是没救了。不过令她百思不解的是,他明知自己的体质,为什么还以身试法?

顾徊上了车,顾延安发动车子说要将他送去医院,李瑟非要跟去,刘玉娇拉住她,说:"我去吧,事情出在我家,孩子的医药费得由我们承担。"

顾延安倒车后从车窗内探出头,压低了声音,说:"这事也不怪你们,你们都回家吧!这小子平时就爱耍帅要面子,肯定不想让女同学看到他现在这样子的。"

刘玉娇按着李瑟和乔望舒的肩膀,半弯着腰说了一句:"那给延安科长添麻烦了。"

那样子带着一点儿卑微的讨好,三个人目送着车子消失在夜色中。

第二天一早,提着一篮子苹果、香蕉的乔望舒和李瑟去医院看望顾徊,这一出乌龙说不上是谁的责任,但刘玉娇拿了点儿钱给乔望

舒，对她说："你爸生前，延安科长一直待他不薄，他侄子这次过敏我们家也有责任，你明天去买点儿好的水果，和李瑟去看看他。"

因为过敏，顾大少脸上身上都长了红点子，但是经过一晚的治疗，已经好了不少，脸上的红点也退了，然而，见到两个女孩他还是下意识地想躲开她们的目光，李瑟乐了："别躲啦，我都看到啦，就算你真生了什么大病，我也觉得你是全校最帅的。"

乔望舒听得身上的鸡皮疙瘩掉了一地，顾徊说："你这是要咒我生病呢。"

说着，在李瑟的解释中越过她看到了乔望舒，心里不知怎么就高兴起来，嘴上若无其事地说："你怎么也来了？"

"我妈让我来看看你，毕竟你是吃了我做的东西才这样的。"

"你也知道啊，你做的那简直就是黑暗料理。"乔望舒心想，黑暗料理某人昨晚还吃得津津有味，但看在他是病人的分儿上，没有和他斗嘴。可顾徊却借着病人的身份使唤她："既然是来看我的，是不是应该去给我削个苹果？"

李瑟讨好地说："我去给你削。"

"别动。"顾徊说，"让她去。"

乔望舒虽见不得他这德行，但还是从果篮里拿了一个苹果削了起来，顾大少看着她低眉顺眼的样子，别提多得意。乔望舒把削了半天才削完的苹果递给顾徊时，顾大少满脸嫌弃："你怎么削得跟狗啃的似的。"

乔望舒自己平时吃苹果从来不削皮，哪里有什么刀功，见他还不领情把手收了回来："你不吃就算了。"

"我有说我不吃吗？"顾徊挑眉，"你把它切成小块，用盘子装着吧！"

乔望舒心想：要不要我喂到你嘴边？

她忍着拿苹果砸死他的冲动按他说的做了，如果他再挑剔，她已经做好把水果刀直接架在他脖子上的准备了，好在顾大少终于满意地端着盘子自己吃了起来。

就这样被顾大少折磨了近两天，乔望舒见到路涯的时候，已经是这个月假期的最后一天了，乔望舒把毛衣拿给他："这是戴老师让我带给你的。"

他看也不看，脸上也没有什么表情，只是淡淡地回了句："丢那儿吧。"

"这毛衣织得挺好的，你不拿出来看看吗？"乔望舒想着那个美丽的女人期盼的眼神。可路涯满不在乎："织得再好，还不就是个毛衣，没什么好看的。"

望舒知道戴爱琴的离开是扎在他心里的一根刺，即使过去了这么久，依然生生地横亘在那里。可她心里由衷地希望他们母子能和好如初，这样也许他就不会像现在这样孤独了："她毕竟是你妈妈，路涯，她其实很关心你的，你可以试着原谅她吗？"

"你不懂的。"路涯冷笑，"你知道她和我爸是怎么离婚的吗？就因为我爸不小心用了她的琴谱垫了碗凉皮，把琴谱弄脏了一点儿。他也不是故意的，而且是我要吃凉皮，可她就为了一张琴谱，不要我和我爸了。"

乔望舒发现眼前的路涯是完全陌生的，他仿佛与这个世界之间隔着一层纱，眼神透着清冷和与世隔绝的漠然，她一时哑口无言，后来回想起来，这张琴谱不过是一个契机，是两个对生活品质追求不同的人在这段辛苦维系的婚姻关系里压死骆驼的最后一根稻草，可是那时的她和顾徊尚不能理解什么叫灵魂伴侣。

不过乔望舒知道，她一时半会儿也说服不了路涯。此时，她更关心的其实是另外一件事情——她看到路涯的第一眼就留意到他的脸上

有一块瘀青,几天都还没有消退,看来当时肯定伤得不轻。他们说路涯为了一个女生打架的时候,她是不信的。小时候,有小男生欺负乔望舒,路涯也帮她打架,但每次都能打赢,后来渐渐他成了南乔镇的孩子王。可是现在……乔望舒不敢去深想,只是努力装得很镇定:"你打架了?"

"打篮球时不小心受了点儿小伤。"路涯满不在乎地说。

乔望舒心下一凉,她一直都那么相信他,她甚至觉得即使有一天这世上所有人都欺骗她,路涯也不会的。

如果他真的对她说谎,乔望舒也更愿意相信一定是有不得已的苦衷。她关切地说:"还痛吗?"

"小伤,没什么。"他轻描淡写,或许是怕她担心吧。

最美丽的谎言和最残酷的真相你更想听哪个不重要,重要的是,别人愿意展示给你的是什么。

06

夏去秋来,韩初雪依然给乔望舒写信,只是到了秋天,她的信封袋里就装满了桂花,还没撕开,馥郁的香气就从里面散了出来——韩初雪没有解释那天失约的事,但是这次她在信里提到了喜欢的人,她说最受不了那些自以为是、举止轻浮、动辄就将海誓山盟挂在嘴上的人,他们通常追一个女生没到手,马上就会转移目标,把对甲说过的海誓山盟说给乙,说给丙,甚至说给丁听。在她看来,爱是一生一遇,是一世一份,是不可替代的。她说她喜欢的人要像骑士一样洒脱和磊落,像大海一样一望无际,他有一点儿深沉,有一点儿冷酷,可是冷酷中带着极致的温柔。

乔望舒发现自己会喜欢韩初雪最大的原因是,她们之间有着相同的感情观,从某种意义上说,她们是清醒的,不像李瑟那样,会轻易让自己陷入一段感情。

而她们这样的人,心里都藏着一场风暴。乔望舒不敢去细想韩初雪形容的那个人是谁,她下意识地不去想那种可能。韩初雪也在信的末尾问了她的近况,还提到了顾徊,她说,小舒,顾徊喜欢你,你知道吗?这句话像一个惊雷,炸得乔望舒好半天回不过神来。乔望舒在回信里说得很隐晦,她说,我以前总是摔跤,有人对我说低头走好自己的路,不要总踮脚去张望。

那个秋天多雨,乔望舒的心里有一角湿了,始终没有通风和照到太阳。很快到了冬天,春困秋乏夏打盹,睡不醒的冬三月。冬天给人的感觉就是每天都睡不醒,出早操是一种折磨,开水房里总是排满了人,衣服和皮肤之间好像隔着寒冷的风,乔望舒对未来有很多憧憬,但最迫切的一个是每天能睡个懒觉,总是幻想着下一秒就能休息。

第一场雪落了下来,天地间一片耀眼的白,乔望舒怕冷,把自己裹得像个粽子,在没有空调的教室里坐久了,脚指头冻得厉害,手也变得僵硬起来。

中午去食堂的时候操场比平时更热闹,很多学生都穿着羽绒服在打雪仗。到处都洋溢着欢声笑语,男生女生借着嬉闹打成一片。

乔望舒走神的间隙里,一个雪球飞向了她,打在她的羽绒服上,乔望舒有些迟钝,好半天没回头,又一个雪球向她飞来,这一次不偏不倚砸在了她的头上,入骨的冰冷浸进头皮里。

"也不知道躲?是不是小脑不发达啊,笨死了。"乔望舒还没发难,罪魁祸首跑过来将她一顿抢白,天气太冷,在室外说话,呼出一阵白气。

乔望舒看着这张在白雪的映衬下美得惊心动魄的脸，想起韩初雪在信的末尾和她说的那句顾徊喜欢她，她原本还有些不安，可现在看看他对自己的"恶行"，不禁自嘲，这真是本年度最好笑的笑话。

顾徊见她露出奇怪的笑意，不禁有些发毛："我说你没事吧！"

乔望舒捂着脑袋做出痛苦的表情，慢慢地蹲下身去，顾大少虽然硬气，但察觉乔望舒脸皱成一团时，以为自己这个雪球杀伤力太大，真砸伤了她，连忙弯下腰想去察看她的"伤势"，未料到，乔望舒这时忽然在地上捧起一捧雪，一把扯开他的围巾，绝地反击地将雪塞进他的脖子里。

她还是那个人不犯我，我不犯人，人若犯我，我姑且忍，人再犯我，加倍奉还的乔望舒啊！顾徊的表情顿时变得很难看，他懊恼地扯下那条白色的羊绒围巾，可是一动，雪就顺着脖子掉进衣服里，老师说，衣物本身是不会发热的，它只能对人身体向外扩散的热度起保护作用，现在，顾大少背上一大片被厚厚的衣服保护得很好的皮肤遭了殃，只有把衣摆都拉出来，用力抖才能把雪慢慢抖掉，不然雪融化在衣服里会更难受。

"好你个乔望舒，没想到你居然这么阴险。"顾徊也顾不上去抖雪了，他这个人一向不喜欢秋后算账，有什么账当场就要清算。

"只许你州官放火，不许我百姓点灯。"乔望舒一脸无愧于心地往前走去。

"我就不信还治不了你这个小百姓。"顾徊在一棵冬青树下堵住她，步步靠近，将她逼在树上，他一脚踢过去，踢在树干上，树上的积雪如花瓣一般簌簌而落，将两个人淋得全身都白了。

他如墨般的黑发上落满了白雪，一张脸也干净得像白雪一般，即使距离再近也看不出一丝瑕疵，如果能够忽略他的恶劣行径和接下来说的话，乔望舒看着这张脸都要心生怜惜了。

"就要上课了，我现在背上湿了一大片，衣服也都湿了，你说怎么办吧？"

"是你先动手的。"乔望舒冷漠地说。

"难道你就没有责任吗？"

乔望舒还惦记着食堂的土豆红烧肉，虽然里面的土豆占十分之九，但是去得晚了就没了。每次遇到顾徊，她都倒霉："我说顾徊，你是不是觉得自己是个娇生惯养的大少爷，这世界上所有人都应该对你打不还手骂不还口？"

"我可没这么说。"

"你没那么说，你觉得你衣服湿了我有责任是吧，那好，哪一件？"乔望舒扯着他的衣服就往上面翻："你现在脱下来，我去给你烘干。"

顾徊被她这个近乎粗鲁和蛮横的动作唬住了，一连退出几步，脸涨得通红："乔望舒，光天化日之下，你要对我做什么？"

"我已经给你出了对策了，如果你现在不脱衣服，就别说你这里湿了那里湿了，和我没有关系了。"乔望舒一口气说完，就往食堂方向走去。留下顾大少在身后，活像一个被抛弃的良家妇女。顾徊无语凝噎，半晌吐出一句："喂，你还是个女人吗？怎么什么都说得出来？"

很多时候，我觉得故事里的那个女孩不只是小乔，她只是一把钥匙，一把打开回忆口子的钥匙。

只是故事里的女孩，紧闭着心，她的心中藏着一片长着沼泽的湖。

她也是身边的那少年的沼泽。

风动的时候,它会响,它响的时候,就是我在想你的时候。

第八章

季雨

01

自从当语文课代表之后,乔望舒和戴老师走近了不少。

平时戴老师对乔望舒也格外关照,经常没事就像朋友一样与她聊聊天,还让她有时间去她办公室学弹钢琴,乔望舒简直受宠若惊,她看了看自己的手,别说是钢琴,长到这么大,她这双手连把吉他都没碰过。

她心知肚明的是,能够得到这样规格的对待都是因为路涯,可是偏偏路涯对他的母亲像对待仇人一般。

朋友是什么?

朋友是——你与谁为友,我未必与那人为友,但你与谁为敌,我必与那人为敌。乔望舒是路涯的朋友,在对他母亲的态度上,她本应该立场鲜明地和自己的朋友站在同一战线的,可是,她从心底喜欢戴爱

琴——同样备课，同样用粉笔在黑板上板书，同样给他们布置作业，但她是不一样的，她与这学校的所有老师都不一样。她是那个时期的乔望舒对"优雅"二字最直观的理解。而且她课也讲得好，其他老师反对大家看闲书，她却认为获取知识的渠道不应局限于课堂，鼓励大家多看课外书，还说对写作有帮助，并推荐了很多有意思的书给大家。

可那些书一本要好几十块，乔望舒省吃俭用惯了，哪里舍得买，于是图书馆成了她的常驻地。她喜欢看漫画，也喜欢看书，在阅读这件事上，有点儿来者不拒的意思。

有段时间学校要举行文艺会演，每个班都要出两三个节目，老班为了让自己班上的节目有可看性，请戴老师帮忙排练。戴老师觉得歌唱和舞蹈类的节目太普通，班上排一个就够了，另外一个节目让大家各展所长，她亲自从中发掘一个最有趣的。有人上去讲冷笑话，有人练劈叉，一时之间讲台成了春晚海选现场，满堂哄笑。

"望舒，"戴老师忽然点名，乔望舒站起来，听到她说，"你有什么想要表演的节目吗？。"

在大家的注视下，乔望舒摇头："对不起，老师，我……我什么节目都不会。"

"不用紧张，现在也不是什么正式表演，随意发挥就好。"戴老师给她一个鼓舞的眼神。

"听说乔望舒同学水土不服，随身背了一瓶沙子。"顾徊是个记仇的主，一定是因为上次被乔望舒塞了一捧雪在脖子里怀恨在心，伺机报复，他挑了这个时机，唯恐天下不乱地提议，"要不你就表演踢沙包好了？"

乔望舒狠狠地瞪了他一眼，他也正斜睨着她，两个人眼神撞在一起，火花四溅。

其他同学鼓掌起哄:"来一个,来一个。"

乔望舒感到头皮一阵发麻,经过一番天人交战,她咬了咬嘴唇,像下了某种决心一般,居然真的在众人吃惊的目光中从书包里拿出一瓶沙子,以慷慨就义的姿态走上讲台,将讲台上的粉笔盒和黑板刷全部收进抽屉,然后静静地揭开手中的瓶盖,将一瓶细沙倒在了讲桌上,铺开。

众人发现,她手中还握着一个小小的蓝色圆珠笔帽,她垂下眼睛,笔帽尖尖的那头随着她的手在讲台上飞快地舞动着,像跳舞一样,众人起初不知道她要玩什么把戏,不一会儿,沙面上出现了一幅画,画着远山、白云、飞鸟、河流,河边开出一层小碎花。

层次分明,意境唯美。

站在她旁边亲眼看着她完成这一切的戴爱琴几乎愣住了,美丽的脸上浮现出惊叹:"乔望舒,你会画沙画?这是谁教你的?"

"老师,没人教我,我也是随便画的。"乔望舒诚实地说道,那些漫长的、失去亲人、不被了解的日子里,陪伴她的只有一堆沉默的沙子,她就这样一天一天,近乎自闭地在上面勾画着她的梦。

"天才,你真是个天才。"戴爱琴近乎失态地说,乔望舒生平第一次得到这么高的赞誉。那时,他们教室的四壁还贴着几幅名家格言,其中有一幅写着"天才是百分之九十九的汗水加上百分之一的灵感"。她从来都知道自己不是什么天才,她只是从小就喜欢沙子,后来她读到一个喜欢的成语叫聚沙成塔。

下面的同学早已按捺不住,纷纷站起来,朝着讲台看过来。离得近的同学看着眼前的画面也都有点儿不敢相信,一堆沙子、一个再平常不过的笔盖怎么可能成就这样一幅画,坐在后面的同学看不清画面,只能伸着脖子朝前面张望。

戴爱琴发话:"后面的同学可以过来观赏。"

大家蜂拥而上,顾徊挤到了最前面,看到眼前的画面时眼里也闪过一丝惊艳,转向乔望舒时微微收敛了讽刺的神情,有点儿刮目相看的意思。

最终班上的节目定了下来,一个是歌唱节目,由顾徊负责,还有一个节目是乔望舒当众表演沙画。戴爱琴和班主任一商量,班主任表示对她眼光的肯定和工作的支持,这期间他们给乔望舒租借了沙画台让她练习,戴爱琴还带了一台笔记本电脑过来,从网上下载了一些沙画视频放给她看。

文艺会演安排在那个月的最后一天,顾徊的节目排在第三位,那一年Jay(周杰伦)红遍大江南北。他唱的是那首《黑色毛衣》。

一件黑色毛衣,

两个人的回忆,

雨过之后更难忘记,

忘记我还爱你,

……

还能不能重新编织,

脑海中起毛球的记忆,

再说我爱你,

可能雨也不会停,

黑色毛衣藏在那里,

就让回忆永远停在那里。

修长的手指握着话筒,唱到深情处,那少年闭着眼睛,长长的睫毛像是两只栖息的蝴蝶。简陋的舞台竟有了光芒,灯光打在他俊美的脸上。

场上全是尖叫声,像是要掀翻屋顶。

坐在乔望舒旁边的是一位埋头只读圣贤书的学霸少女,她厚厚的黑框眼镜后面，一双眼睛竟也看得有些痴了。后来听说表演结束，有几个高年级的学长和学姐找顾徊一起组乐队，可惜碰了钉子。

这首歌被李瑟单曲循环了一万遍，有段时间李瑟周末喜欢扯着乔望舒陪她出去上网，在台湾肥皂剧流行的时候，李瑟这位公主是忠实的观众，每到周末就会跑到网吧看一天剧，公主泪点极低，通常都是一边看一边掉眼泪，搞得网管早上扫地的时候，发现地上除了槟榔和烟头就是一地擦过眼泪鼻涕的纸巾，她的偶像众多，几乎每出一部剧就换一个。

而乔望舒上网多半是为了偶遇路涯，路涯喜欢网络游戏，他经常在打游戏的间隙里和她聊聊天，无关风月，却让她心生欢喜。

不过那两年，乔望舒也跟着李瑟看完了不下十部偶像剧。

然而，自那以后，李瑟同学的偶像就变成了周杰伦。

乔望舒的表演压轴，第一次当着全校师生演出，她感到全身每个毛孔都散发着紧张的气息。上台时，不由自主地朝学校门口的方向望了望，当时戴老师让她看视频，她私心登录了一下QQ，给路涯留言，让他有时间来他们学校看表演。不过她并没有说自己要表演沙画，总觉得这样有点儿羞于启齿。

为了彰显少年人的青春活力，在戴老师的建议下，这次乔望舒选用的沙子都是彩色的。

临上场时，戴老师见她像鸵鸟一样弓着背惴惴不安的样子，对她说："挺直背脊，不要有什么心理压力，就像你平常那样去做就可以了。有信心吗？"

她站直了，点了点头，不期然发现戴老师忽然朝着一个方向看去，乔望舒不由自主地顺着她看去的方向看过去，顿时心中一喜。

路涯穿着黑色的夹克，眼神淡然地出现在她的视线里。他没有要和他母亲问好的意思，只是给了乔望舒一个眼神，乔望舒笑了，她飞

奔过去。"我就知道你会来的。"说完,她笑着对朝这边走来的戴老师说,"我上场了。"

戴老师对她比了一个加油的手势。

如果说以前乔望舒只是在沙子上凭空乱画,那么现在她观察了视频里成熟的作画手法,已经多了一点儿底气。主持人念到"接下来有请××班乔望舒同学表演彩色沙画"时,她抱着沙画台缓步走上舞台,铺沙、勾沙、抹沙、漏沙……用娴熟的手法流畅地作画,整个过程一言未发,只用了短短几分钟的时间,一幅沙画作品就完成了,让人叹为观止。

这一回她的构图也不再全是风景,而是一个穿蓝色裙子的少女与一条金鱼亲吻。

这些学生中,最多也就有人在电视上看过沙画表演,这会儿,一个一个眼睛全直了,差点儿忘了鼓掌。

过了好一会儿,雷鸣般的掌声响起,那是乔望舒人生里最万众瞩目的时刻,李瑟大声和她身边的同学炫耀:"你们看到了吗?那是我姐。"

"哇,你姐可真厉害。"

节目表演完后,乔望舒一句话也没说,只是对着台下鞠了一个躬,下台时,她抱着沙画台迫不及待地往某个方向张望,忽然脚下一绊,绊到了音箱的线,以一个狗啃泥的姿势重重地摔在了舞台上,沙画台被摔坏,彩色的沙子像天女散花一样,落了一身一地。

这戏剧性的一幕把准备出来报幕的主持人都吓了一跳。

"你没事吧。"主持人说话的时候话筒还开着,声音响彻每一个角落。

乔望舒想要爬起来,可是摔得太重了,口腔和膝盖传来剧痛,一时之间竟有些使不上力。

与此同时，一道黑影从观众席的最后面飞奔而至，就像一阵龙卷风，他俯身将乔望舒抱了起来，乔望舒闻到他身上有薄荷和海风的味道，那是她最熟悉的味道。她忽然安心了。

路涯将乔望舒抱下舞台朝外面跑去的时候，顾大少也跑了过来，指着某个方向说："医务室在那边，那个校医和我挺熟的，你把她交给我吧。"

"让开。"路涯冷冷地吐出两个字。"我说，你不是我们学校的学生吧！万一她有个三长两短，谁来负责？"顾徊道貌岸然地追上去。乔望舒想，他对她的恨意可真深啊，这个时候都不忘出来捣乱。还好，戴老师适时地出现了，她对顾徊说："顾徊，你先回班上去。"顾徊不听："戴老师，谁知道这个来路不明的外校生想做什么，让他就这样带走乔望舒同学不会有什么事吧。"

戴老师淡淡地说："他是我的儿子。"

顾徊无语了。

也许小乔在舞台上表演的那一刻，顾大少和乔望舒或许有过一样的心情吧——并不是什么要迷倒众生的心情，谁在意众生呢，我只在意你。他在意她，而她在意的，却是另一个他。

02

某著名作家说过，出名要趁早。乔望舒在学校一画，不对，应该是一摔成名。

她的节目由于下台的那点儿失误被评委扣分，不过仍凭实力得了第二名，所付出的代价是门牙摔掉了两颗。李瑟看到她的时候，笑得

差点儿岔气,说:"姐,你这样以后还怎么嗑瓜子呀。"

不怪李瑟笑她,当时乔望舒她们班有个女生因为牙齿不整齐,戴了一副牙套,经常被他们班男生笑称牙套妹,现在自己门牙没了,还不知道会得到什么可怕的外号。

不出所料,她一进教室,众同学就"关心"她的伤势如何,顾徊不冷不热地说:"人家这牙齿是光荣牺牲,为了集体荣誉感,你们可别笑啊。"

说完自己大笑了起来。

丑是一回事,那段时间乔望舒不能吃坚硬和辛辣的食物,走路都低着头,更不爱说话,不爱笑了。

不过往好的一方面想,路涯那段时间经常来学校看她,戴爱琴也让乔望舒跟着她吃一段时间的伙食,说是路涯跟她打过招呼了。

乔望舒心里顿时暖如三春,不仅因为路涯对她的关心,更因为路涯和他母亲关系的好转。

与此同时,顾大少在学校依然风光无限,李瑟感觉到了危机,她用毕生所学的语文知识写了一封情书,请乔望舒帮她润色,乔望舒打心底排斥这种差事,推说:"他收到的情书厚得可以集结成书,不多你这一封。"

"不然我豁出去了,去广播室直接告白。"李瑟的想法已经有些激进。乔望舒很惊讶地说:"你疯了吧。"

李瑟也抓狂了:"这也不行,那也不行,我该怎么办,我家顾徊人长得帅,还会唱歌,你都不知道现在多少人觊觎他,我总不能眼睁睁地看着别人把他抢走吧。"

乔望舒全然不觉得他有什么好,可是当一个人的想法已经到了悬崖边上时,你万万不能再以更陡峭的姿势去反驳她,那样只会让她更加剑走偏锋,这个道理还是乔望舒在和母亲的吵架中总结出来的,她试着找个平缓的角度分析给她听:"能被抢走的都不是你的,你要相信你喜欢的是一个有思想的人,又不是一件物品。"

"姐,我觉得你说得对,"李瑟打了一个激灵,摇了摇她的手臂,"要不你帮我一个小忙,好不好?"

"什么忙?"乔望舒看着她飞转的眼睛,猜到没什么好事。

"这个月底我过生日,我想请朋友去唱歌,你帮我把顾徊约出来好吗?"李瑟眨了眨眼,半是撒娇半是讨好地说。

乔望舒想说不,这种事我不能帮你,可话还没出口,李瑟却猜到了她的想法般,抢先一步阻止了她接下来的话,继续撒娇道:"姐,你不能拒绝我,这关系到你亲表妹的终生幸福。你就帮我一次吧,我保证这是最后一次。"

这样的话乔望舒到后来听过无数次,可她狠不下心来拒绝李瑟。让她替李瑟去约顾徊那个傲娇的大少爷,她还真宁愿去移山。至少愚公移山还能感动天上的神仙。乔望舒抱着一沓语文试卷想着,她走到走廊上的时候,还没想好到底要怎么和顾徊说,顾大少自己却凑过来说:"咦,语文成绩出来了吗?我打多少分?"

若是平常乔望舒肯定不会理他,可这回她一反常态把卷子放在走廊的栏杆上,帮着顾徊翻了起来,翻了几张想起什么似的,不经意地说:"李瑟生日,她想请你参加。"

"好啊。"顾徊的视线还黏在翻动的卷子上,应得十分爽快,爽快得让乔望舒反而有些意外了,她停下手中的动作,总觉得不该这么顺利,果然,顾大少讥诮地补了一句:"你对我笑一下我就去。"

他还在嘲笑她那次磕掉的牙齿,乔望舒没理他,继续翻卷子,翻到他的名字时,将卷子抽出来,上面两个鲜红的数字,87。

她把他的卷子留在栏杆上,沉默地抱着其他卷子离开,微风吹来,那张落单的卷子悬空的一角摇摆两下,似乎要被风掀起一般,若

不是顾徊眼明手快地把它拿起来，大概只能去楼下捡了。

……

虽然如此，但顾徊还是来参加李瑟的生日会了。李瑟订了一个KTV，那年代，小城的KTV隔音不是很好，在过道里能听到其他包厢里的鬼哭狼嚎，不过到场不少人，很多乔望舒都不认识。

顾徊一到场，瞬间就被女生包围了，她们邀他唱歌玩游戏，一时之间几乎盖过主角风头。

李瑟这天穿着一套淑女坊的连衣裙，戴着蝴蝶结，精致的蕾丝边将她衬得像个真正的公主，她举着话筒，站在前面说："谢谢大家来参加我的生日聚会，我很开心，因为我喜欢的人今天也来了。"

台下响起起哄的声音。

"在这里，我有一个小小的请求。"李瑟眼睛不大，笑起来就弯成两枚月牙，她双目含情地看着顾徊，继续说道："顾徊，我很喜欢你在文艺会演时唱的那首JAY的歌，你能为我再唱一遍吗？"

台下起哄声更厉害了。

大家以为再怎么样顾大少也不会在这天不给她面子，可是等了大约半分钟，顾徊也没有回答，顾徊原本在玩手机游戏，余光下意识地看向了某个方向，乔望舒一直坐在角落里看着他们玩，她不适应太过热闹的环境。越是热闹越是容易让人多愁善感，觉得自己是一个特别无趣的人。不像那些长袖善舞的女孩，无论在什么环境，总能很快适应，让自己发光发亮，也不像那些放纵不羁的女孩，她们叛逆奔腾，桀骜不驯，让人望而生畏。

KTV里光线很暗，所有人的目光都在顾徊和李瑟身上，唯独乔望舒看着屏幕，顾徊在众人的提醒下答应为她唱一首《七里香》。不过，李瑟还是很开心，乔望舒知道她和她那些朋友费尽心机地策划了表白，本质上，李瑟和顾徊属于同一种人，她想要的东西，她的父母都会捧到她面前,她什么都不缺,所以才养成了现在的性格。

顾徊快要唱完歌的时候,乔望舒起身去了一趟洗手间,所以她错过了接下来的一幕,顾大少一曲完毕,把话筒搁下,举了举自己的手机,吐出一句话:"我得走了,我女朋友还在等我。"

话毕,全场瞬间寂静,李瑟无限放大的笑容僵在唇角,她忽然想起表姐乔望舒和她说过,顾徊和那个叫韩初雪的女生传过绯闻,难道他们……

乔望舒从洗手间出来的时候,发现这个KTV旁边有一个漂亮的飘窗露台,远远看去没什么人,她闲得无聊,又不想回包厢。因为从她帮李瑟叫来了顾徊开始,她的存在与否就变得并不重要了。不过,乔望舒也乐得自在,这样想着,她朝露台迈开了脚步,可是就在她抵达那露台的时候,一股力道忽然从身后袭来,她毫无防备,被按在窗帘上,那个人顺手将窗帘半卷,唇飞快地压向她,她的大脑一片空白,呼吸有两秒停滞,他就像一阵暴风雨,用力地亲吻着她。

她反应过来,想要推开他,他却死死地压着她:"你是不是很享受?你们女生就这么喜欢倒贴别人吗?"

乔望舒伸出手想要去打他,却被他扣住手腕,不能动弹。"顾徊,你就是个浑蛋。"乔望舒闭上眼睛,是的,她早就应该明白的,自己招惹谁,都不应该去招惹顾大少这尊大佛。哪怕是为了李瑟也不能破例啊。

顾徊终于放开她,不知道为什么,每次想和她说好听的话,但话到嘴边,就变成了冷嘲热讽和恶语相向。他调整好自己紊乱的呼吸,一字一顿地说:"以后不要再这么自以为是了,我不喜欢李瑟,不要再动把她塞给我的念头。"

乔望舒用力地抹了一把自己的嘴唇,想要把他留下的气息和耻辱全部抹掉,直到嘴唇涩痛。可他的气息依然萦绕在她的呼吸之间。她

那似远山云雾般的眼睛此刻像是一个玻璃容器,盛着满满清凉如水的委屈,她吸着鼻子,努力不让自己的眼泪滑下来。

少女漫上说初吻是女孩送给最喜欢的男生最美好、最珍贵的礼物。

可乔望舒喜欢顾徊吗?答案是否定的。以后很长一段日子,想起这个露台上这个狼狈的吻,苦涩难当。

我不敢想象,被所爱之人塞给别人的少年顾徊究竟被逼成了怎样,才会以蛮横的姿势向乔望舒索取一个吻。这世上没有人会一直付出的,种下一粒种子,是为了收获更多果实,人之所以付出是为了索取。这是我们这些成年人的道理。少年才不听这些道理,少年永远都在跟着感觉走。

03

那一年伴着乔望舒忧伤的心事过完了。

次年暑假,乔望舒带着弟弟去给一位长辈祝寿,回家比预计的早,她推开门,眼前的一幕却让她全身的血往上涌,沙发上那两个撕扯的人竟是伍叔和刘玉娇。

乔望舒随手抓起边上的鸡毛掸子打下去,匍匐在上面的男人吃痛地停下了手中的动作,惊愕地说:"小舒,你怎么回来了?"

"不要喊我的名字。"平时文静的乔望舒突然像只发怒的小豹子。伍叔讪讪地说:"小舒,我会对你妈好,对你们姐弟好的。"乔望舒用鸡毛掸子指着他:"你不就是为了我家的钱吗?说得那么好听!"

刘玉娇也早已慌乱地坐起来,此刻的她头发蓬乱,头绳松松地圈在发尾,衬衣已经被扯散了,却一句话也不说。

这是成年人之间的游戏,因为寂寞,因为各取所需,或许还因为别的什么……这两年,伍叔经常来他们家里,闲时打打牌,忙时还帮他们干些农活。

寡妇门前是非多,关于他们的闲言碎语不是没有,可刘玉娇却仿若未闻。

乔望舒愈发讨厌伍叔,讨厌他讨好地对他们姐弟笑,讨厌他给他们买东西,有一次她无意间听到有人对乔泽厚说:"泽厚,你喜欢刀疤叔叔吗?他做你新爸爸你觉得怎么样?"

乔望舒像吃了坏掉的食物,胃里泛起一阵难以形容的不舒服。她跑过去一句话也不说,拉着还不懂事的乔泽厚就跑。

或许他们是建立在自愿和平等基础上的,她无权干涉,可在少女的眼里,她眼之所见的就是全天下最肮脏的事。

她一直掩耳盗铃,如今亲眼看到这幅画面,一张脸涨得通红,不等伍叔那张讨厌的脸来跟她解释,转身就跑,她迫切地渴望离开这里,离开这个家。

她跑过稻田,跑过绿地,好像跑得快一点儿再快一点儿就能把脑海中那幅恶心的画面挥去,就这样一口气跑了一千多米,跑到路涯家。

那所房子的墙壁已经开始有些斑驳,灰蒙蒙的,但这里非常安静,她的心终于也平静了一些,路涯家的门是虚掩的,可是她没有推开,而是站在旁边的窗口朝里望去,屋里开着一盏台灯,路涯在灯下做船模,他面前的桌上摆着三合板、松木条、乳胶和砂纸等材料,男生目光专注,神情冷淡,乔望舒在那里站了很久,他也没有发现。

记得上小学的时候,老师常说,把一个苹果分给别人,两个人还是只有一个苹果。可是把一份快乐分享给别人,就有了两份快乐。

可是哀伤呢？如果她把自己的哀伤告诉他，他会不会也跟着不快乐。

乔望舒绝不希望那样的事发生，所以她把哀伤留给了自己，离开之前，最后朝里面看了一眼，然而这一眼却出其不意地看到那个摆着船模的架子上的一罐星星，蓝色瓶盖，玻璃瓶身，她认得那罐星星，她也有一罐一模一样的，只是自己手上的那罐瓶盖是粉色的，当时韩初雪笑着举了举蓝色瓶盖的星星瓶，说："如果我遇到我喜欢的人，我就把这瓶送给他。"

她真傻，韩初雪喜欢路涯，她早就应该看出来的。

路涯接受了她送的星星，他们在一起了吗？到什么地步了？

她心中酸涩，这天发生的一切，接二连三，像一张严密的大网将她紧紧地包裹着，让她喘不过气来。

可是她必须在路涯发现她之前离开这里，因为她感觉到自己的眼泪正在往下坠，不能让他看到她哭，不能让他知道自己深抑心底的感情。

也许他与她根本不是什么海星，而是山峦与山峰，看似紧紧相连，实则遥遥相望。

没有人知道，这一天，乔望舒穿着厚重的铠甲在心里打了一场混战。她都不知道自己是怎么走到海边的，阴天，海上雾很大，没有蓝天和白云，海浪声却延绵不绝。

乔望舒毫无意识地朝着白色的浪头走去，她心中钝痛，如果让海水将自己包围，让自己这颗破碎的心裹在水里，是不是就不会那么难受了？

海水没过了她的脚踝、小腿、大腿，快要没到腰际的时候，突然有人破雾而来，一把将她捞回："还真的是你，你疯了吗？"

浓雾里她看清了他的脸，这是一张美得不像来自人间的脸，乔望舒记得他和她第一次见面就在这片海边，那时他从岩石后面蹦出来吓她。有时候她真羡慕他,无论是没心没肺的他,还是锋芒毕露的他,这世上有人保护着他的锋利,像刀鞘保护着刀。

"顾徊。"她喊他的名字,"你放开我。"

他却越发抱紧她,在海水中,他的肌肤贴着她的:"乔望舒,你能不能不要老是惹我生气?"

乔望舒的眼神涣散:"你不用管我。"

"我也想不管你,"顾徊大声说,"你给我听着,不管发生了什么事,你都不能不爱惜自己。"

"我……凭什么要听你的?"

"就凭我喜欢你,乔望舒,你听着,你这个人自私、拧巴、固执、冷漠,既与活泼开朗沾不上边,也算不上美丽动人,还死要面子,但是我喜欢你。"

乔望舒蒙了,屋漏偏逢连夜雨,还是滂沱大雨,不,应该说是暴风雨——顾大少居然在和她告白。

说起告白这件事,最近我们杂志社的张纯生突然跑来问我乔望舒有没有男朋友。哦,你可能忘了张纯生是谁,他就是前面提到的那个为了二十块退款到处给淘宝卖家差评的心机boy(男孩),不过我不知道他有没有对她告白,但我知道,女孩人生里第一次被告白,无论结局是否圆满,都会被铭记一生。

更何况顾大少的告白这么气势压人。

04

乔望舒的爷爷是个迷信思想比较严重的人。开商店前给人看过风

水。在他经常翻的一本发黄的书里,有很多关于土地的介绍,书上说北有大山,西有树林,东有水流,南有绿地,是风水旺地,在这种地方建房子聚财聚福,家人无病无灾!

顾徊家在南乔镇的房子就是一块这样的旺地,房子有三层,是西式的庭院,里面大得惊人,装修得非常漂亮,是那种富丽堂皇的漂亮,浑身湿透的乔望舒被顾徊带回了这里。让乔望舒意外的是,这偌大的房子竟一个人也没有,她听说过顾徊的家世,他爷爷是国土局局长,父母也都有自己的事业,想必很忙吧。

顾徊找了自己的一套运动服给她,明明是他强硬地将她拽回来的,他却一副嫌弃她嫌弃得不行的样子,皱着眉将她塞进浴室:"我最见不得有人衣衫不整地在我面前晃了。"见乔望舒站着不动,裙子湿答答地贴在大腿上,水珠一颗一颗顺着洁白的小腿往下滴。再往上看,她的发尾和刘海不知什么时候也弄湿了,贴在脸上,那双云山雾罩的眼睛里涌动着名为悲伤的晶莹。

顾徊抵着门,感觉到喉间一阵发紧:"你还愣着干吗?外面的地板都被你弄湿了,今天钟点工阿姨请假了,你最好快点儿洗完出来帮我拖地。"

乔望舒随便洗了一下,穿着他的运动服,裤腿、袖口都长了一大截,她将浴室打开一条缝,朝外看去,门外传来一句:"别偷看了,出来吧。"

那少年不知什么时候已经立在了门外,他身材修长,光洁的面容在灯下发着淡淡的光。

乔望舒生平第一次穿男生的衣服,虽然整齐干净的衣服穿在身上暖暖的,可是她的心里结了一层冰。她终究还是缓缓地踱了出去,那样子笨拙得像一只学步的企鹅,而顾大少见到穿着自己衣服的她,心底莫名柔软成一片,那是在最美的梦境里才有过的场景。

无数次与她擦肩而过，无数次看着她的背影，在她转身的时候，收回目光看向别处，无数次做出连自己也觉得莫名其妙的事想引起她的注意。

"去把头发吹干。"他对她命令。乔望舒这才发现他手上拿着一个吹风机。

外面的天空忽然下起了雨，雨声衬得整个世界都很静，只有吹风机的声音持续不断地响着，吹出暖风。

他抢过她手上的吹风机，开大一挡，帮她吹起头发来。

"我自己来。"他一碰到她，她就像受惊的兔子般，跳得老远。

顾徊："我是会吃了你还是会怎样？"

乔望舒无语。

顾徊："现在我问一句你答一句，你今天怎么回事？你那个刁蛮表妹欺负你了？"

乔望舒："不是。"

顾徊："你平时在我面前不是挺会逞能的吗？"

乔望舒："谢谢你，顾徊，我知道你其实不坏。"

顾徊心想，你以为我对谁都这样。嘴上说："我在海边说的话你都听清了吗？再问你最后一个问题，愿不愿意做我女朋友？"

乔望舒愣住，她一直在对自己说，顾徊肯定是在拿她开玩笑，他不可能喜欢自己的，可是此刻，他的目光深深地定格在她身上，杏色的眸子仿佛比以前更浅，浅到泛着海一般的蓝，可这么浅的一双眼睛里，却无比清晰地倒映着一个她，她是他眼里那抹唯一的炽热。

这炽热乔望舒并不陌生，李瑟平时看顾徊就是那样炽热的目光啊！在那样的目光里，乔望舒仿佛灵魂被烫伤般，慌乱地摇头："对……对不起。"

顾徊忽然将吹风机砸在地上，吓得她浑身一颤，那少年这辈子从

来都没有尝过被拒绝的滋味,显然生气了,大声对她吼道:"你现在给我滚,滚!"

乔望舒也是个倔性子,见他把话说得这么难听,她拉开门就往外走去,走出门才想起,她还穿着顾徊的衣服,不过反正她也没地方可去了,世上那么大,可是却没有她的容身之地。她站在这偌大的西式庭院前看着灯光下如珠帘一般的雨幕,最后回头找了一个小屋檐,将自己缩在墙角。

烟灰色的房檐,烟灰色的雨,将穿着蓝色运动套装的她,融进了无尽的灰暗中,远远看去几乎融成了一个背景。

其实顾徊说完就后悔了,好不容易有一个和她好好相处的机会,他怎么会将她赶走,这么大的雨,如果她真的出了什么事,他绝对不会原谅自己。

思及此,他就觉得胸口狠狠一抽。飞快地拿了一把伞追了出去,可是才转眼的工夫,外面已经没有人影,只有一帘雨还在下着。

其实乔望舒很快就看到了追出来的顾徊,也听到他对着雨幕喊:"兔子,乔兔子,你给我回来。"喊了几句不见回应,他连人带伞扎进雨里。

乔望舒一直抱着自己没有作声,此刻的她无法面对顾徊,她也不想刚才在那所房子的那一幕再发生一遍,她已经没有力气再应对他的喜怒无常了。就这样吧!就这样抱紧自己,蹲在这里。

那一晚,风大雨大,顾徊再次跑到海边,可他没有找到乔望舒,垂头丧气地回来,却出其不意看到窝在檐下的一团黑影,走近一看,竟然是她。

她将自己抱成一团,全身瑟瑟发抖,也不知究竟蹲了多久,害他找了那么久,一声也不吭。顾徊想痛骂她几句,却发现自己已经如鲠在喉,他丢掉手上的伞,将她抱起来,往家里走去。

走到半路,听到她呓语般的声音:"路涯,路涯。"

顾徊全身都僵硬了,她今天发了疯似的是为了那个人,不肯接受他的心意,也是为了那个人,直到这种时候,她也觉得那个人会来找他。

你为什么那么蠢?我对你这么好,到底哪里不如他?是不是如果没有他,你就会多看我一眼?顾徊的嘴唇抿成一条线,他一言不发,如果有人看到他的表情,会发现这个要风得风要雨得雨的少年脸上全是冰冷和绝望。

爱而不得并不是最痛苦的事,比爱而不得更痛苦的事是,爱而不得,求而不可,忘却不能。

05

人世间诸多的痛苦都来源并能归结在一个"不"字:不愿不该不满不能不依不饶不安不对不好不信不爱。

乔望舒不爱顾徊。

可是次日头疼欲裂的她睁开眼睛,发现自己置身在陌生豪华的大卧室里时,她能想到的只有顾徊。她长到这么大,认识的金玉其外的人,只有顾大少这一个。

门外响起了一阵脚步声,乔望舒连忙闭上眼睛,门被推开,那脚步声越来越近,接着她感觉到一只温热的大手覆上了她的额头,顾徊探了探她的额头,又探了探自己的,说:"发烧了,你给我躺在这里别动,我出去买药。"

说完,脚步声又走远了。

乔望舒想要坐起来,却感觉浑身的骨头像被人拆过又拼接起来一

般，痛得难受，此时，昨天发生的一切在她脑海中飞快地回放了一遍。

她实在是昏了头了，才会来到这里，此刻脑海里只有一个念头——必须在顾徊回来之前赶紧离开，这样想着，勉强下了床，将床上被自己弄皱的被子稍微整理了一下，才拖着自己像灌铅般的身体向门口走去。

可是，手刚一触到门把，客厅里又响起了开门的声音。

也不知道哪儿来的力气，乔望舒迅速地回到床上，将被子盖好。

"顾徊，顾徊！赶紧起来，你爸不是有根伽玛伽兹的钓竿吗？天气好，快点儿起来钓鱼去。"乔望舒原以为是顾徊这么快买药回来了，但她听到的是一个中年男声。

那个人不急不缓朝着她所在的卧室走近，让乔望舒猝然意识到一件事——自己现在睡的是平时顾徊的房间，那顾徊昨晚睡在哪里？难道……

不，他平时虽然恶劣了一些，但也应该不会乘人之危到这种地步的……

虽然这样想着，乔望舒还是飞快地钻进被子里看了自己一眼，她还穿着昨天他丢给她的那身睡衣……

必须将那个想法从脑海中挥去，此刻也容不得她多想，因为那个脚步声已经走到了卧室门口，接着，敲门声响了起来："顾徊，别睡懒觉了。"

乔望舒心想，或许她应该像电视里那样从房间的窗口翻出去，可是她看了一眼窗口，这是一个飘窗，蓝色的窗帘后面安了防盗窗，断绝了她逃跑的可能。早知道就将门锁上好了，这样至少外面的人进不来，要是让镇上的人知道她一个女孩子在男生家里过夜她就完了，刘玉娇也会打死她吧。

此时此刻乔望舒心中焦急,却什么也做不了,只能用被子捂着头,祈祷着门外的人不要开门进来。

她想顾大少平时脾气那么坏,应该没有人敢来他房间喊他起床吧。可是,她的祈祷没用,下一秒,门应声而开,那个人走进来,见"他"果然在睡觉,呵呵笑了两声:"顾徊,你昨晚干什么坏事去了,叫你半天没反应。"

被子内的乔望舒连大气都不敢喘。

不等她做出反应,忽然外面传来一声:"延安叔,你怎么来了?"

室内的人回过头:"顾徊,大清早你去哪儿了?我还以为你又睡懒觉没起来。"

"我最近起得早着呢,昨天有点儿热感冒,出去买了点儿药。"顾徊故意吸了吸鼻子,朝这边走来,看了一眼床上,语气不快地说:"延安叔,我不是和你说过很多遍吗?有什么事就在外面说,不要随便进我房间。"

顾延安见侄子生气,往外走去:"知道了,你这小子跟你妈一样,就穷讲究。"

乔望舒暗中松了一口气,还好顾徊回来得及时,不然还不知道会怎样……

她正想着,顾延安走了几步,心中狐疑,忽然快速折回,飞快地掀开被子一角,快到顾徊来不及阻止,乔望舒大半张脸暴露在空气中:"我就觉得这床上躺了个人,顾徊,你才上高中,你这就把女孩藏家里了,你爸要是知道了,不得打死你。"

乔望舒觉得万念俱灰,她对自己说不要睁眼不要睁眼,现在唯一的办法是——继续装死。

顾徊眼见事情败露,还是在自己的长辈面前,连忙撇清说:"我

看她可怜好心收留她一晚而已,你可别乱想,我和她清清白白什么都没有。"

"我和你爸平时进你房间跟要你命似的,你好心收留人家,都收留到床上来了,你说这话谁能信。"顾延安有理有据地"揭穿"他。

"这次还真不是那么回事,叔,你就算不相信我人品,你也得相信我的眼光不是。你看她这个样子,我看上谁也看不上她啊。"顾徊说着顺手把被角帮乔望舒重新盖上,"她现在病着,我出去和你解释。"

接着,乔望舒听到被顾徊推出去的顾延安沉思了一下之后的声音:"我看这女孩有点儿眼熟,我想起来了,她是乔翰梁的女儿。顾徊,延安叔也年轻过,你平时怎么玩叔都不管,你就算和谁扯上关系,都不能是她。"

这句话让乔望舒心中一惊。

顾延安是父亲船厂的领导,一直对船员照顾有加,大家都很拥护他,可是如今他为什么提到自己逝去的父亲时会用这样一种口气?

此刻乔望舒也无暇顾及自己了,等他们走出卧房后,她再度从床上起来贴着门,是的,她突然有些好奇他们接下来会说些什么。

有些伤口时间久了便不再流血了,可不再流血并不代表痊愈。

某种程度上,父亲的离开是小乔隐藏在心上的伤口,虽然她不说,但我知道,这个伤口还隐隐作痛着。

06

"延安叔,她真的就是我一同学,不管怎么样,你得答应我,她来过我家这事你不能告诉我爸。"

"那你以后离她远一点儿。我上次就和你说过,不要和乔家与路家的人扯上关系。"

"我知道你们为什么让我这样做,延安叔,当年两位船员的死根本就不是什么意外是吧?"此刻的顾徊沐在阴影里,"就在这所房子里,我听到你和我爸谈过话,我知道是他教你怎么在船厂收买人心,你才一步一步有了今天的地位。当然,我爸也入股革新船厂,成了真正的大老板。我知道,你们这些能把生意做大做强的人,手脚都干净不到哪儿去,但是乔翰梁和那个姓路的船员是两条活生生的人命。"

门后面的乔望舒呼吸一滞,通体冰凉。当时父亲和路叔叔的死讯传来,亲戚们风风火火地跑到船厂闹事,然而没有人质疑他们的死因,而这其中到底藏着怎样的真相?那个真相是否像顾徊说的那样,而顾徊又知道多少?

"顾徊,你小子别胡说八道。"顾延安声音压得极低,却隐隐有了怒气。

"我有没有胡说八道,延安叔心里清楚。我承认一开始我接近乔望舒仅仅是因为我同情她,她本来应该有个幸福的家庭,而现在乔望舒是我的朋友,你们伤害谁我都不管,但不能是她。"

"你小子这是吃里扒外准备为了一个女人和我作对,和你爸作对?真是白养你了。"

有时候乔望舒希望自己病一场,什么都不记得了,那样也许自己能够快乐一些,可是偏偏记得那天发生的所有事情。

她记得的还有,顾徊走到她床边,将"沉睡"的她轻轻唤醒,把感冒药喂进她嘴里,用开水给她顺服,那是一个从来都没有照顾过人的大少爷啊。

乔望舒睁开眼睛,装出刚睡醒的样子,看到面前的人熬得通红的双眼,心想,他昨晚一定没睡吧。可是她受不起他的照顾和厚爱,只

能让他失望了,她说:"顾徊,我想回家了。"

顾徊没有说什么,把乔望舒送了回去,才知道她的母亲找了她一整晚,急得跑去派出所报案了。

……

乔望舒没有将自己在顾徊家听到的话告诉路涯,这一年,路涯考上了S城海事大学的轮机工程专业,当乔望舒问他"这个专业是不是毕业以后很大概率会在船上工作"的时候,路涯坦然回答"当然"。

乔望舒竟然无言以对,她害怕坐船,最不希望路涯去做任何与船有关的工作,可他偏偏就选择了这样一个专业。也许从当年他热爱上船模那一刻起,就注定了这个男生属于海洋。这个时候,乔望舒不知道为什么想起韩初雪在信里说的话,她说她喜欢的人要像骑士一样洒脱和磊落,要像大海一样一望无际。

大海,这两个字,是她最深的噩梦。可这两个字,也是路涯的毕生追求。

路涯出发去S城那天,乔望舒去车站送他,路涯见她依依不舍泫然欲泣的样子,上车的时候,将一个盒子塞到乔望舒怀里,说:"我在街上看到一串海星风铃就买了,回去的时候,你把它挂在窗前,风动的时候,它会响。"

"听说大学里有很多漂亮的女孩,你……还会想起我吗?"

"会,它响的时候,就是我在想你的时候。"

"真的?"

"真的。"车子很快开动了,路涯坐在窗前冲她挥手,她追着车子跑了起来,一边跑一边掉眼泪,跑了很久,直到追不上了才停下来。回过头,看到了韩初雪。她穿着白裙子,在老旧的铁轨旁,默默站立,静静挥手,像一幅青春杂志里的插画。她手里还拿着一部卡片相机,说:"乔望舒,你能帮我在这里拍张照吗?"

自从在路涯家里发现了那罐蓝色的星星瓶后,乔望舒一直没有见过韩初雪,她想装作若无其事的样子,可是心中多了一面墙,冰冷的墙。

饶是如此,她还是接过韩初雪手中的相机,空寂的铁轨,载着路涯离开的绿皮火车刚刚开走,她找了一个最好的角度帮韩初雪拍了一张照。

离开那个火车站,两个人静静地走了一段路,韩初雪忽然说:"小舒,你知道要怎样才能忘记一个人吗?"

"为什么要忘记?"

"因为他的心里早就有了别人,他们有很多共同的回忆,无论我怎么努力想要走近他,都觉得他离我好遥远。"

听到这样的话,乔望舒心中其实是高兴的,因为她隐隐感受到韩初雪说的那个人是路涯,可是面对这么美好的韩初雪,她为这样的高兴而惭愧。

而韩初雪似乎也并不期望从她那里得到什么答案,她自顾自地说:"如果喜欢的那个人的心在别人身上,无论这个世界上有多少人愿意将鲜花和爱情捧在你面前,你都会觉得难过,小舒,我好孤独。"

她以往见到的都是韩初雪霸气的一面,可是现在的她脆弱得不堪一击,像个美丽的瓷娃娃。

"会好起来的,一切都会好起来的。"很多绝望的日子,乔望舒也是这么安慰自己的。

是小乔教会我一个道理,有时候,人生需要一点儿自我暗示。

年少时,我们都曾沉浸在某种自以为是的幻想里不能自拔过。可是再美好的梦,都会醒的。

为了她,他宁愿辜负全世界,可到了最后,
她竟成为让千里之堤溃不成军的那个蚁穴。
也成为他生命里爱而不得的缺口。

第九章
缺口

01

新学期变化最大的人是李瑟。

刚进高中时那个与乔望舒形影相随的李瑟好像忽然消失不见了,这一学期李瑟不再执迷于粉色系的服饰,而是买了很多奇装异服穿在身上,不仅如此,她的身边忽然多了一群小混混儿,在他们的圈子里有很多更新鲜也更刺激的事可以满足少女忽然而至的叛逆,他们像深海的鱼群,成群结队,耀武扬威地穿梭在这个校园里。

乔望舒亲眼看到李瑟和几个痞痞的男生勾肩搭背,终于忍不住把她拉到一边:"瑟儿,你知道你在做什么吗?"

"我做什么了?"李瑟不以为意地从宽松的衣服里拿出口香糖,对着乔望舒冰冷地说,"你管好你自己吧。"

乔望舒看着这个比她小半岁的少女满是戾气的样子,伸手指着她

身后不远处那些小混混儿:"那些人什么事都做得出来的,你和他们一起玩有多危险你知道吗?"

"他们对我很好,我乐意。"李瑟不以为然,"以后我的事不用你管。"

"我答应大姑父要照顾你的。"

"谁要你照顾?你以为你是谁啊?"李瑟忽然加大了声音,"还有我最讨厌别人拿我爸来压我!"她们说话的时候,刚刚那一群人朝这边走来,有人说:"瑟瑟,这位美女是谁啊?"

"这位美女你们都不认识,高二的才女,人家可是沙画家。"

"原来是才女啊,给我们画幅沙画呗。"乔望舒被他们围在中间进退两难,而李瑟没事人一般在一旁看着自己涂满黑色指甲油的手指。

"你在这里干吗?要上课了。"忽然一只手伸过来,拉过她的手臂。这个人的出现让李瑟忽然来了精神:"顾徊。"顾徊没有搭理李瑟,拉着乔望舒就走。走到一半,乔望舒将手收回来,顾徊平静的表情忽然剥离:"少和你那个妹妹鬼混。"

在乔望舒渐渐变冷的表情里,顾徊补上一句:"你是不是想说这是你的事?听着,乔兔子,从今以后,你的事都是我的事。"

乔望舒叹息:"顾徊,我和你是两个世界的人……"

"那他们呢,你和他们是一个世界的人吗?"

不怪李瑟性情大变,后来那两年,在顾徊穷追猛打的各种"花招"下,乔望舒也变了不少,事实上,她自己也说不清,究竟是因为什么对顾大少悄然放松戒备的。

是在下雨天,他躬身挤进她的伞里,说:"喂,我没带伞,你送我一程吧。"她毫不犹豫地把伞丢给他,自己一语不发冲进雨中,可他一把扯住她的后衣领将她拎回来,杏眸定定地看着她,说:"昨晚我梦到你了。"当时，乔望舒淡淡地"哦"了一声，顾大少挑眉不满地回道"你这个人心思真重，就连在梦里都一副冷冰冰的样子，一点儿也不可爱"的时候？

还是在她因为省里参赛名额没有自己而偷偷地难过时，他大大咧咧地坐在她身边，连语言都没有组织好，却一副"也就我好心安慰你"的嚣张样子的时候？

或者是在班上不安分的同学用作业本偷偷传递字条，传完没来得及撕掉留在本子后面那几页"罪证"的时候？有一回被老班发现，老班让课代表清查各科的作业本，乔望舒清查到顾徊的语文作业本时，翻到最后一页，发现空白处赫然写着三个字，是她的名字。

乔望舒瞠目。

假装没看到，当作什么事也没发生，可一抬头却撞上他的目光。

不久，班上春游，乔望舒翻出了自己唯一的一套淡蓝色的运动装，这是刘玉娇在她刚进高中的时候给她买的，不得不说刘玉娇在买东西这件事上还是很有远见的，运动服她特意买大了一号，一年前穿的时候，裤脚略微有点儿长，现在穿上竟然刚刚好。

去的是一个叫桃源镇的地方，在邻城，离学校有一个多小时的车程，班上租了一辆大巴车。老师点完名后交代了一些注意事项，让大家上车，乔望舒从队伍中间缓缓地走到车上，随便找了个靠窗的位子坐下，由于座位很靠后，旁边没有坐人。车子开了一会儿，她忽然感到困意袭来，闭着眼睛靠在座位上，竟然在前座叽叽喳喳的聊天声里慢慢睡着了，还做了个梦，梦到一望无际的大海，路涯穿着水手服开着一艘巨大的游船缓缓而来，流云聚散，风月无边，岁月静悄悄的，可是画面一转，海上忽然卷起了惊天巨浪，船在海面上颠簸，船首和船壳受到猛烈的撞击，开始出现裂口，也不知道怎么回事，原本应该坐在船长室里的路涯忽然倒挂在了船舷上，大浪却没有因此而停歇。

乔望舒站不稳,可她还是不顾危险地往船舷上跑,整个人趴在上面,伸出手去拉他:"路涯,快把你的手给我。"

又一个大浪打了过来,在路涯被巨力甩进海洋的前一秒,乔望舒终于抓到了他的手,她紧紧地握住那只手,然而,无论怎么用力,却始终无法将路涯拉上船来,船身还在巨浪里猛烈地晃着,仿佛不将他们吞噬决不罢休。

直到乔望舒被惊醒,才惊觉是大巴开到了山路上,这里的地面凹凸不平,拐弯又多,所以车子颠簸得厉害,而自己竟然紧紧地抓着旁边的人的手,或许是意识还没有完全清醒,她抓着那只手有些舍不得放开,缓慢地转过头,先看到的是那个人漆黑如墨的头发外面白色的耳机,再稍稍往上,就对上了他炽热的视线,怎么会是他,她睡觉前旁边明明没有坐人的。

乔望舒连忙松开手,想要缩回来,顾徊却一把反握住那只手,说:"别动。"

这一刻的乔望舒是他从来没有见过的样子,一头乌发披散下来,睫毛轻颤,看向他的眼里没有了淡漠和抵触,她是软弱的、无助的,像海上的孤舟。顾徊知道刚刚她一定是做梦了,可是究竟是怎样悲伤的梦,才会让她用尽全力抓住他的手,像是抓住这世俗里救命的那根稻草。

阳光透过车窗的帘子照进来,照在她的脸上,她的眼角还残留着一点晶莹,是眼泪,她刚才在梦里哭了,静默的、隐忍的、悲伤的,顾徊忍不住抬起另外一只手,去帮她擦拭,这一回,她不闪也不躲,像个失了魂魄的木头人一般,任凭他的拇指轻抚过她的眼睛。

顾大少听到自己的心在胸腔里用力地跳着,他微微勾起唇角的样子分外温柔,也分外好看。

车里有人欢呼:"快看,桃源镇的牌子,我们到了。"

乔望舒转过头朝窗外看去，果然看到一块木牌立在马路边，写着"桃源镇"三个字。

大家争先恐后地下车，乔望舒慢吞吞地走在后面，长手长脚的顾徊也放慢了速度跟在她身旁，前面的男生忽然回过头去，上下打量着他们俩，暧昧地说："哟，你们俩穿的这是……情侣装吧？"

他这一说，乔望舒才惊讶地发现顾徊也穿着一套蓝色的运动装，款式和自己的那套还真是颇有几分相似。顾大少平常穿的衣服都是大牌，但这一套看上去非常简单，也不知道是有意还是无意，就连衣服拉链也和她一样规规整整地拉到了脖子下面，这样的巧合让她顿时尴尬得无所循形，那句"不是……"下意识地从喉间吐出，然而这种解释显得要多无力有多无力，在本来就想挖掘八卦的人看来，两抹蓝色的身影并排站在春日的阳光下，像一道风景。

就连他们周围的空气也变得暧昧起来。

"解释就是掩饰，你可别告诉我你们俩刚好买了一套相同的衣服，又不约而同在今天穿出来了，那就更有问题了，这种默契可不是人人都有的，所以你们还真是天生一对，地造一双。"

眼看越说越离谱了。乔望舒压制住把衣服脱下来捂住他的嘴的冲动，见他穿着一件灰色外套，忽而指着田边一头吃草的水牛，慢悠悠地说："你还和水牛撞衫了呢，你们也是天生一对，地造一双吧。"

那个人无言以对。

而撞衫事件的另一主角顾大少玉树临风地立在一旁，实在没忍住笑出声来："是挺默契的。"

乔望舒瞪他。

他心情愉悦地欣赏着乔望舒局促的样子，凑过来小声说："说真的，你不觉得我们这样还挺配的吗？"

成长就像壁虎的断尾,有些人抓住了那条变化的尾巴,有些人没有。

02

桃源镇因为种植了成百上千株桃树而得名,春天,漫山遍野的桃花都开了,一簇一簇,挤挤挨挨在枝头妖娆盛放着,远看桃花如同一面粉色的海,又像从天边掉下来的一片美丽的云霞。风一吹,幽香扑鼻,沁人心脾。

沿着绵延不绝的桃林往山上走,有一条蜿蜒的青石板路,铺满了落花,向上延伸,曲径通幽。

有人惊呼:"好美。"

有人说:"雨过天晴的时候这座山上会笼罩着一层白色的云雾,像是置身蓬莱仙境。"

山顶有一座尖尖的塔,是一座庙宇。庙宇前的空地是老师要求集合的地方,大家都努力地向上爬着。

乔望舒听刘玉娇说过,自己的名字是带她去寺庙时一个贵人给她取的,因此她一直都对庙宇有好感,这一次有机会去庙里拜拜佛,心中自然高兴,不由得加快了脚步。

当她爬到山顶,走进寺庙,双手合十,虔诚地在蒲团上跪下来时,顾徊不知道什么时候也跟了进来:"哈哈哈,乔兔子,你拜的是送子观音……"

身边围着的一圈女生忍不住笑了起来。乔望舒懊恼,压低声音说:"顾徊,你闭嘴,这儿不许大声喧哗,不能对诸神不敬。"

大家纷纷噤声,有人说:"顾徊,快,你也来拜拜吧!"

顾徊摇摇头,傲慢地说:"算了,恐怕我要的答案菩萨也不能给我。"

"你要什么答案?"

"我要……"他的目光依旧落在乔望舒身上,百转千回,乔望舒忽然蓦地站起来,转身走了出去,顾徊跟过去:"喂!"

乔望舒在一棵桃树下停下脚步,将一张字条塞到他手里,语气还是一贯地轻缓:"以后不要再做这种事了,被老师发现了就完了。"

顾徊不知道她这话什么意思,下意识地将字条展开一看,忽然欣喜若狂。

——那是从他语文作业本后面撕下来的那张写着她名字的纸,只是在她的名字上面还写着一行字。

春日的阳光透过树枝,将那张纸上的那行字照得影影绰绰,纸上面写着:好吧,我服了你了,那天在你家里你问我最后一个问题如果还作数的话,我可以答应你,顾徊。

桃树下的顾大少忽然一把用力将乔望舒抱在怀中:"你说的是真的?"

乔望舒对他点了点头,给了他一个"你小声一点儿"的眼神。顾徊语速飞快地说:"你在这里等我一下。"然后他转身跑回大殿,在所有人惊诧的目光中,"扑通"一声跪在地上,对着送子观音一连磕了三个头。磕完之后,对旁边的其他同学说:"那个,我来还愿,还需要做什么吗?"

那个同学无语了。

……

虽然乔望舒格外低调谨慎,但是依顾徊的秉性,他们的事还是被班上的其他同学知道了,用顾徊的话说,其实大家早就知道了,他也坦白当时在巴士上乔望舒旁边的座位之所以一开始空着是因为顾徊跟其他同学说了,不许别人坐那里。而他之所以"恰好"穿着和他一样

的衣服也是因为早有预谋——特意买了和她雷同的衣服，造成别人的误会。

后来那一年多，无人不知顾大少把乔望舒宠得上天入地，他这样高傲的一个人，夏天会把书包举在她的头顶为她遮挡太阳，冬天把她的手暖在大衣里，恨不能将他所拥有的一切都分享给她。虽然有时候仍旧改不了大少爷的脾气，她平时和别的男生多说一句话，他都会吃毛，而且班上有喜欢他的漂亮女生故意为难乔望舒，在她面前耍小心机，被他知道了，他毫不怜香惜玉地把人家的课本一页一页地用胶水粘住，还对人家大放厥词："你要是再不知趣，下次粘的就不是书了。"

可是当他温驯下来时，又像个孩子一般，喜欢支着胳膊趴在课桌上，用那双杏色的眸子一眨不眨地盯着她看，常常看得乔望舒都有点儿不好意思了，但是拿他一点儿办法也没有。

可是那个样子的他身上再也没有一丝掠夺的气息，有的只是天真、纯净和温暖。

乔望舒依旧喜欢看书，久而久之她身上也有一股书卷气，看上去像是满怀着惆怅的心事。有一回她在书上看到一句话"色衰即爱弛，爱弛则恩绝"，就画了下来，正好顾大少在旁边，一本正经地说："我和你永远也不会恩绝的。"

"你哪儿来的自信和把握？"

顾大少说："这句话的前面一句应该是'以美色侍人'，你又不是什么美人。"

后来乔望舒想，没错，我不是什么美人，但你是啊。

宿舍里经常有女生煲电话粥到深夜，有几回顾徊打电话过去找乔望舒都占线，顾大少买了一部新手机在情人节那天送给她，原以为她一定会开心，可是乔望舒眉头一皱："不要。"

"为什么？"顾大少未料到她的拒绝来得这么直截了当，当然是不悦的，表面上还装着矜持。

"我拿它也没用，到时连话费都交不起。"

"我帮你交不就行了。"他不知道乔望舒不收他的馈赠是因为，它对于那个时期的她过于贵重，可是在顾徊眼里它不过是一件普通的通信工具，根本就没有贵不贵重这个概念："我送手机给你可不是为了你，以后不准不接我电话，也不准不回我信息。"

"我说了我不要，"乔望舒也是个固执的性格，她也曾在和路涯约好八点打电话到她宿舍，但宿舍的电话一直被室友占用的时候想过，要是有部手机就好了。可是她心里清楚地知道，不能通过顾徊去获取自己力所不能及的东西。

"不要就丢了吧。"顾徊也恼了。是啊，他认识的乔望舒永远有一套自己的原则，哪怕她允许他去她身边，可他知道自己从未真正靠近她。

他的世界人声鼎沸，可她一声不吭，却时时刻刻牵动着他的情绪，在他的心里响着声势浩大的回声。

在一个旁观者看来，顾徊赠小乔的从来都不是一部手机，而是一场爱情。或许从那个时候小乔就明白，她还不起他的手机，也还不起他的爱情。

这是两个有着天壤之别的人所面临的敌人，她接受了后者，拒绝了前者，那是她仅有的自尊。

03

进入高三之后，学习氛围就变得紧张起来，尤其是乔望舒他们所

在的重点高中，所有老师同学都跟打了鸡血似的，每天都有做不完的作业，考不完的试，一切的一切压得人喘不过气来。

那是一段就连学习成绩一向骄人的乔望舒也觉得苦不堪言的日子，很多个熬夜复习的晚上她的脑海里塞满了各式各样的习题，却觉得特别空虚，有时做梦都在找考场，梦到忘带准考证，梦到题怎么也算不出来，急得快要哭了。

醒来看到自己挂在窗前床边的那串海星风铃，会发很久的呆，想起路涯对她说的话，他说海星是世界上生命力最强的生物之一，他说风动的时候，就是他想她的时候。

事实上，她也想念路涯，只是那种想念无处可诉。

就连以前唯一给她带来路涯消息的韩初雪也不再给她写信，不知道什么时候韩初雪从顾徊那里知道了他们俩的事情，经常打电话到顾徊的手机上找她，只是对于路涯这个名字，她绝口不提。

高中快要放寒假的时候，路涯回来了，他依旧清瘦，穿一件烟灰色的外套，上面有很多扣子，头发也长长了，拎着一个军绿色的行李箱来学校找乔望舒，像个远归的浪子。

当他叫她一声小舒的时候，乔望舒的眼泪忽然汹涌而出。

路涯摸了摸她的头，说："长高了。"

乔望舒感到心跳陡然加快，人人都在变化，看得到的，看不到的，只有他依旧像是从风中走来的少年。

"路涯，我有件事想问你。" 乔望舒像忽然想起什么似的说，"戴老师和我说是你托她对我多加照顾的这件事是真的吗？"

路涯一愣。乔望舒连忙说："对不起，我不应该在你面前提起她，但是她也经常向我问你以前的事，前段时间还特意去了南乔镇祭拜路叔叔。"她小心翼翼地问，"你要去看看她吗？"

路涯点头："走吧，我确实有些事要找她。"已经忘了有多久没有和路涯并肩走在同一所校园了,虽然天空灰蒙蒙的,可是对于乔望舒来说,斯人若彩虹。

然而这种好心情,却在忽然出现的人面前灰下去一度,是几个小太妹,走在最前面的人是李瑟,她看也不看乔望舒,而是大声说道:"路涯哥,你回来了。"

路涯颔首。李瑟阴阳怪气地说:"我说姐,你不是和顾大少顾徊好了吗?不把你的男朋友介绍给路涯哥认识一下吗?"

乔望舒对她使眼色:"李瑟。"

"怎么?姐,这么重要的事你不会还没有告诉路涯哥吧,还是说故意瞒着他根本就是想脚踏两条船?你把路涯哥当什么?"

路涯表情微变,转向她:"小舒,李瑟说的是不是真的?"

乔望舒的脸色瞬间苍白如纸,转移话题:"戴老师的办公室快到了……"

"回答我。"

"当然是真的,你都不知道,他们俩甜蜜得几乎全校皆知,就连老师也睁一只眼闭一只眼。"李瑟这样一说,乔望舒忽然想起,老班找她谈过一次话,旁敲侧击地提到了顾徊,说他们俩都是他心中的重点学府的苗子,让他们不要耽误了学习。乔望舒为此惶惶不可终日了好一段时间,这下恍惚明白过来:"李瑟,你是不是找我们班主任说过些什么?"

李瑟摆手:"要想人不知,除非己莫为,我可什么也没说呀。"又转向身后的其他人:"你们说了吗?"一众女生也都学着她的样子耸耸肩,贱贱地笑着:"没有呀,我们才不管这种闲事呢。"就在他们对峙的时候,路涯冷着脸拉着箱子快步向前走去。乔望舒跟上去:"路涯,对不起,我……"路涯回过头,他背着光,面上的表情有些模糊,仿佛欲言又止了好一会儿,说道:"你在这里等我。"

04

路浔从戴老师办公室出来的时候,手里多了一份文件还有一个黄澄澄的橙子,他把它塞到乔望舒手里,没有直接问乔望舒瞒着他的那件事,而是说:"这两年她也老了,眼角有了细微的皱纹。"

乔望舒知道他说的是戴老师。不知道为什么,这个话题没有让她有松一口气的感觉,反而觉得有点儿突如其来的沉重,是啊,人人都会老,就连戴老师这样美丽的、把生活过得像诗的一个人也不例外。迟暮,是件可怕的事情吧。她忽然想起了刘玉娇,刘玉娇是真的老了,这是她每次回家的感觉,她的皮肤越来越蜡黄,松弛,多了很多褶皱,她把人生里大部分时间都倾注在一个小菜摊上,不再注重自己的外形和衣着,而自从那年暑假伍叔那件事后,她们母女之间的关系也不冷不热。

乔望舒知道自己左右不了她的想法,她能做的就是一回家就关在房间里,尽量让自己不再过问她的事情,而刘玉娇对她这个女儿也像丧失了热情,就连她升入高三,她也不曾额外为她做些什么。

此刻面对路浔,乔望舒语气有淡淡的哀伤:"其实你还挺关心她的对吗?"

路浔没有承认,只说:"有点儿事请她帮忙而已。"

"哦。"乔望舒知情识趣地没再追问,她清楚地知道如果他想告诉她,他一定会说的。

路浔这才把话题转到乔望舒身上:"小舒,顾徊并不适合你。"

乔望舒张了张嘴,却没有说出话来,她与路浔曾经是那么了解对方的人,她怕自己一说话就会让他洞悉她的动机。路浔见她不语,继续说道:"他这个人远不像表面看上去那么简单,我不想你受到伤害。"

"其实他对我还挺好的。"乔望舒让自己尽量保持平静,她现在还不能告诉路涯,其实自己喜欢的人并不是顾徊,她之所以会接受他的追求只是因为她想也许可以通过他查出当年父亲和路叔叔的真正死因。

可是,不能让路涯知道这些,不能让他为她担心。

"你喜欢上他了?"

"我……"乔望舒正在思索着应该怎么回答,一个声音远远传来:"乔兔子,你在那儿干吗?知不知道我找了你大半天。"

还真是说曹操曹操就到,而这位曹操发现了路涯的存在,一张灿烂的脸,忽然一黑:"他怎么在这里?"

乔望舒感觉到一群乌鸦飞过头顶,硬着头皮说:"路涯是来看戴老师的。"

"喏。"顾大少见乔望舒手中拿着一个橙子,不由分说地抢了过去,把自己手里的盒子递给乔望舒。由于体质特殊,进入高中之后,顾徊他们家司机每天载着他那个注重养生的母亲来给他送饭送糕点送水果,原本他还挺不乐意的,说他不爱吃。但是后来,有了乔望舒,他把大部分好吃的都留给了她。

乔望舒又把它们分给了班上的其他同学,因此她的人缘比初中那会儿好了不少。此时,在乔望舒接过盒子的那一刻,顾大少伸出手臂,从背后揽住她的腰和手臂,口气倨傲地说:"你可别忘了你是谁的人。"

乔望舒冒了一身冷汗,她被顾徊长臂的力道带着,浑身僵硬地往前走去,走了两步还是忍不住回头,路涯依然站在那里,冬日的风吹动着他额前的碎发,让他看起来那么忧伤。

"不准回头看他。"顾大少又要拿毛了,乔望舒连忙说:"我饿了。今天你妈给你带什么了?"

"饿了以后就别给我乱跑。"

"你又吃醋了?"

"谁吃醋?"

"其实你吃醋的样子还挺可爱的……"

顾大少脸一红。

那年寒假,乔望舒用自己剩下的生活费给刘玉娇买了一套保养品,她不好意思亲自交给她,就把它放在她的床上。不知道为什么,越是亲近的人,有些话当着面越是说不出口。有一次乔望舒路过一所小学,看到一对年轻的家长接到孩子后,那对男女亲了亲孩子的脸颊,又亲了亲对方的脸颊,乔望舒觉得那幅画面特别美好温柔。而她和母亲都是不擅长表达感情的人,从乔望舒记事那天起,刘玉娇就从来没有对他们姐弟说过一句"我爱你"。她也从来不会拥抱她,总是忙着自己的事。

果然,晚上刘玉娇去睡觉的时候看到了那套淡绿色的盒子裹着塑封的保养品,她把它拿起来,走到乔望舒房门口:"这东西是你的吗?"

"哦,这是给你用的,可以给皮肤补水的,电视里的人也用这个。"乔望舒心里一紧,佯装镇定地说。

"我要补什么水,这东西多少钱?"

"不贵,一百多块吧。"乔望舒说完,隐隐感觉到有些不妙。

果不其然,刘玉娇听后脸色铁青:"乔望舒,我给你钱去读书,你不把它用在学习上,都用来给我买这些没用的破东西,你以为家里的钱都是捡来的吗?"

"妈,这不是没用的东西。"

"不是没用的东西,是能当饭吃填饱肚子,还是能当衣服穿?你在哪儿买的明天给我拿去退了。"刘玉娇像丢下一个烫手山芋一样把东西丢回给她。这是乔望舒第一次用自己省吃俭用的钱买东西给刘玉娇,没想到结果会是这样,她心中委屈得不行,极力忍着眼泪,把那句"买了就不能退了"吞了下去。

其实,与长辈之间在思想、价值观、生活态度、兴趣爱好方面存在的心理距离或心理隔阂是大多数年轻人都有过的体验。我们无法说,这种代沟的责任是在父母还是子女。多数时候,我们深感无力的是自己还没有长大,父母却老了。

05

这个寒假,戴老师和她的丈夫来到南乔镇,据说要留在这里陪路涯过年。

那是乔望舒第一次见到那个男人,他身上有一种自由和落拓的气息,很有点儿艺术家的范儿。

乔望舒跟刘玉娇提起过戴老师对她的诸多关照,刘玉娇也知道她的身份,可能因为这些年乔翰梁那件事渐渐在她心里淡下去了,她让乔望舒给戴老师他们送了一块腊肉和一篮子土鸡蛋过去。

乔望舒走到路涯家就见他拿着照相机在拍屋前的一朵花,而那个男人在教他调参数,屋内戴老师系着围裙,开心地说:"今天我来下厨,望舒,你也留下来吃饭吧。"

那个笑容极具感染力,原来那么知性那么美的人,也甘愿为心爱的人洗手做汤羹,乔望舒想,她等那个时刻等了很久了吧,等着爱人

和儿子团圆。

这样想着,她连忙说:"老师,我来帮你吧。""不用,你快出去等着。"

乔望舒走进客厅,客厅显眼的位置摆着一张大书桌,以前乔望舒经常在那里搜刮路涯的漫画看,这次也不例外,不过她发现路涯最近看的很多书不是与船有关,就是与法律有关,乔望舒拿起来翻了翻觉得太难懂了,正准备放回去,忽然有两份文件从书里面掉了出来。

乔望舒拿起来一看,这两份文件都与革新船厂有关,其中一份看起来像内部人事变动资料,上面的日期是六年前。

乔望舒脑子里轰然一声,六年前不就是父亲和路叔叔出事的那一年吗?而另一份资料也映入眼帘,竟然是负责承揽业务和洽谈项目的船厂高层的受贿证据。

乔望舒想起那天在顾徊家听到他和他叔叔的对话,当时她想也许能通过顾徊查出真相,她心里甚至怀疑父亲的死与他的父亲和堂叔有关,因为事故之后,最大的受益者就是他们。

这样想着,她的心中就生满了恨,饶是如此,她从没有打算将这件事告诉路涯,她不愿让她的路涯活在仇恨中。然而此时此刻,这些文件刺痛了乔望舒的眼睛,一个想法飞快地闪过乔望舒的脑海——或许路涯也和她一样在暗中调查当年的事情。

乔望舒忽然想起那天他去她们学校见戴老师时说的一句话:"我有点儿事情想找她帮忙。"

后来,他从她办公室出来之后,多了一份文件,难道……戴老师回南乔镇祭拜路叔叔是因为她在帮路涯调查此事……

乔望舒翻着文件,没有察觉到路涯的走近:"小舒,你在做什么?"

路涯紧张地夺过她手中的文件,收进后面柜子的抽屉里,飞快地上了锁，说："饭快做好了，去吃饭吧。"

"好。"

那顿饭乔望舒与路涯吃得各怀心事。晚上，路涯送乔望舒回去的时候，乔望舒抬起头，说："路涯，你看，天上好多星星。"

路涯也跟着抬头，暖冬的天幕繁星闪烁，两个人就这么静静地望着星空好一会儿，乔望舒冷不防地开口："六年前我爸和路叔叔的事，你是不是查出什么了？"

路涯一愣，一时之间表情错综复杂，当时路远之因为修船坠海身亡，她母亲戴爱琴主张请法医来鉴定死亡原因，但是家乡的老人都劝她算了，说什么全身而来，全身而去，人死了，不该让他走得再有缺损，最终被草草判定为工伤死亡。

可是后来路涯仔细想过这件事，他记得事故发生在上午，听说当时路远之和乔翰梁在码头装栏杆，路远之坠水是因为接电焊机前忘了提前切断电源而触电，而乔翰梁却是因为对其施救出的事。可是路涯不觉得他们这样经验丰富的焊工，在作业之前会忘记切断电源，或许这其中另有隐情，可路涯查了父亲的遗物，也并没有发现什么异常。

因为乔望舒的原因，上大学之后，路涯和母亲戴爱琴的关系有所缓和，戴爱琴说当年她离婚的真正原因是自己受不了他嗜酒成性，还经常发酒疯，他们办理离婚之后，他还找过她，说他发现了他们船厂高层贪污受贿的秘密，他恶从胆边生，竟想用它作为与那位高权重的高层交换的筹码。

戴爱琴百般劝阻，让他千万不要去做傻事。酒醒之后，路远之意识到戴爱琴说的没错，如果真的那样做，到时自己恐怕连工作都会失去，又怎么供路涯念大学。

这两年，路涯暗中找人向父亲原船厂的同事打听，得知乔翰梁在出事之前的几天曾被高层叫去谈过话，这让他心生疑惑。

而这一切的一切,路涯并没有告诉乔望舒,眼见乔望舒就要高考了,他又如何舍得让她分心,可她终究太聪明了,居然从两份文件就能推测出他在调查此事,既然这样,与其让她胡乱猜测,还不如说出真相。

那个星夜里,路涯倚在自己的摩托车上,点燃一支烟,慢慢地把自己知道的一切告诉了乔望舒。他说:"小舒,我爸一喝酒话就多,藏不住事,我想他可能酒后失言把那位高层受贿之事告诉了乔叔叔。而恰好事发之前,有人看到乔叔叔和受贿的高层谈话,你不觉得太巧合了吗?"

"你怀疑路叔叔是被人害的,而害他的人就是我爸?"乔望舒激动地说。

"我觉得他们可能都被人利用了。"路涯说,"小舒,你回想一下那年事发前乔叔叔有什么异常吗?"

乔望舒努力回想父亲最后在世的那段温馨的日子,那是一段非常温馨的时光,他承诺说等他拿到了奖金就带他们一家去旅行。如今一想,他平时一直抱怨船厂薪资低,从没听他提起过有什么奖金……

路涯听后,说:"而奇怪的是,事发之后,船厂CEO(首席执行官)卸任,那位受贿的高层却被降职留了下来,你知道将他的职位取而代之的是谁吗?"

"是延安科长吗?"

"没错,而且现在革新船厂的CEO是顾延安的表哥顾应华。"说到这里他停了一下,看了看她的脸色。

乔望舒看穿了他的心思,点头说道:"他是顾徊的父亲。"

"据我所知延安科长是个八面玲珑的人,平时也关照手下那些船员,在船厂一直是人心所向。如果延安科长知道这件事,他怂恿乔叔叔拿着这个秘密去威胁这位高层,那么对方找你爸谈话,用利益诱导他也说得通了……"

乔望舒吃惊地看着他："可是路涯，这些都只是你的猜测。"

"小舒，我查过顾应华和顾延安，这两个人的背景很不简单，如果不是他们拿到了什么把柄，同时船厂又一连出了两条人命，那么原CEO怎么会轻易卸任。"

"可是我们没有直接的证据证明我爸和路叔叔的死与那位高层有关。"

"那次事故后，革新船厂不只高层有变动，还有不少船员离职，我想再走访一下。"

"路涯，"乔望舒说，"这样会不会有什么危险？"

"放心，我知道怎么保护自己。"路涯摸了摸乔望舒的头，"你好好准备高考，其他的事情都交给我就好了。"

06

高考的前一天，乔望舒和顾徊去看考场，手机突然接到一个电话，顾大少不慌不忙地把手机递给了旁边的乔望舒："喏，找你的。"

乔望舒原以为是韩初雪，毕竟除了韩初雪也没人通过这样的方式联系她，想必是就要考试了心里有些紧张吧，其实乔望舒又何尝不紧张呢，为了这一天的到来，十余年寒窗苦读，做了多少份试卷，熬过多少个黑夜，喝过多少心灵鸡汤，倾注过多少热血。可她还是故作轻松地接了电话，却在对方说完一句话后，突然面如死灰："你说什么？"

电话里的女声似乎早料到她有此反应，又重复了一遍刚才的话："请问是路涯的家属吗？我们这里是S城第一人民医院，路涯伤重在我

院接受紧急治疗,情况危急,速来医院吧。"

乔望舒的心脏被什么揪紧,脑袋里有短暂的空白,喉间跟着哽咽起来,而电话就在那一秒被挂断了。顾徊见她脸色不对,关切地问道:"出什么事了?"边说边看了看手机上面的通话记录说:"021——这是S城的号码。谁找你?"

乔望舒没有回答,忽然像是受了刺激似的飞快地往校门口跑去,顾徊见状连忙跟上去:"你去哪儿?"

"顾徊你先回教室吧,我晚点儿再联系你。"

"明天就要高考了,有什么事不能等考完再说吗?"这是顾徊第二次看到乔望舒这副模样,第一次是高一刚放假的时候,她为了找那个人……

此时的乔望舒满眼焦急地对着校门口的摩的招手,眼看其中有一辆开了过来,顾徊握住她的手臂:"我不准你干傻事。"

"顾徊,你放手!"乔望舒大声喊道。

"不行。"顾徊怎么可能在这个时候放开她,他总觉得如果他松手了,她就再也不会回来了。

"顾徊,如果这次你不放手,我可能这辈子都不会原谅你。"顾徊在她近乎狠绝的目光中慢慢地松开了手,那只手却悬在半空中没有收回来:"可你总得告诉我你要去哪儿。"乔望舒跨上摩的,飞快地吐出三个字"火车站"。这三个字是回答顾徊的,也是对摩的师傅说的。在顾徊吐出那句"我跟你一起去"的前一秒,摩的飞快地扬尘而去。顾大少手里还握着手机,他连忙翻出通话记录,回拨了刚才那个电话,没人接听。几乎没有迟疑,他就招了一辆摩的,说:"师傅,跟上前面那一辆。"由于不是节假日,售票处没有很多人,乔望舒下车后,到窗口买了一张最快到S城的火车票,上面写着十五点,她看了看头上的大挂钟,还有一个半小时。

心中再焦急也只能暂时找个座位坐着等车来,可是乔望舒转过头,看到了跟上来的顾徊。他举了举自己手里的车票,对她说:"我和你一起。"

那一瞬间,乔望舒极力克制的眼泪忽然落了下来,明天就是人生中最重要的高考了,刚刚她还在算题,在算题之前,顾大少还提前给她准备了进考场要带的东西,准考证、身份证、2B铅笔、黑色签字笔、直尺、圆规、三角板等考试文具,基本照着他自己的规格备了一份给她的,那个一向以自己为中心的顾大少,正一点儿一点儿地改变着,变得柔软。

此刻忽然而至的噩耗让乔望舒丧失了思考的能力,他竟然义无反顾要陪着她一起疯。

"你有没有想过,如果到时候不能赶回来参加高考怎么办?"提到高考,乔望舒脑海中飞快闪过母亲和弟弟的脸,这些年她努力学习,一心想要打破爷爷的迷信,想要离开南乔镇,更想要有能力让母亲刘玉娇和弟弟乔泽厚过得好一点儿,可是命运荒唐,一场风雨将她置身于这样的两难中,她没有思考的时间,只能迅速做出决定。

"那就不考了呗。"顾徊说得那么轻松,可高考不考了意味着的是锦绣前途不要了,如果他父亲知道了这事估计会被活活气死吧,她乔望舒又如何背负得起这样的责任。

乔望舒跌坐在椅子上,内心如同灌了烧开的铁水般,灼热、沉重,她十分不愿意对顾徊说起路涯,因为她比谁都清楚地知道顾大少的臭脾气,可是此时此刻,看着面前这个少年纯净无垢的眼睛,忽然有种冲动想要对他把事情坦白。

"顾徊,对不起,路涯住院了,事发实在是太突然,我必须去S城看他。"是的,她还是说了。

果然一提起路涯,顾徊表情骤然变冷,眸子里有了危险的气息:

"我就知道是他的事,他对你来说就那么重要,比前途还重要,比你所有努力和为你努力的一切都重要吗?"

说到最后,这个倨傲的少年眼眶红了一圈。"我不知道。"乔望舒摇头,她已不复冷静,"我只知道他在S城非亲非故,我不能让他孤身一人在医院里。""那我呢?你把我当成什么?""我真的不想连累你的。"她咬着嘴唇。"连累?"顾大少的脸已经臭到不行,"乔望舒,你这个愚蠢的女人,你到现在还以为你的事,我真的能置身事外吗?"乔望舒不敢去看他的眼睛,这会让她感到害怕,原以为他对她,不过是想要征服,原来他对自己的感情远比她想象的多得多。这些感情,她还不起。……气氛一时之间陷入沉默,过了好一会儿,顾徊像是找回了一丝理智:"有他学校电话吧?现在打电话问问他室友,情况究竟怎样?"

说着将手机递给乔望舒,乔望舒心中涌起一阵感动,一向不顾及他人感受的顾大少这个时候居然能想到这些,她听话地拨了路涯他们宿舍的号码,可是电话响了两遍一直占线,打到第三遍,却意外地听到一个熟悉的声音:"小舒,是你吗?"

"路涯,是我,你……你没事吧?""我没事啊,刚刚打电话到你们宿舍,你室友说你不在,"路涯的声音没有任何异样,"你们明天就要考试了,今天记得别熬夜复习了,晚上早点儿睡,养精蓄锐,沉着应对,你可以的。"

说到这里,旁边传来另外一个男声,是他室友喊他去打球,他应了一声好,对电话说:"那先这样,暑假见。"

"暑假见。"电话这头的乔望舒几乎热泪盈眶,广播正在播报以K开头的列车正要进站,请乘客们做好乘车准备,她抬头看了看车站来来去去的人潮,他们都带着行李,背着包,又看了看自己手中的红色火车票,最后转向顾徊破涕为笑:"原来他没有事,好在他没有事。

顾徊，我们可以回去高考了。"

顾徊愣了愣："所以，他根本没有住院，那个电话是假的？""嗯。"其实乔望舒该想到的，如果路涯真的出了什么事，他们应该会先找戴老师吧，而且医院怎么会把电话打到顾大少手机上，路涯和顾大少一向水火不相容，路涯根本连他的号码都不知道。是她的关心则乱造成了这场乌龙，就差一点儿错过高考，想想全身都流了一身冷汗，后怕不已。

可此刻顾徊想的却是另外一个问题，在人生这么重要的节点上乔望舒突然接到这通电话，这应该不只是巧合，一定是有人想让乔望舒参加不了高考，这学校究竟是谁这么恨她，不惜想要毁掉她的前途？

要排查这个人不难。一、这个人对乔望舒特别熟悉甚至了解，二、这个人认识那个姓路的，三、这个人知道顾徊的手机号码……顾徊的脑海中忽然闪过三个字——韩初雪。

07

省教育厅为了防止大家作弊，考场都是临时设立的，乔望舒认识的同学只有三个，被打散在各个角落。顾徊自然也好不到哪里去，不过也不知道是什么运气，他居然和初中同学韩初雪分到了一个考场，而且座位也不远。

韩初雪为这样的缘分开心不已，她成绩不如顾徊，但是在这么严厉的监考下对作弊可不敢抱太大期待。

让她颇有些意外的是，一向自命不凡的顾大少，这天也不知道怎么回事，不仅考完后主动和她对了题，还跟她聊了一会儿天，最重要的是他们之间的话题难得没有围绕乔望舒，而是聊到了各自的志愿，

在得知韩初雪的第一志愿是S城某校的时候，还问了一句："你家在S城有亲戚吗？"

"有啊，我家有亲戚在S城工作。"韩初雪回道。

顾大少没再说什么，只是心中那个念头更加笃定了些。

韩初雪以前在初中就挺受欢迎的，寒假的时候听说孟彬彬也有点儿追求她的意思，但是她说她喜欢的人在念大学。联想到以前那次在海边，她看路涯的眼神似乎确实与对别人不同。

顾徊并没有急着把他的推断告诉乔望舒，他不想在这种时候去干扰她，但是心里已经悄然有了决定。

事实上，韩初雪与他之间一向关系不错，只是千不该万不该，不该把心思动到他想保护的人头上。

那三天仿佛过了一个世纪，高考结束后，所有人都在欢呼，有很多家长在外面等着接自己的孩子，有人把书本用力地抛向空中，有人说要去聚餐大吃大喝，还有人说要去旅行，更有人说要大睡三天三夜把因为整夜做题而丢失的睡眠都补回来。

无论多么斗志昂扬的人都在这场战斗中忐忑过彷徨过吧，这帮人内心被管制被约束被禁锢了太久，无数辛酸与苦闷，在这一刻得以释放和解脱。

而乔望舒在考完最后一科，放下笔的一刹那，心里忽然有一丝淡淡的怅然若失。

不管考得怎么样，中学时代都将结束了，那条属于青春的路走过的那一段，都不能回头了。

顾徊提前交卷在考场门口等她，和她一起的还有韩初雪和孟彬彬，孟彬彬说："走，必须去庆祝一下我们毕业。"

后来乔望舒回忆起那一段，是辣炒虾尾和夏天的冷饮冰凉的滋味，小店的电视上放着一些当时流行的歌曲，从陈慧娴的《千千阙歌》

到S.H.E的《不想长大》再到信乐团的《死了都要爱》，有人偶尔跟着哼唱半句，这个人间灯火璀璨，热闹非凡。

不一会儿，乔望舒他们班上的一些别的同学也三三两两来了这家店，大家一起拼桌，玩真心话大冒险，轮到韩初雪，她选了真心话。顾徊直视她的眼睛，语气严肃地问："你做过对不起乔望舒的亏心事吗？"

韩初雪嘻嘻哈哈地说："顾大少，我知道你疼女朋友，但这游戏也不带这么问的吧。"

顾大少忽然抓起一瓶啤酒，"啪"的一声在桌上拍碎，酒水伴着玻璃溅了一桌："我再问你一遍，做没做过？"

韩初雪是那种遇强则强的人，这下也火大起来："顾徊，你什么意思？你是不是故意找碴儿，别人怕你顾大少我可不怕。"

乔望舒也不知道发生了什么，只是赶紧扯着顾徊的衣服："好好的，你这是干吗呢？"

"你问问你这个好姐妹都做了些什么。"

"我到底做了什么？让你顾大少不顾矜持如疯狗一样乱吠。"韩初雪不肯示弱地掀翻了桌子。

"好，我问你，你喜欢那个姓路的，是不是？"

韩初雪看了乔望舒一眼，忽然一颗眼泪从眼角滚落，那是乔望舒第一次看到她哭，她说："我喜欢他又怎样，难道喜欢一个人也犯法吗，顾大少？"

"你觉得乔兔子会成为你的阻碍，所以找了一个S城的亲戚打电话给她，想让她参加不了高考。你以为她会上你的当。"

"很抱歉，我不知道你在说什么。"韩初雪转向乔望舒，"他在说什么？小舒，你当着你的所有同学在这里解释一下吧。"

顾大少却着急护短地将乔望舒拉到自己身后，说："韩初雪，你

还要装到什么时候?"

两人僵持不下,眼看就要打起来,忽然一个染着黄头发的女生慌慌张张地冲进店里:"乔望舒,出事了。"

她喘了口气,把乔望舒拉到一旁,小声说:"你表妹李瑟出事了,你快去看看吧。"

乔望舒认得她,这个女孩是平时一直和李瑟她们在一起的那群人中的一个。

乔望舒和顾徊他们一群人赶到女孩说的地点,那是一家破旧的桌球室,李瑟衣衫凌乱地躺在桌球台上,脸上还有巴掌印,两个小混混儿模样的男人一见到有人来就飞快地开溜。

"瑟儿。"乔望舒飞快地跑到桌球台边,"你怎么在这里?发生什么事了?"

原本看上去奄奄一息的李瑟听到这个声音,忽然像只愤怒的小狮子,一把将她推开。乔望舒毫无防备,跌出老远,撞在想要跑过去扶她的顾徊身上,后背很疼,但还好两人都没有跌倒。

"乔望舒,现在我被人欺负了,你是不是开心了?都是你,我变成这样都是你害的。"李瑟的表情完全失控,脸上还挂着未干的泪痕,"你这个灾星,什么都要和我抢,小时候,你抢了路涯哥,现在你明明知道我喜欢的人是顾徊,你还勾引他。"

"李瑟,你知不知道你在说什么?"

"我生日那天你说帮我把顾徊约来了,可是我亲眼看见你和他在露台的窗帘下亲嘴。"李瑟用力地吸着鼻子。

乔望舒耳根一热,关于那天的记忆涌上来,那天在李瑟的生日会上,她觉得KTV太吵,不过是想去露台上清静清静,没有想到顾徊会出现,更没想到这件事却让李瑟误会得这么深,可是现在怎么解释都无济于事了。

见乔望舒被说得哑口无言，李瑟似乎怒极反笑，像个疯子一样："顾徊，你现在应该知道我姐姐是什么人了吧！她一直在骗你说她报考的是B大对吗？其实她早就改成S城的学校了，她心里真正喜欢的人根本就不是你，从来都是路涯，你如果不信的话，可以去她宿舍看看，她床头还挂着路涯送给她的风铃，那是她最珍爱的东西，别人碰都不准碰的。"

"还有……"李瑟吐了一口气，"我让S城的网友打电话骗她说路涯住院了，她为了去见他差点儿连高考都不考了，呵呵。"

这话让乔望舒的心中滚落无数大石，原来是李瑟，她怎么也想不到她会这么恨她。

而刚刚和顾徊吵过架的韩初雪也走上前来，冷笑道："顾大少，所以你的女人被骗了，你觉得是我干的。"

若非孟彬彬拉住她，她的手指几乎要戳进顾徊的眼睛里，一向高高在上的顾徊此时此刻却呆若木鸡地愣了几秒，他没有理会韩初雪，而是看向了乔望舒，眼睛红了一圈："李瑟说的是不是真的？"

"我说的当然是真的，真可悲，你在她心里就是一个可有可无的备胎。"李瑟火上浇油。

"没错。"乔望舒没有一句争辩，她转过身，向外走去。顾徊追上去，此刻的他也顾不上什么尊严："为什么？我哪里对你不好，既然你不喜欢我，为什么要留在我身边？"

乔望舒永远无法忘记那个炎热的夜晚，路灯之下，顾徊看向她的目光。

"因为我以为通过你可以查出我爸的真正死因。"乔望舒的声音异常冰冷。

"呵，你终于说真话了。"顾徊自嘲的声音有微微的颤抖。

这一年遭遇船舶行业的寒冬，船东对于船舶的需求量骤减，很多

船厂都开始裁员,革新船厂也不例外。屋漏偏逢连夜雨,船厂有人因为贪污受贿被人匿名举报,接受了纪检委的调查,网上突然出来了一些船厂的负面新闻,有人发帖说当年船厂溺水事故是一桩谋杀案,引起了不小的风波……一切都让人应接不暇。

为了不影响顾徊高考,家里对此事绝口未提,顾徊和乔望舒约定考同一所大学,心思都扑在了上面,所以家里的事,也很少过问,如果他多关注一点儿,就会发现父亲的脸色一日比一日惨淡。而此时的他怒极反笑:"那你查出什么了?"

"事故发生在上午,当时路叔叔和我爸爸在码头装栏杆,路叔叔在去接电焊机线触电坠水,我爸爸因为对其施救出了事,他们这样经验丰富的焊工,在作业之前不可能忘记切断电源,除非,当时有人在电源上面做了手脚。"事实上,自从那次乔望舒无意中在顾徊家听到他和顾延安的对话后,并未通过顾徊获得什么有利的线索,查出这一切的是路涯,只是说到父亲的时候,依然觉得难过,她吞了下口水,继续说,"那个人是原革新船厂的高层,因为路叔叔发现了他受贿的证据,想要杀人灭口,所以制造了这场意外。他以为天衣无缝,却不知道,当时有人亲眼见到他打开电源,只是那个人胆小,什么都没说,而是辞职离开了船厂。"

"螳螂捕蝉,黄雀在后。同时知道一切真相的还有你的好堂叔顾延安,他不但知情不报,还利用这个机会升职加薪,并让你的父亲入股上位。"

顾徊没有说话,他的父亲顾应华一直是个强势的人,这些年他做什么,自己和母亲根本管不了。

乔望舒声音悲怆:"所以,顾延安让你远离我和路涯不是吗?"

这句话让他一愣,原来那天在他家里,她听到了自己和堂叔的对话,一切就是从那个时候开始,她就是从那个时候决定利用他,他还以为,虽然她没有那么喜欢他,但只要他一直对她好,他们还有很多很多的时间,她总有一天会为他心动的,他甚至想到了那一天,他就娶她,可是她……

"看来我堂叔说得没错。"顾彻始终挺直着背脊,把头偏向一边,乔望舒只能看到他美好的侧脸和倨傲的下巴。

在遇到她之前,他是那样骄傲的人。

如果再给她一次机会,她也许不会选择利用他,伤害他,因为他嚣张的外表下其实有颗善恶分明的心。

他的眼睛里揉不进一粒沙子,偏偏生在这样一个家庭,规矩的爷爷,因为父亲那介于黑与白之间的生意,他见过不少污垢,她是他的世界里唯一一抹倔强和单纯,是圆满他的那个半圆。

为了她,他宁愿辜负全世界,可到了最后,她竟成为让千里之堤溃不成军的那个蚁穴。

也成了他生命中爱而不得的缺口。

有人说这个世界最易碎的就是男人的酒杯、政客的承诺、少女的梦想、钢丝上的爱情、现代社会的善良和高贵的心。也许易碎的都是珍贵的。

我要老到什么时候才能忘掉你？忘掉你对我的欺骗，忘掉你给我的屈辱，忘掉我犯贱似的一次一次消磨在你身上的骄傲。忘掉……我爱你。

第十章

白雪

01

乔望舒被S城某师范美术学院录取，她选择的专业是艺术设计。

母亲刘玉娇不懂什么艺术，但是她一直希望乔望舒念师范和卫校，读完书出来在小镇当一名老师或者护士大概是她最大的期盼。

在新学校乔望舒交的第一个朋友是一个叫小叶子的胖女孩，那是个非常乐观开朗的女孩，每天都喊着要减肥，但是一看到好吃的就会忍不住，她说支撑着她走下来的是变瘦变美变漂亮。直到某个深夜乔望舒听到她小声的啜泣声，才知道她喜欢的人和别人恋爱了，她却因为肥胖从来没有恋爱过，她渴望爱情，渴望被人温柔以待，渴望他能够看她一眼。

谁会真正习惯孤独，热爱孤独，甘之如饴地与孤独为邻，只是不

愿意把不够完美的自己展现给别人，抑或是害怕挫折和失望罢了。

乔望舒也是孤独的，这座城市太过繁华，这繁华让人觉得自己低如尘土，她有时候会无端地想起初三和高中那段岁月，想起某个人的脸，觉得有些不真切。

好在还有路涯和韩初雪，路涯还像初中那会儿一样经常来学校看她，而韩初雪也并没有因为毕业那件事迁怒疏远她，偶尔也会约她出去玩，或许她知道，约她，其实约的是路涯。于是两人行，变成了三人行。大家知根知底，倒也不觉尴尬。有一回，路涯去给她们买饮料，韩初雪突然深深地凝视着他的背影对乔望舒说："小舒，既然我们都喜欢上了同一个人，那么我们约定吧，不管最后他选择的是谁，我们都不要放弃这段友谊。"

乔望舒看着面前的女孩美丽而又认真的眼睛，缓慢地点了点头。她知道韩初雪看上去柔弱的身体里，其实装着彪悍的灵魂。

没过多久，路涯在韩初雪的极力鼓舞下参加了全国航行器设计制作大赛，这是全国船舶与海洋工程领域最高层次也是最大规模的竞赛，参赛的是国内二十多所学校的师生。比赛的前一天晚上，路涯请乔望舒和韩初雪吃烧烤，韩初雪还说："路涯，我和小舒一起去为你加油。"

然而就在那天，在他们吃完烧烤回来的那个路口出事了。

那条路离乔望舒的学校不远，但是有一段路非常幽静，路灯不知被哪个捣蛋鬼弄坏了，路涯准备先送乔望舒回去。

韩初雪跟上来挽着乔望舒的手臂："正好我也走走消消食。"

走到拐角处的时候，忽然一群面目模糊的人拥上来，那个时间段，这条路上没有别的行人，路涯见来者不善，第一反应是挡在乔望舒和韩初雪的前面，冲来人说："你们是谁？"

"你不认识我，我们可认识你。"其中一个人咂了咂嘴，"你小子艳福不浅啊。"

"跟他废什么话,给我打。"

乔望舒心里一惊,这些人都操着家伙,显然是有备而来。

路涯回头对乔望舒她们喊道:"快跑。"

说时迟那时快,韩初雪一把拉着乔望舒往回跑,在这个过程乔望舒不停地回头:"路涯,路涯没有跟上来。"

不仅是路涯,后面的人都没有追上来,看来那群人的目标不是她们,韩初雪连忙捂住她的嘴,说:"小舒,你先走。"

"不,我不走。"

"如果你不想他有事的话,快去报警。"韩初雪急切中却显得有点儿镇定。

就在乔望舒慌乱地摸出手机打了报警电话的同时,韩初雪再次飞奔到路涯身边,对方人多势众,路涯体力明显不支,眼见一根棒子就要砸下来,韩初雪扑过去,这闷头一棍硬生生打在了她的胳膊上,传来撕心裂肺的疼。

路涯听到尖叫回过头去,刚喊出一声"韩初雪",她就倒在了地上,他连忙蹲下去:"初雪,你怎么了?"

歹徒见状,以为闹出人命了,拔腿就跑。

此时路涯也吓住了,他飞快地将韩初雪抱起来:"初雪,韩初雪,你醒醒,我不准你有事。"

喊到后面声音都几度沙哑了。

"你在担心我吗?"韩初雪忍着巨大的痛楚,努力地牵着嘴角对他笑,"路涯,没事的,我没事。"

可是路涯却从她的声音中听出了虚弱。乔望舒带着警察赶来时,脸上挂彩的路涯抱着韩初雪对警察焦急地说:"快,快送她去医院。"

乔望舒和路涯在医院做了一个简单的笔录,警察问他们最近有没有得罪什么人。乔望舒摇了摇头,路涯也笃定地说:"我并不认识他们。"

路涯不是那种惹是生非的人,乔望舒回想起他们对路涯说的话,"你不认识我,我们可认识你。你小子艳福不浅啊"。心里忽然有个念头一闪而过,有没有可能是因为韩初雪来找麻烦的,像她那么漂亮的女孩在学校里很受男生欢迎吧,因为男生见她跟路涯走得近,所以挟怨报复。

但是这个想法她没有说出口。

韩初雪替路涯挨了那一棒,手臂的骨折,必须要上钢板固定,可乔望舒在门口听到她在恳求医生:"钢板能不能明天再上?我朋友明天要去比赛,我不想他因为对我愧疚而耽误了。"

医生说:"是男朋友吧?不过你现在的情况必须马上做手术做固定。"

韩初雪的脸微微有些红了,乔望舒一回头,发现路涯站在她身后,他什么都听到了,可他过了一会儿才走进去,说道:"以后不要做这种傻事了。"

韩初雪摇了摇头:"路涯,你还记得吗?上高中的时候,我被人欺负,你帮我打架,那次还受过伤,所以,这件事情你千万不要放在心上。"

即使是乔望舒也看得出来,她这样说是不想路涯有心理包袱,她的好,她的善解人意路涯又何尝看不到。

这样想着,乔望舒偷偷地退了出去,没有听到路涯那句:"我一直把你当成妹妹。"

也没有听到韩初雪的反问:"那小舒呢?她……也是妹妹吗?"

说起来,乔望舒念大学后,乔泽厚也念初中了,那小子沉迷网游，有一堆狐朋狗友，经常在学校惹是生非，将刘玉娇气了个半死。有了弟弟做对比，刘玉娇才念起乔望舒的好，只是念到最后免不了一声叹息，乔望舒特别难过，难过自己无法为她分担半点儿忧愁。

有时候，冷冷地沉默地打量着自己的痛苦，发现无舟可渡，感到孤立无援。为什么这世上人人都想变得强大，不是因为强大之人终将没有痛苦时刻，而是他们明白微渺如我这般的人，永远只能以自己的本能去对抗痛苦，以回馈生命浑然天成的敬畏和渴望！

这一刻，她好像忽然想明白一件年少时耿耿于怀的事情了，也许母亲真的需要找个人陪了。无论那个人是伍叔还是别人，只要他对她好就够了。

为了减轻母亲的负担，大一下半年，乔望舒一有休息时间就去肯德基或麦当劳做兼职。

有一回小叶子和乔望舒逛街的时候看到一个流浪歌手前面围满了鼓掌的人，小叶子突发奇想地说："要不我们也来街头表演画画吧，肯定能赚很多钱。"

乔望舒也觉得这个主意不错，于是和小叶子带上工具，在街头表演沙画，还真的有很多人围了过来。

有一天，乔望舒正在低头作画的时候，忽然有人蹲在她面前，递给她一杯热可可，上学那会儿乔望舒就喜欢喝这种热可可，顾徊经常跑出去买给她。

怎么又想起他，乔望舒也不知道自己到底是怎么了，她努力拂去这些不该有的想法，说："谢谢，我不喝这个。"

说话时眼睛继续对着作画台。

那人却忽然掏出一叠钱，递给她："你在这里表演一天能赚多少钱，我给你，我买你的时间。"

这个声音……

乔望舒猝然抬起头,对上了阳光下顾徊的脸,暌违一年,他依旧好看得悦眼,此刻正用那双迷人的杏色眸子似笑非笑地看着她。

小叶子在一旁推了推她,小声对乔望舒说:"没想到今天这么走运,遇到财神了。"

叶子说着马上转向"财神",笑吟吟地对他说:"帅哥,你真有品位……"

乔望舒收起东西,背在肩上,对小叶子说:"今天不表演了,我们走吧。"

小叶子愕然:"刚有生意怎么就不表演了?"

顾徊拦住她的去路:"那边有家咖啡馆,去坐坐,我有话和你说。"

"就在这里说吧!"

顾徊看到了旁边围观的人群,张了张口,软话到了嘴边却变成了:"乔望舒,明明是你对不起我,为什么你这么理直气壮?"

乔望舒凉淡地说:"对不起。"

"你把我当成傻子一样,以为这样我就会轻易原谅你吗?"

"我没有想征求你的原谅。"

"你不会还惦记着你那个只会让女人替他挨棍子的青梅竹马吧?"

"你说什么?"上次的事警方一直没有抓到人,也没查出什么蛛丝马迹,可是顾徊这句话却让她吃惊,声音不自觉地提高了八度,"你怎么知道,难道那件事与你有关?"

"不要这么看着我,我没有义务告诉你。"

小叶子终于发现了什么,惊道:"原来大家认识啊,那个,你们之间是不是有什么误会?"

乔望舒拉着她的胳膊:"小叶子,走吧。"

只有真正失去过的人才知道，告别从来不是最苦的。

苦的是吵过闹过说过狠话伤过心，已经分别了很久很久，却仍旧无法真正从心底和对方说再见。

02

韩初雪的手伤在冬天来临的时候好了。

S城降温那天，乔望舒忽然接到一个噩耗，是母亲刘玉娇病重入院的消息。她心里和冬天一样寒冷，连夜坐车赶回家，伍叔告诉她，刘玉娇患的是冠心病，平日就经常头晕胸闷，早年去医院检查听医生说没有严重心律失常、心肌梗死的话一般不会有生命危险。她省吃俭用惯了，舍不得花钱，特别是把钱花在自己身上。对自己的病也没有重视，瞒着乔望舒买了一些药吃。可是这两年心绞痛越发严重，这次竟然在菜市场突然晕倒。伍叔及时将她送到医院，医生说冠状动脉造影明确多支血管病变、严重钙化病变，外科心脏搭桥手术是唯一的治疗方法。

若非伍叔听说中老年人冠心病患者麻醉手术期的死亡率是正常人的2~3倍，不敢擅自做主，刘玉娇仍想继续瞒着乔望舒。

乔望舒看着病床上消瘦苍白的母亲，想起过去那些时日不懂事的自己总是和她吵架，而原来这些年她一直隐忍着自己的病痛。

伍叔也在暗里告诉她说："你母亲其实特别关心你，你念大学以后，她经常看着你的照片发呆，这次醒来的时候，她更是担心自己会出什么事，恳求我一定要照顾你们姐弟。"

那一刻，乔望舒忽然明白了她的良苦用心。

原来她不惧风言风语愿意跟着伍叔,从始至终都不是为了自己,她是想为他们姐弟在这个残酷的、薄情的世界里找一个坚强的可以照顾他们的人,而不被别人欺负。

乔望舒捧着自己的脸,眼泪滑进指缝中。

不知道为什么,这一刻的她无端想起李瑟小时候对自己说的那些话,她说,她的命不好,克父母。继而又想起父亲的离开,想起爷爷看自己的眼神,心中被一种巨大的悲伤和无力感充斥着。

伍叔在身后轻轻地拍了拍她的肩膀,安慰说:"小舒,别担心,吉人自有天相,你妈的手术一定能成功的。"

乔望舒迟疑地感受到这个男人的手粗厚干燥,也温暖,在那一刻医院的灯光下,男人脸上的刀疤没有一丝狰狞,他忽然让她有了父亲的感觉。乔望舒迟疑着开口:"对不起,伍叔,我以前……"

"现在不要说这些。"

"不管怎么样,谢谢你这些日子对我们一家的照顾。"

"道什么谢,我为她做什么都是心甘情愿的。"伍叔语重心长地说,"你妈其实是个嘴硬的人,有时候别人去她那里买菜,她嘴上说不讨价还价,实际最后都会多给人家一点儿。"

乔望舒点了点头,她为什么直到现在才看出来,伍叔对母亲的好是发自肺腑的。

好在,搭桥手术做得很成功,刘玉娇清醒后就赶乔望舒回学校,说:"不要耽误了学习。"

乔望舒握着她长满老茧的手,说:"妈,让我留下来照顾你几天不行吗?"

"不行,我又没什么事。"

伍叔也说:"小舒,你回去吧。这里有我。"

……

离开那天，乔望舒把乔泽厚叫出去说："老妈身体不好，你小子以后听话一点儿，别再惹她生气了知道吗？"

乔泽厚已经长高了不少，他低着头，单薄的肩膀没精打采地塌着，也不作声，在最后咬着嘴唇说了一声："知道了。"

姐弟俩一同走出医院的时候，迎面走来一个高高的男生，乔望舒并没有看清他的面容，一旁的乔泽厚却开心地叫了一声"顾徊哥"。

乔望舒惊讶地抬起头，顾徊穿着一件深色的象牙扣呢子大衣，戴着一顶毛线帽，手上还拎着几盒营养品，从初冬的午后走来。

乔望舒心中打鼓，他怎么会来？而顾大少却仿佛没看到她般，对乔泽厚说："泽厚，伯母怎么样了？"

"昨天刚刚做过手术，现在在休息。"

"哪个病房？我去看看她。"顾大少说话间，终于正眼看了乔望舒一眼，乔望舒觉得他的眼神让她心惊肉跳。

"好啊，我带你去。"乔泽厚见到顾徊后好像整个人都来了精神般，乔望舒用手掐了他的手臂一下，他惊叫："姐，你掐我干吗？"

乔望舒无语。

顾大少探完病，从病房里走出来，在乔望舒疑惑的目光中说："是你弟告诉我的。"

"你和我弟什么时候关系好到这地步了？"乔望舒忽然想起了乔泽厚拍照发到QQ空间里的那些游戏手办，现在看来准是顾大少这个冤大头送他的。

是啊，她早就知道顾大少是个会收买人心的主。

顾徊似没听出来她的奚落般，回道："其实你心里清楚，我为什么会对他好。"

"我不清楚，也不想……"

"乔望舒，回到我身边，你想要的我都可以给你。"他还是那样

骄傲,从来不会低声下气地说出"我们能不能重新开始"这样的话,而是斩钉截铁地说回到他身边。

乔望舒心中百感交集,她定了定神,逼退心中的不忍,说:"顾徊,你也太抬举自己了,你身上早已没有我想要的东西了。"

言外之意是你对我连利用价值都没有了。

顾徊心中一抽,如今的她,竟然还像刚认识她那个时候一样,一次一次怀抱着一腔热情靠近她,却一次一次被她无情地用冷水泼灭,她对他几乎比任何一个陌生人还要冰冷,他在她身上消磨所有的任性和骄傲。可恨的是,她欺骗他,利用他,伤害他,可是他偏偏忘不掉她。

或许他对她,一开始带着同情,后来带着赎罪,然而现在他清楚地知道他爱她,爱的是她乔望舒这个人本身。

此刻那少年的背影笔直,声音却夹着一丝微不可闻的喑哑:"我不信这么久以来你从来没有对我心动过。"

乔望舒看着他,他眼里的悲恸深不见底,让她有片刻心软,可她知道,自己不是皑皑白雪,而是雪下那层泥,而他也不是她眺望世界的高枝,他是更高的天上的云。乔望舒想着抬头看了看天:"是,你从一开始出现就是我的噩梦,我从没喜欢过你,你的纠缠只会让我感到厌恶。"

扑面而来的巨大难过像飓风一样将顾徊席卷,顾徊握紧了拳头又松开,过往的一切,吵吵闹闹的时光如大风一般呼啸而来,大巴上,她从梦境里醒来,满眼悲伤,他握住她的手,寺庙门口的桃花树下,她递给他一张纸条,她说他吃醋的样子可爱,以及无数无数的小片断,两人一起吃饭,一起做题……一切的一切顷刻间在眼前破碎成灰。

是啊,那些早在一年前就该破碎了的,只有他还一厢情愿地沉浸在回忆里，想要将他们拼凑起来，重新捧到她面前来。

他真是愚蠢。

顾徊从口袋里掏了半天，掏出一盒烟，摸出一根，慢慢地给自己点上。

袅袅烟雾像一条河，将两人隔在对岸，他俊美而悲伤的面容看不真切。

一根烟很快抽完了，顾徊走了两步却回过头，面上若无其事地说："你不是想知道你们那次为什么会遭遇飞来横祸吗？南乔镇革新船厂那位贪污受贿的高层，我父亲在担任CEO期间都不敢将他革职，你们以为他的势力简单吗？"

这句话让乔望舒明白过来，那群人之所以会来找路涯的麻烦，还是因为父亲那桩案子，当年，路涯暗访了从革新船厂离职的黄某，他的猜测在他那里得到了证实，当年那次事故黄某亲眼看到某高层在电匣上动了手脚，而知情者顾延安不仅没有揭露真相，反而利用这件事让自己和表哥顾应华顺利上位。

其手段让人不寒而栗。

只是如今事情过去太久，黄某也不愿出面指证。

路涯不得已一面将那位高层贪污受贿的证据匿名举报给纪检委，一面在网上发帖指出当年船厂溺水事故是一桩谋杀案，引起了不小的风波……制造舆论压力，只是没想到对方的人会追到了这座城市。

好在路涯命大，逃过了一劫。

03

乔望舒大三那年，路涯大学毕业，他没有从事与专业直接对口的

船舶营销、船舶监造、轮机设计之类的工作,而是去中国北方最大的海上救捞和海洋工程公司,也就是打捞局参加救捞潜水的培训,这份工作承担着我国某片海域的人命救助、沉船沉物、遇险航空器的打捞,以及难船溢油清除等公益性事务。不仅要忍受着海洋上的寂寞与孤单,在救捞同时更是随时有被海洋吞噬的威胁,而且救捞基地在一个陆连岛上,离S城非常遥远。

乔望舒不由得想起了多年前自己在摇摇晃晃的大巴上做的那个梦,无端生出一身冷汗,她知道路涯决定的事很难改变,而且她比任何人都清楚,路涯为什么会选择这份工作,多年以前,年幼的他,眼睁睁地看着自己相依为命的父亲和乔叔叔从海洋深处被打捞出来的尸体,无力施救,巨大的悲痛吞噬着那个男孩,那是改变他命运的一秒,他救不回亲人,而今他要去救更多像他们一样遇险的人。

这一次,依旧是韩初雪和乔望舒去送他离开,到了登机口,一直隐忍的乔望舒忽然失控,大声喊道:"路涯,不管怎么样,一定要注意安全。"

路涯走回来,向来清冷的少年已经长到了一米八,轮廓越发深刻,他伸出手像个大哥哥一样宠溺地摸摸她的头:"傻瓜,别担心,我知道保护自己,到了就给你们打电话。"

多年以前的那个星夜里,他在摩托车上也对她说过那样的话,他说,我知道保护自己。

见韩初雪也走过来,他轻轻地拍了拍两个女孩的肩膀,就连一个轻浅的拥抱也吝于给予。

直到他背着黑色背包的背影消失在检票口,韩初雪才回过神来,她竟也吸了吸鼻子,破涕为笑地说:"你看,我们谁也没有输,他真正爱的不是你,更不是我,而是海洋。"

乔望舒沉默了好一会儿,就在韩初雪以为她不会开口的时候,她缓缓地出声说道:"如果能阻止他做那么危险的工作,我宁愿输给你。"

韩初雪摇了摇头:"路涯不是那种能被小情小爱束缚的人,他是我的英雄。我支持他去完成自己的梦想,只是如果有一天,他累了,回过头,我会告诉他,我一直在等着他。"

那一刻,乔望舒觉得韩初雪浑身都散发着光芒,她竟有些不敢与之对视。

不知道为什么,乔望舒想起顾徊曾经评论说她自私。实际上他说得没错,她就是希望自己的亲人和爱人都能安逸地生活,那些云垂海立的事让别人去做就好。

有人说穷则独善其身,达则兼济天下,可她用尽了全部的力气连自己这一亩三分地的人生都过不好,又如何去当一个拯救世界的英雄,在她看来,每个人都积极生活,不去给社会制造麻烦便是拯救了世界的英雄。然而,这并不妨碍路涯的决定,也不能阻止韩初雪的一番话打动了她。

或者也是他们牵动着她,让她在后来的人生道路上面临选择的时候走了一条不一样的路。

饶是如此,在路涯离开后的很长一段日子里,乔望舒还是会不自觉地留意甚至去网上搜索一些打捞局的新闻,看到英勇的救捞潜水员救出沉船和遇难者时会感到鼻头酸涩。她无时无刻不在祈祷着路涯的平安,从大三到大四。

毕业答辩完后,韩初雪说她要回家帮助自己的父母,而乔望舒留在了S城,进了一家广告公司实习,每天加班加点,被繁重的工作压得喘不过气来。第一次拿到薪水,她也舍不得给自己买什么,而是给乔泽厚买了一双鞋,这一年乔泽厚刚念高中,经常管她要钱,不是生活费不够,就是要买东西。作为一个职场新人,乔望舒本身薪水就不

高,还经常被剥削,每个月过得非常拮据。可乔望舒不想他的弟弟像自己那样,一双皮鞋穿一整年,所以咬咬牙,买了他要的那个款式。

就这样过了近一年,韩初雪来看她,见到她第一眼就说:"乔望舒,你都有工作的人了,怎么还穿着上学时那几套衣服?"

后来聊了一些近况后,韩初雪愤愤不平:"你好歹也是一枚学霸,你们老板是杨白劳吗?我家找个看门的大爷都比你拿的钱多。什么?你还要养弟弟,你这样迟早会饿死。"

乔望舒也知道她心直口快,说这些没有什么恶意,但是心中难免有些无力感。

韩初雪提议道:"我知道一家不错的漫画工作室在招聘主编助理,要不我帮你投份简历试试?我记得,你以前上初中的时候就挺喜欢画漫画的,你送过我一张流川枫的画我现在还保留着呢!"

"没有一个工作机会仅仅会因为你的喜欢而留给你的。"乔望舒有些悲观。

"可是不试试又怎么会知道那不是留给你的。"

韩初雪是个很讲义气的朋友,她和乔望舒说了那家杂志社的一些情况让她做做功课。事实上,乔望舒一直挺怀念那段跟在路涯身后看《灌篮高手》的日子,而韩初雪说的那本杂志,这两年在国内市场异军突起,几乎到了中小学生人手一本的地步。

只是她做梦也没有想到,自己竟然会真的收到杂志社的面试通知。

杂志社位于一幢四十几层的商务写字楼里,乔望舒按时赶到,面试官却姗姗来迟。

很抱歉,那个姗姗来迟的面试官就是我,我之所以决定录用她是有顾忌这层原因的。事实上乔望舒也没有让我失望,一开始除了我,大家对她都挺不客气的。

她比所有人都努力，学得也很快，没多久就能自己约稿，策划栏目，办公室的同事喜欢她，漫画家们也很喜欢她，年底工作总结，她所责编的漫画单行本也取得了不俗的成绩。

一到年底，年会是每年大家最期待的时刻，不仅有年终旅游，还能见到久未露面的Boss本人。

Boss虽然是一个有洁癖到凡事吹毛求疵的处女座，然而这种时候，他的光辉就会体现出来，上一年的年会选在温暖的三亚举行，而今年，据人事那边传出来的消息，说可能会去日本北海道，他有意让大家真正去见识见识那个传说中的动漫之国。消息一经传出，安婕她们都开心疯了，从小看日漫长大的乔望舒也觉得意外，大概也是没想到一个年会会开得如此大手笔。

04

北海道的冬天像一部浪漫的电影，皑皑白雪覆盖在天地间，那是她这一生中见过的最美的白，如梦如幻，且近且远，世界静谧而悠长。

年会的地点是一家日式温泉酒店，为了体现漫画工作室的氛围，活动以假面舞会的形式召开，工作室贴心地准备了大家的服饰和道具，还带了化妆师和摄影师。据说这也是Boss的创意，他本人也会在这个环节出场。

众人经过一番精心化妆和打扮后，原本熟悉的面孔之间忽然多了一层神秘的美感。

乔望舒的面具是我帮她挑的，一张可爱的水晶兔毛面具，左眼下方有颗泪滴形状的挂坠，我拿着面具在她脸上比了比："这个还挺适

合你的，兔子小姐。"

乔望舒微微一愣，我看穿了她想问什么，说："以前不是有人叫你乔兔子吗？"

"都是过去的事了，不过这副面具很美，我很喜欢，谢谢。"两个人正说着，张纯生突然凑过来，举了举自己手里的狐狸面具说："小乔，一会儿我来找你跳舞。"

我打趣："张纯生，你狐狸真面目要露出来了吧，小乔我已经先预订了，找别人去。"

张纯生惺惺作态地说："主编大大，一会儿Boss肯定是要和你跳舞的，你还是把小乔让给我吧。"

乔望舒在旁边，风轻云淡。

当那杯香槟端到她面前的时候，舞会已经进行了一小半，乔望舒正独自坐在某个僻静的角落里给韩初雪发微信，也许那个时候有点儿想念韩初雪，虽然路涯离开了，但乔望舒和韩初雪的关系一直没有疏远。

韩初雪说，你肯定猜不到我现在在哪儿，和谁在一块。说完给她传过来一张照片，竟然是她和路涯的合照，背景是一望无际的海洋。

路涯离开那天，韩初雪在机场说的那番话又回荡在她耳边，她说"路涯不是那种能被小情小爱束缚的人，他是我的英雄。我支持他去完成自己的梦想，只是如果有一天，他累了，回过头，我会告诉他，我一直在等着他"。

路涯去追逐自己的梦想了，而韩初雪，去追逐她的英雄了。

在这场公平竞争里，她只能认输，一败涂地。

心中有淡淡的难过，却没有自己想象中的不甘。

她想着，那杯香槟被送到了她面前。舞会上所有的料理和酒水都是自助的，但乔望舒吃得并不多，她一向都不怎么爱热闹，此刻还是礼貌地对给她拿来香槟的人道谢。

"这款面具很适合你。"面前的男子说道。这个声音被刻意压低,却让乔望舒有种恍若隔世的熟悉的感觉,乔望舒抬头看他,他穿着一套裁剪合身的西装,体态修长匀称,只是一张做工精细、花纹繁复的银色面具在酒店璀璨的灯光下闪着寒光,只露出小半部分的左脸皮肤白皙,而掩在面具后的大半张脸表情不明。

乔望舒声音竟也沙哑了一度:"是张纯生吗?你……换面具了?"

那个人伸出手,对她做了个邀请的手势:"有幸请你跳一支舞吗?兔子小姐。"

乔望舒摇头抱歉地回道:"不好意思,我不会跳舞。"

"挺简单的。"他的声音很轻,轻到像是夹着一丝魅惑,"我教你。"

乔望舒在他的引领下,转进舞池,这是乔望舒第一次跳舞,她非常紧张,总是踩错舞步,可是那男子却始终绅士地牵着她的手,纠正她的节拍。

一曲舞毕,他突然兴起般说:"走,我带你去个地方。"

才走至门口,侍者便递过来两件大衣。外面的雪还在下,他们的到来正赶上一年一度的冰雪节,很多大型冰雕、雪雕在公园展出,白天参观的时候就震惊于艺术家们的巧夺天工,然而到了晚上,入眼的却是另外一番盛景,冰雪世界在灯光的渲染下,仿佛海市蜃楼,一步一惊喜,乔望舒忘了寒冷,只是忍不住惊呼:"好美。"

男人帮她拢了拢衣服,在她忍不住伸出手去抚摸一件大型冰雕作品的时候,突然将自己的大手覆在上面,他牵着她被冻得冰凉的手,放进自己的大衣口袋里,乔望舒想抽回,然而对方的力气那样大。

这个动作让乔望舒走神,恍惚想起很多年以前,上高中的时候,顾大少喜欢将她的手暖在自己的衣服里,而面前这个人,戴着一张冰

冷的面具，看不清面容，却让她如置幻境。

乔望舒抬头想要对藏在面具后面的那双眼睛一窥究竟，可是刚一动便脚下一滑，撞进他怀中。"对不起，我……"

"别说话。"那个怀抱有一种莫名的熟悉感，在某个瞬间竟让她有些舍不得推开，可是……过了一会儿，他放开她，忽然像变戏法似的变出一个盒子，说：

"送给你的。"

"这是？"

"是这里很出名的白色恋人巧克力，味道很正宗。"

"你不是张纯生对不对？你的声音……"乔望舒思考着措辞，轻声说，"特别像我过去一个朋友。"

"是男朋友？"

"不，不是。"

"外面冷，回去吧。"那男子似乎不想继续这个话题，忽然说道。

05

第二天有半天自由活动时间，我和乔望舒约好去小樽港口玩，由于我喜欢的电影很多场景都取景自那个冬日的港口，所以兴致颇高。乔望舒也顾不上严寒，戴好围巾帽子，全副武装只身陪着我前往，我们沿着古老的运河一直走，乔望舒手里拿着地图，看到一排仓库的时候，她对我说："海藻姐，好像到了，那边就是港口。"

她说完才发现并没有人回她……

可身后一直有鞋子踩在雪地上细碎的脚步声。

"海藻……"乔望舒猛一回头,那个"姐"字没有发出声来,牙齿在寒冷的空气中微微打了一个寒战。

身后确实有人,来人穿着一件英格兰大衣,系着巴宝莉经典款的方格围巾,即使是这么冷的天气里,他依然英俊得让周围一切风景都黯然失色,在他的身后茫茫雪地上有一排排长长的脚印,那是乔望舒37码的鞋踩碎了积雪留下来的,而那个人,像是不忍踩碎雪般踏着她的脚印而来,却若无其事般地说:"嗨,这个世界真小。"

乔望舒吸了吸鼻子,自那次在医院她赶走顾徊之后,她再也没有见过他,他们曾经熟悉又陌生,如今暌违两年在异国重逢,不是没有感到意外,不过她反应很快地从包里拿出手机:"不好意思,我打个电话。"

"请便。"顾徊好整以暇地看着她。

可惜,还没等乔望舒从电话簿里翻出我的名字,她的手机就自动关机了,她连忙按开机键,手机却像一块砖,怎么按都没有反应,还好包里带了充电宝,可就在乔望舒把充电宝拿出来插上数据线的时候,顾徊讥讽地笑了一声:"你手机关机不是电量不足,而是因为温度太低。这么多年过去了,你那个好学生的脑袋越来越迟钝了。"

乔望舒没有理会顾徊,但她真的有点儿急了,在冰天雪地异国他乡,一个女孩忽然失联,不知道会发生什么事。

而此刻的乔望舒却让顾大少恍惚看到了经年前八中校门口那个无助的少女,她总是在找人,不是在找那个人,就是在找别人,有时候他想,如果有一天,他从世界上消失,她也愿意来找他就好了。

乔望舒意识到自己手机确实是因为天冷关机了,终于把目光投向他:"那个……顾徊,你有没有看见和我一起来的那位朋友?"

顾徊将刚刚那个悲伤的想法从脑海中挥去,不动声色地说:"没有。"

乔望舒对着来时的方向大喊了一声"海藻姐",一边喊一边拔足

回奔。雪地路滑，才跑了几步，一个不稳就跌在地上，这回顾徊走过来，将她从雪中拉起来，见她像头倔驴似的还要往回冲，好心地指着港口的方向说："我记得那边不远有个公用电话亭。"

乔望舒听到这话，道了一声谢，疾步朝着他手指的方向走去。顾徊笑了笑，笔直的长腿一迈，跟上她的脚步。冬天的港口纯净而又寂静无人，一眼望去是无尽的蓝与白，蓝的是头顶的天和与天相映的海，白的是蓝天之上浪头一样翻卷的云层和地上的积雪。走了一段，顾大少忽然问："乔兔子，你看过岩井俊二的《情书》吗？"

"顾徊，我现在没有心情和你说这些。"

"……"

码头清冷寂静，鲜有人迹，偶尔有海鸥在海风中匆匆掠过，并没有发出翅膀拍动的声音。

放眼望去，一个人影都没有，哪里有顾徊说的电话亭，乔望舒马上意识到顾徊在骗她，许久不见，他又变回了初识时那个爱搞恶作剧的少年，嘴上还不以为意地说："你不觉得这里很美吗？你看同样是海，是不是比南乔镇漂亮多了？"

是啊，他还是那么可恶，她都急得火烧眉毛了，他却还有心同她逗乐。乔望舒有些愠怒："顾徊，我以为这么久了，你该长大了，可你永远都这样，肆意妄为，不知人间疾苦。"说着用力朝他一推，顾徊没有防备，眼明手快地拉住她的胳膊，两个人一起滚在雪地上。

乔望舒感觉到一片柔软——她的嘴唇竟然正好印在他的嘴唇上，而眼之所见的是他放大之后依然好看得惊心动魄的脸，乔望舒吃力地爬起来，明明天这么冷，却觉得浑身发热，表情也十分懊恼。

"你该减肥了。"跟着爬起来的顾大少表情也颇有些不自然，然而他的话音刚落，乔望舒却脸色一变，她发现雪地上有一个银色的东西闪着冷冷的寒光，竟然是一张做工精致、花纹繁复的面具。

乔望舒认识这张面具，就在昨天的假面舞会上有人戴着它教她跳舞，携着她的手去看雪，将一盒漂亮的白巧克力放到她手里……可是面具怎么会从顾徊的身上掉出来。

她声音一沉："你到底是谁？"

顾徊也顺着乔望舒的目光看到了面具，他长手一伸，将它捡起来，解释说："昨天路过夜市，发现这东西做得不错，买来玩的。"

乔望舒没有说话，只是狐疑地看着他。

小樽的海像故乡的夜色一样平静，港湾中整齐有致地泊着各式游艇，积雪覆盖了仓库，他们就这样站了好一会儿。

"走吧！你不是要找人吗？"顾徊收起面具，耍帅似的拍了拍身上的雪提醒道。

这时，天空又飘起了雪，风忽然变得大了起来，乔望舒把戴着手套的手拢在嘴边，一遍又一遍地喊着同一个名字，直到喉咙沙哑。可回应她的只有无声的落雪和冷冷的风。顾大少在旁边喋喋不休地说："乔兔子你不冷吗？"

雪越下越大，两个人在雪地里走了好长一段，确实有些冷了，体力也严重不支，顾大少指着前面说："已经快没路了。"

经他一提醒，乔望舒才发现这里不是运河，也不是港口，自己已经不知身在何处，手上的地图也在刚刚摔的那一跤中掉了，而雪越下越大了，几乎让人睁不开眼睛。

"这样盲目走下去我们都会被冻死的。"顾徊一边说，一边将自己的大衣脱下，裹在她身上。

"你干吗？"乔望舒心中不无震惊，他这个人一向身娇肉贵，这么冷，他把自己的衣服给了她，他用什么御寒？她想把衣服还给他，他却忽然连人带衣服抱住她，抱得那样紧：

"小舒，对不起。"

乔望舒不解地看着他,不知道这声对不起的含义。他自顾自地接着往下说:"我想忘掉你,我想也许等我老了,我就能忘记你了,可是我要老到什么时候才能忘掉你?忘掉你对我的欺骗,忘掉你给我的屈辱,忘掉我犯贱似的一次一次消磨在你身上的骄傲。忘掉……我爱你。"

乔望舒愣在当场:"顾徊,你别闹,把衣服穿上。"

"你是在关心我吗?"他似乎轻笑了一下,不可置信地说。

乔望舒隐隐感觉到此刻的顾大少有些不同,兴许是因为在大雪里走得久了,乔望舒的眼睛有点儿酸痛:"你是因为帮我找人才被困在雪中的。"

他却像没听到她的话,对她说:"我在南乔镇第一次见到你,在你家屋后的樱桃树上,你和你表妹吵架,你哭得很凶,我曾摘了一颗樱桃打在她头上。"

乔望舒记得,那是弟弟乔泽厚满月那天,李瑟指着她的鼻子说"你这个灾星"……

"第二次见到你,你和你表妹在路边等大巴,你穿得可真土啊。"

乔望舒努力回想,曾经有一次她被李瑟拉着,坐大巴去看路涯,李瑟说:"姐,你有没有看到,刚刚上车的时候,有一个超帅的男生从一旁的小车上面下来,还看了我们几眼呢!"

难道……她当时说的那个人就是顾徊?

"初中的时候,我转到你们学校,踢过你的凳子,抢过你的座位,碰掉过你的书,这些都是故意的,为了引起你的注意,但是烧掉你的头发是不小心的,那天我和孟彬彬让学校停电,是为了给你一个惊喜。因为你要过生日了,可是我准备的蛋糕却没来得及送出……"

"……"

"一中我是为了你才考上的,你知道那会儿在桃花树下,你对我说你服了我你答应我的时候,我有多开心吗?"

乔望舒原以为像顾徊那样的人，生活中有的是乐子，却不知，她是他无法终结的缘，也是他难逃的劫，他的青春因她开始，那些关于她的事一桩一桩，他比她自己都记得清楚。

"顾徊，请不要说了……"

青春呼啸而过，她以为顾大少只是自己人生中的一段微不足道的插曲，可是无论怎样的插曲在你耳边一遍一遍单曲循环，久了，它的旋律也会潜移默化根植于心。

虽然她曾负了他，可是从来，她都未曾忘记他。

乔望舒承认，他不是一个容易被忘记的人。

"如果我现在冻死在雪地上，你会难过吗？"

"你说什么傻话。"

"你会吗？"顾大少又加大了声音强调了一遍。

"我会。"乔望舒打了一个冷战，缓缓地说，"我会难过的，顾徊。"

他终于勾起了嘴角，露出孩子气的笑容。

"所以把衣服穿上好吗？"

"不行。"某人固执地说，"我宁愿你难过，也不愿你冻着。"

乔望舒忽然有些鼻酸，从来没有人对她这么好过。

眼见天暗了下去，风雪却没有停的意思，顾大少突发奇想地说："听说动物都是在洞里冬眠的，不然我们也在这里挖个洞吧。"

乔望舒无语望天。

06

"小乔！"当我带着一队人出现的时候，顾徊和乔望舒还裹在同

一件大衣里，头发上、身上都落满了雪。

没错，最终乔望舒还是说服了顾大少穿上衣服，却被他用衣服裹了进去，两人一衣，共同抵御风雪。

不知是谁感叹了一句："哇，咱们Boss是在拍韩剧吗？这也太浪漫了吧。"

在雪里站了很久，全身早已僵硬的乔望舒闻声，费力地想要挣脱某人的怀抱。顾大少却依然将她锁在怀中，半点儿没有要松手的意思。

"海藻姐，你去哪儿了？"不知是因为冻了太久还是被我们撞见这一幕的缘故，乔望舒的脸早已红透。未待我回答，跟在我身后的张纯生他们异口同声对着几乎成了一个雪人的顾徊说："顾总好。"

"顾总？"乔望舒愕然，我连忙对她说："不好意思，害你找了那么久，先找个暖和的地方，回去我再慢慢和你解释。"

……

在那个风雪夜里，我们坐在北海道特有的玻璃贴着蓝色薄膜的大巴上，大巴在雪地中缓缓地开动着，仿佛要开回青春年少，开到宫崎骏的动画电影中去。

时光仿佛回到多年以前，全班组织春游，坐在开往桃源镇大巴上的乔望舒噩梦初醒后，发现旁边空着的座位上被她紧拽着手的人是顾徊。

……

而这一日，乔望舒和顾徊都累了，我们找了一家餐厅，暖融融的灯光下，美食治愈了大家的胃，回到酒店后，我才开口对乔望舒说出那个真相。

其实，我认识顾徊真正的原因是，他就是我们那位吹毛求疵神出鬼没的处女座Boss。一年前，我生日，顾总做东请工作室全体员工唱歌，他把钱包和手机交给人事保管，粗心的人事小姐急着和男朋友约会,将顾总的钱包和手机遗忘在了KTV,被我一并带走,我当时不知道钱包是他的,所以拿出来一看,然后发现了里面的秘密。

我认识的顾总与乔望舒回忆中的顾大少截然不同,他是个敢于创新,有胆识,有责任心,也有担当的领导。两年前,还是大学生的顾徊染着一头浅棕色的头发来到杂志社找当时的社长谈项目,社长问他想做漫画的缘由,他说:"有两个原因。第一,我喜欢的人喜欢看漫画;第二,我希望未来有一天,国漫能超越日漫。"

社长笑了,大概他心里想的是你还是好好回家当你的公子哥吧。

让社长意外的是这位公子哥锲而不舍,还找到了当时从事了动漫工作数年的我,我们一起做策划方案。由于互联网的兴起,纸媒日渐衰落,而顾大少带来的资金着实让对方为之心动,于是答应为他提供发行渠道和办公场所,让他自己招兵买马做内容,并在一年之内实现盈亏平衡。

那是一段异常艰难的日子,从无到有,从零到一,一步一个脚印,谁能想到,就是这么一个年轻的公子哥,开创了中国的漫画市场,走出了一条康庄大道。

工作室步入轨道之后,顾徊从韩初雪那里得知乔望舒过得不好的消息,于是通过她将从小就热爱漫画的乔望舒介绍到了工作室,当然,她在工作室没有得到任何特殊照顾,前一个月每天几乎是哪里需要哪里搬,我交代她的事,她从来都是保质保量地完成,而且将办公室的卫生做得很好,给同事跑腿也毫无怨言。

在乔望舒来工作室之后,顾徊来公司的次数明显变少了,他恨她欺骗他,更恨自己在她面前放下尊严,却被她拒之门外,他甚至让我想办法刁难她。可是在得知乔望舒和我在电梯里差点儿出事后,这个傲慢的家伙竟然亲自跑去物业,据说那天他发了很大一顿火。

将年会定在北海道,费尽心机举办假面舞会,在小樽雪地里的浪

漫重逢……一切都是他为她而安排的,只是他也没有想到,他们会真的迷失在风雪中。

……

乔望舒除了震惊还是震惊,其实在看到那张面具之后,她隐约猜到了些什么,只是她不愿意相信他会为她做这些,她像个傻子一样焦急地在雪中找着我。

这样一想,那个风雪中陪着她演戏的人,可恶透了,可是他,可恶中又带着一点点可怜。

这个世界上一切都在改变,人心也是,她以为,优秀如他,会遇到很多很多她这样,或许比她更好的人。可是她哪里知道,陪她走过的青春,对于顾大少来说是一生一遇的认真。

这些年,她对他说过很多决绝的话——

"我从没喜欢过你,顾徊,和你在一起就是想利用你而已。""顾徊,我是我,你是你,我的事不用你管。""顾徊,你从一开始就是我的噩梦……"

可那又怎样,他爱她,这份爱无关同情,也无关赎罪,不会因为时间的流逝而消失。即使被憎恨,即使是她的噩梦,他也要想尽办法将她留在自己身边。

青春期里的乔望舒并不漂亮,这么多年以来,她自我催眠般陷在年少与路涯同病相怜的情感中,以为她是受伤后坚强重生的海星,可是路涯还是抛下她游回了大海,他于她来说终究是离人,而顾徊不是,顾徊是风雪夜,亦是归人。

乔望舒终于知道,那个不顾一切保护她的人,除了路涯,还有顾徊。

其实,这个故事的讲述者一直都是两个人。

在一个下雨天的早上,我被顾徊的电话吵醒,他郑重地对我交代:"今天来你那里面试的人,把她留下来。"

我看了看表,时间才六点半,实在受不了他,抱怨道:"顾总,当你员工还真不容易,连个好觉都不让我睡了,而且,你说过公司招兵买马的事都由我负责的,这回怎么……"

顾徊简单粗暴地打断了我:"你再废话这个月奖金就别领了。"

这浑蛋居然威胁我,我更加好奇:"今天来的究竟是何方神圣?"

我以为这个脾气不好的家伙要挂电话了,结果他竟然回道:"你未来的老板娘。"好吧,这个理由……我服。

话虽如此,但我知道顾徊心中是担忧的,他担心以小乔的个性,她知道一切真相之后会离开,好在她没有走,多年前乔望舒在桃树下

对他说,"我服了你了",或许有无奈的成分,而这一次当他对她说,"我老到什么时候才能忘掉你"的时候,她心中想的是,"我要怎么努力克制自己才能不让你知道我也喜欢你"。

那一年,南乔镇的沙滩上,她对着大海喊出的那些话,回答的人是他。

而这些年,她所有喊不出口的话,给她回声的,还是他。他知道命运拿走了她什么,他不肯对她伸出手,但他整个人站在那里,就站在那里堵住了她生命中那个缺口,挡住了来来往往吹向她的冷风。而他一直在等待,等待着自己从回忆中走出来,也等待着她向他走来。

公司里人人都说他是傲慢的、吹毛求疵的大Boss,可是偶尔有人看到他凝视着那个女孩,眼底的温柔无限漾开。 有一回他对我说:"虽然乔望舒倾注了很多热情和精力在工作上,可这却不是她最终的梦想,她真正喜欢的是沙画。"

这些日子他带着我们拜访了一些有头有脸的人物,其中就有著名的画家邢勋,邢勋穿一件绸衫,他隐居在山间古楼里,比我和乔望舒想象的要年轻很多,人非常亲切温和。

他说多年以前,应顾徊爷爷的邀约,在他的家乡玩过一次。

他很喜欢那里临水而建的寺庙,只是如今已经不记得那寺庙的名字了,但是他记得,当时有个母亲抱着一个端午出生的女孩,哭着求一个名字。

"我说你女儿是端午生的,叫望舒怎么样?屈原的《楚辞·离骚》有言:前望舒使先驱兮,后飞廉使奔属。望舒,指的是神话中为月驾车的神。含有'迎取光明'的寓意。"

乔望舒看了看顾徊,他对她点了点头,她万分惊喜地发现,邢勋就是母亲说的那个给她取名的贵人。—— 望舒,给月驾车的神。

遇到挫折感到难过的时候,她也曾暗暗想,这世上是否真的有一

个月亮一般的人。而邢先生一句话指点了她。

他说:"这世上有人抬头看月亮,有人水底捞月亮,其实,月亮在心上。在爱你的人心中你就是那轮月。我们画画,画的是心。画的是明亮和皎洁,是我们心中的那轮月。"

这段话说得很轻,却深深地回荡在乔望舒的脑海中。

她喜欢沙子,喜欢沙画,邢先生看透世事,他要她用沙画去画自己的心。回去的路上,顾徊有感而发地对她说:"去做自己想做的事吧。"

她看着眼前的顾徊,他的面容依旧年少,可是他真的变了。

乔望舒一直不希望自己通过顾徊,通过他的资源和人脉去眺望世界。然而他终究把世界捧到了她面前,用一种她无法拒绝的姿势。

顾徊将一份绘画类才艺展示的比赛宣传单塞到我手中,让我说服乔望舒报名参加已经是次年夏天的事了。

由于乔望舒在漫画工作室工作了数年,学到了用画面讲故事的思维,并将它用到了自己擅长的沙画艺术中——

才艺展示的舞台上,乔望舒大胆地用沙画艺术展现了一个故事。

故事所描述的是一个经济落后的小镇,被工厂的废水废气污染,患病的居民受道士的蒙蔽,不愿去医院接受治疗,勇敢的女孩逃婚,在警察的帮助下揭开了道士的骗局。

第一幅画面的主题是"宁静致远":一条清澈见底的河,河里的鱼儿游啊游,青草绿油油,大人们在河边洗衣服,小孩儿们赤着脚在河边奔跑,远一点儿的房屋沐浴在夕阳下。

第二幅画面主题"变化有时":小镇忽然来了一批开发商,大张旗鼓地在这里兴建了船厂,船厂将有毒的废水排到小河里,几年过去了,小河成了臭水沟,河边寸草不生,鱼全死了。再也无人在

河边驻足。

第三幅画面"故步自封"：镇子里陆续有人生病，一个外来的道士说，镇子被诅咒了，镇上的人封建迷信思想严重，有病不去医院救治，反而大张旗鼓地请道士作法。

第四幅画面"兴风作浪"：小孩儿患了严重的肺病，听了道士的破解之法，要把刚刚中学毕业的女儿嫁给邻镇的中年二婚男人。

第五幅画面"水落石出"：女孩逃婚，联合警察一起揭开道士的骗局，竟是道士收了二婚男的钱，坑蒙拐骗。

第六幅画面"海晏河清"：医院查出镇上的病例与工厂长期排放有毒的废水有关，小镇整改。

整个故事画面唯美真实，立意清晰，呼吁人们破除迷信，相信科学，并重视环境保护。

评委老师一致说，她的沙画表演是真正具有生命力的艺术，是对灵魂的诠释和叩问，看她作画的过程，能够让人感觉身心得到净化和升华，难以想象这竟然是一场选秀节目中的表演。

那一刻，站在颁奖台上的是现在的乔望舒，也是那个被爷爷说"命不好，克父母"的孩子，更是那个贫穷、微渺但倔强的少女，她用自己喜欢的方式，用艺术诠释了她的人生，她内心深处最光明的秘密。命运终究是公平的，它让你受过的苦，让你有朝一日会变成耀眼的光芒。

而观众席上，为她喝彩的人里，有一个人的鼓掌声格外响亮。颁奖台上的女子，举着话筒说："在这里我要特别感谢一个人，我想告诉他，从前的乔望舒不是不喜欢他，她是不敢喜欢他。那个人是我的同学、我的朋友，也是我的老板，顾徊。"

后记

雀鸟飞走了

文/米炎凉

写这本之前,我刚刚和朋友一起紧锣密鼓地做完一个幻想悬爱长篇,一半心思还沉浸在上一个项目的离奇案件中。

《你是久爱,亦是心欢》虽然是个校园故事,但写它的时候我就清楚地知道写完这本,我以后极有可能不会再写校园故事了,它是唯一的,总要做好一点儿才配得起"唯一"。

因为它,某个时期我拒绝了所有杂志的约稿,陷入了自我厌弃中。这是一种浮与沉之间的挣扎。我心中知道不管怎么样,都会有遗憾的,遗憾这个故事还浮在虚空中没有沉下去。

于是,用看空中楼阁的方式把我表妹叫过来谈了谈"心",自然也把自己尘封以久的那些关于校园的记忆拉出来打量了几遍,乔望舒所经历过的青春太像每个人的青春,我想让任何一个人都在这个故事里找到自己的影子。

说起来,我十几岁开始爱上写字,二十岁出头时,我想过这样一

种生活：每天睡到自然醒，不会有人吵我，平时卖字为生，自己有所房子，铺满木地板，房间挂着颜色舒适的窗帘，可以在阳台上种花。

但现实是，如今快三十岁的我，拥有所谓自由的我，每个白天都睡意昏沉，被房贷逼得深夜爬起来绝望地赶稿，灰头土脸，神情颓废。人在每个时期都有些想传达给世界的东西，去年陆续写完了三本书，而它们的出场顺序也是错乱的——《你是久爱，亦是心欢》虽然是最后完结的，但它对我来说却是第一个时期，这个时期应该叫青春，我记得写到一大半的时候，状态不是很好，我抱着电脑回到了乡下山上的大房子里。这天深夜在窗前写故事的时候，忽然听到一声巨响，我吓了一跳。时值11月，山上的夜晚清冷寂静，家里开着灯的时候，经常会有肥大的飞蛾扑棱着翅膀撞过来。

可这次竟然不是飞蛾，而是一只雀鸟。

好几分钟过去了，它还是这样，有时用尖尖的嘴，有时用身子，仿佛不知道痛似的，锲而不舍地重复同样的动作不肯离去。不知道它的身体里是不是住着飞蛾的灵魂。

我突然特别心疼那只雀鸟，觉得它就是某个时候的自己，一个摸黑走了太久的路，看到光束就想要向前冲，却时常碰壁的自己。

我没有去开窗，站起来合上电脑，关了灯，雀鸟飞走了。也许它还会撞向下一扇窗的下一束光，也许它会找到自己的天空吧。只是第二天，厚实的玻璃窗被雀鸟抓出了几条长长的印痕。

写这本书的我一定没有这只雀鸟这么用力，一次次安慰自己说，"睡一会儿，睡一会儿再写吧。""写完它，我就不写了。"我甚至没有想过要写后记，烟火落幕，青春散场，我只想安静地睡一会儿呀。

可是，你们看到了，我还是写了后记，也许因为那只飞走的雀鸟，也许因为别的什么。

不重要了。

我不愿让你一个人走过青春的荒芜

谢宁远 著

告白价：29.80元

讲给你听，15个动人的陪伴！

颜值&才华双十分作者谢宁远
继《许你晚风凉》后又一部青春力作！

随书附赠
精美"告白刮刮卡"
暖心告白+清新内插

走过人来人住
是谁对你永不相忘？
世界熙熙攘攘，
是否有人陪在你身旁？

那个神秘的宣愉小姐

苏缠绵 著

古风才女苏缠绵
一部青春心理治愈小说

《意林》告白的书
浪漫延续

人气写手倾心力作
你想看的恋爱秘密

定价：32.80元

一次亲情伤痛造成的人格分裂
一场治愈并守护爱情的计划
是杀死，还是守护
神秘小姐的背后
究竟隐藏着什么秘密

随书附赠
"真心话大冒险"飞行棋
精美不干胶 趣味互动

意林精品图书推荐

《别来无恙，我的小初恋》
简介：作家沈嘉柯暖心力作，陪你一起挥别青春，再出发。
定价：29.80元

《喜欢你这话，我憋住了整个青春》
简介：数十篇青春伤感故事，带你领略成长、青春、爱恋的阴晴圆缺。
定价：29.80元

《遇见你，就是最对的时候》
简介：青罗扇子、周德东等作家用文字演绎纸上电影。时光远去，我们永远青春。
定价：29.80元

《我记得你说过的每句美好》
简介：独木舟、夏七夕、七微等名家用真挚的笔触探究青春的色彩。
定价：29.80元

多味之恋 系列

《这世间所有的纸短情长》
简介：织梦人张芸欣在深夜为你点一炉青蔷之香，寻找渐渐远去的青春与年少。
定价：29.80元

《世界那么大，命中注定遇见你》
简介：每个人都会接触形形色色的人，又会和一些人聚聚散散，马叛说：这些相遇都是命中注定。
定价：29.80元

《我不怀念你，我只怀念有你的往昔》
简介：继《左耳》之后深入骨髓的疼痛青春，每个人都可以在她的故事中找到最初的自己。
定价：29.80元

《花与巡夜人》
简介：国内一本填色减压故事书，抚触你的心灵，治愈现代人的都市病症。
定价：36.90元

深夜暖心 系列

《少年从不等风来》
简介：关于年轻人的追梦故事，他们用自己的特立独行，创造属于自己的天地。
定价：29.80元

《你的人生不需要别人点赞》
简介：大人物从这里起步，成就了丰盈的自己。数百篇故事告诉你成功者的秘密。
定价：29.80元

《逆光飞翔，微芒盛放》
简介：名人的磨砺被晾晒成坚强，带给你十八而志的青春励志的正能量。
定价：29.80元

《像明星一样去战斗》
简介：数十位明星的奋斗史。逆袭背后，都是平凡生活中的伟大梦想。
定价：29.80元

十八而志 系列

《脑洞君，请收下我的膝盖》
简介：理科的严谨与文科的情怀，二者你都能拥有。
定价：28.90元

《我心有猛虎，而你只要一枝蔷薇》
简介：量身为中学生打造的心灵读本！
定价：28.90元

《一生心事只得一人来解》
简介：与名家碰触思想上的火花，快乐成为阅读的领跑学霸。
定价：28.90元

《好男孩上天堂 坏男孩走四方》
简介：毕业于剑桥大学的才女陈叠邀您围观世界名校男神！
定价：29.80元

大阅读 系列

《把你所有的不安都交给我来暖》
讲给你听，117个如同心灵抱抱的故事。
定价：29.80元

《所有人的坚强，都是柔软生的茧》
玻璃心的朋友们，看这里！讲给你听，125个含泪奔跑的人生故事。
定价：29.80元

《生命中除了爱，其他都是行李》
讲给你听，召唤小确幸的111个故事。
定价：29.80元

《褶皱初心不可负，而初心是何物》
133个初心故事，既有明星大家，又有平凡人物，从故事里闪耀初心的光芒。
定价：29.80元

初心讲义 系列

意林精品图书推荐

精品推荐

《我的人生无须证明给你看》
简介：ONE·一个《读者》《意林》《花火》人气作者马版2017年全新作品。
定价：32.8元

《那个神秘的宣愉小姐》
简介：青春、古风双料大神苏缠绵全新青春心理治愈小说，初次尝试驾驭双重人格的人物设定，一场治愈并守护爱情的计划……
定价：32.8元

《这一杯，我敬的是年少无知》
简介：悬疑推理小说作家何慕，出道六年，全新都市情感类短篇小说集。
定价：32.8元

《光年未至，盛夏已满》
简介：意林彩绘英文系列精选《绘英语》杂志中读者欢迎的内容，让中学生轻而易举让英语变强！
定价：29.80元

告白的书 系列

《我不愿让你一个人走过青春的荒芜》
简介：95后男神作者谢宁远写给你深情的告白书。十五篇故事，是告白，亦是陪伴。
定价：29.80元

《对方正在输入中》
简介：那些爱与被爱的故事。年少时的懵懂酸涩，成熟后的感人至深；是心头的一枚朱砂痣。
定价：29.80元

《你是年少的欢喜，喜欢的少年是你》
简介：古风天后吾玉，初涉现代爱情，打造都市轻风之作。
定价：29.80元

《从此晚安我自己》
简介：95后男神作者何家豪一部青春成人礼童话，将这16个故事，说给长成大人的你！
定价：29.80元

意林幻青春 系列

《我不成仙 一 断尘绝念》
简介：不想成仙却毅然修仙，她见悉只想有朝一日亲口对那人说："纵你成仙，亦不可逃！"
定价：28.80元

《我不成仙 二 杀红小界》
简介：闯杀红小界，斗神秘三关。血衣作战袍，刻骨为利刃。她的通天坦途，便是他的穷途末路！
定价：28.80元

《风之守望者①》
简介：如何成为一个良好的被负责人？会做饭还会洗衣服就把黑服负责人拿下！
定价：24.80元

《风之守望者②》
简介：拯救数学长大作战，开始！学长，我们要毁灭世界吗？
定价：24.80元

意林幻青春 系列

《符神传说①斩焰少年行》
简介：接通元灵界界，交易、对战、派单……现实与虚拟之间，体味什么叫酣畅淋漓！
定价：28.80元

《符神传说②东川起风云》
简介：逆转鬼敏吟、人童荒探迷城，跨越空间界限，酷玩符阵妙法，开启异度奇幻热血征程！
定价：28.80元

《禁域①墓地神婴》
简介：盖世皇者重现世间，只为触底反击，再创传奇！踏破乾坤纵横时空，禁域即将揭晓！
定价：28.80元

《禁域②宗门斗者》
简介：扶桑谷内迷雾重重，神秘世界、时间长河、神秘女子……时空彼端，究竟有着怎样的秘密？
定价：28.80元